Lukas Bärfuss
Luther
Frau Schmitz
Julien

W0206716

Lukas Bärfuss

Luther
Frau Schmitz
Julien

Stücke

WALLSTEIN VERLAG

Luther

Diese Menschen:

Joachim, Kurfürst von Brandenburg
Winfried, sein Diener
Ritter von Lindenberg
Elisabeth von Dänemark
Albrecht, Erzbischof von Mainz
Friedrich, Kurfürst von Sachsen
Spalatin, sein Hofkaplan
Leo X., Papst
Cajetan, sein Legat
Ratzenberger, ein Arzt
Katharina Hornung, eine Bürgerin
Joachim Hector, Sohn des Kurfürsten von Brandenburg
Ein Ambassador aus Frankreich
Ein Büttel

Diese Orte:

Stendal
Berlin
Mainz
Rom
Torgau
Frankfurt

ERSTER AKT

In Stendal. Am Tag vor der geplanten Hochzeit von Joachim und Elisabeth. Joachim alleine und unruhig in seinem Gemach, der alte Winfried, sein Diener, der schon unter dem alten Kurfürsten diente, tritt ein.

WINFRIED
Euer Gnaden.
Ein Ritter von Lindenberg.

JOACHIM
Wie.
Mein Schädel.
Als wär er voller Würmer.
Gibt es etwas gegen Kopfwürmer, Winfried.

WINFRIED
Mein Fürst.

JOACHIM
Wie viele Stunden bis zu meiner Hochzeit.

WINFRIED
Achtundzwanzig.

JOACHIM
Die Prinzessin.

WINFRIED
In ihrem Zimmer wie seit Tagen.

JOACHIM
Haben wir Nachrichten aus Stockholm.

WINFRIED
Nichts.

JOACHIM
Achtundzwanzig Stunden.
Und die liebe Mutter fehlt uns immer noch.
Ist sonst alles bereit.

Winfried
Alles.
Joachim
Das Reich ist versammelt.
Winfried
Vollzählig.
Joachim
Der Strick ist auch da.
Winfried
Sonst ist alles bereit.
Joachim
Der Strick.
Winfried
Der Strick.
Joachim
An dem ich mich aufhängen kann,
wenn die gute Mutter nicht auftaucht.
Winfried
Mein Fürst.
Joachim
Winfried, sag,
was hätte Vater getan,
in dieser Lage.
Winfried
Er hätte den Mut
gewiss auch hier
nicht verloren.
Joachim
Ein großer Mann,
der alte Kurfürst
Johann Cicero.
Groß und kalt und rücksichtslos.
Winfried
Mit einer Weidenrute in der rechten Hand.
Schlug sich damit auf den Stiefelschaft.

Sick. Sick. Sick.
Ich hab's noch ganz im Ohr.

JOACHIM
Winfried, auf ein Wort, bin ich zu weich.

WINFRIED
Mein Fürst.

JOACHIM
Zu wenig hart,
zu zögerlich,
zu nachgiebig.
Schweigen.
Servier den Gästen den Malvasier,
sag den Musikanten,
sie sollen spielen,
bis die Instrumente krachen,
und schick ein paar gute Männer in den Norden,
ob sie Zeichen haben von dieser Mutter.

WINFRIED
Sehr wohl.

JOACHIM
Und falls die Prinzessin
sich aus dem Gemach bewegt,
gib Laut, und zwar rasch.

WINFRIED
Und was mach ich mit dem Lindenberg.

JOACHIM
Lindenberg.
Ruf den Albrecht.
Soll er sich um ihn kümmern.

WINFRIED
Ihr Bruder ist wohl unabkömmlich.
Er liegt in seinem Bett.
Und grunzt.
Und stöhnt.

JOACHIM
Welche Ärmste hat es heute getroffen.

Winfried
Er ist alleine.
Joachim
So.
Winfried
Und seit gestern in den Kleidern.
Joachim
Der Malvasier.
Winfried
Mein Fürst.
Joachim
Wie mache ich aus diesem Ochsen
einen Bischof, Winfried.
Wie verschafft man diesem Säufer,
einem Hurenbock ein Bistum.
Es wird mich ruinieren.
Winfried
Der Fugger wird das richten,
mein Fürst,
der Fugger und der Ablass.
Joachim
Mit seinen Krediten
hat er uns alle an der Gurgel.
Lass ihn vor, den Lindenberg, in Teufels Namen.
Er tritt ans Fenster.
Winfried
will abgehen.
Joachim
Winfried. Was erzählen die Knochen.
Winfried
Heute haben wir sie noch nicht geworfen.
Joachim
Wann.
Winfried
Um drei nach drei, da stehen die Zeichen günstig.

Zur selben Zeit, ebenfalls in Stendal, in einem anderen Zimmer.

FRIEDRICH
Sehr lange, Prinzessin,
werden wir nicht mehr warten können.
Das Reich versammelt sich,
Fürsten, Grafen, Barone,
Bischöfe, Prälaten –
sie erwarten eine Hochzeit.
ELISABETH
Es mag der Kaiser erscheinen,
ich werde nicht in diese Kirche treten,
bevor Christine von Dänemark
nicht hier ist, ich will
auf meine Mutter warten,
sie soll mir ihren Segen geben.
FRIEDRICH
Den haben Sie gewiss.
ELISABETH
Wie können Sie das wissen.
FRIEDRICH
Jede Mutter will
für ihre Tochter nur das Beste.
ELISABETH
Und das ist es, das Beste.
Das hier.
Dieses Loch in der Mark Brandenburg.
Stendal.
FRIEDRICH
Sie werden in Berlin residieren.
ELISABETH
Und versauern.
Brandenburg ist ein Land ohne Aussichten.
FRIEDRICH
Ein Königreich bringt nicht immer Segen.

Elisabeth
Was soll das heißen.
Friedrich
Johann hat nach einem Land gegriffen,
das ihm nicht gehört.
Elisabeth
Meine Mutter ist treu und hält zu ihrem König.
Friedrich
Die Schweden sind zäh und stolz
und unnachgiebig,
und niemand weiß,
wo die Kanonen sind.
Der Ehrgeiz deines Vaters
übersteigt seine Möglichkeiten.
Elisabeth
Du sprichst, als wäre er schon tot.
Friedrich
Wir warten.
Und falls Dänemark verloren ist,
dann lass mich zum Altar führen.
Elisabeth
Was erwartet uns, Onkel, sag es mir.
Friedrich
Der Tod,
das Himmelreich,
die Hölle.
Elisabeth
Mich vorher eine Ehe.
Friedrich
Sie ist ein heiliges Sakrament.
Elisabeth
Und doch bist du ledig geblieben.
Friedrich
Die Auswahl ist klein
für einen Kurfürsten von Sachsen.
Und leider bin ich wählerisch.

Die eine hatte ein schräges Gesicht,
und die andere war mir zu sehr Kusine.
Ich verstehe dich.
Du sollst durch eine Türe gehen,
die du nicht geöffnet hast.

ELISABETH
Das Land ist finster.
Die Pest, dieses Loch hier, Stendal,
in das wir fliehen mussten,
in dieser Kirche, in dieser Kapelle,
wo vor dem Altar die Schweine sich besteigen,
soll ich heiraten, ich
und ein Fürst, Joachim, noch fast ein Kind,
aber in seinem Blick ist Zorn und Wut.
Ich fürchte mich.

FRIEDRICH
Er will dich.

ELISABETH
Woher weißt du das.

FRIEDRICH
Du musst seine Frau werden,
Elisabeth, die Kurfürstin von Brandenburg.

ELISABETH
Vater ist ein Hitzkopf.
Und er ist treu.
Er wird schon kommen.
Wir warten noch.

Nicht weit entfernt zanken sich zwei Brüder.

ALBRECHT
erscheint, halb nackt, betrunken.
Diese Fanfaren,
kann man sie nicht verbieten.

Joachim
Deine Hose, Albrecht.
Albrecht
Willst du mich zum Bischof machen
oder nicht.
Dann gewöhn dich an diesen Anblick.
Ein Bischof trägt niemals Hosen.
Allerdings werd ich nicht Bischof.
Gewiss nicht.
Was soll ich als Bischof.
Ich bleibe hier.
Joachim
Das geht nicht, du Trottel.
Albrecht
Ich bin Kurfürst.
Genau wie du.
Und nenn mich nicht Trottel.
Joachim
Kurfürst.
Höchstens ein halber.
Albrecht
Ach.
Joachim
Ich bin Kurfürst.
Du bist nur mein kleiner Bruder.
Albrecht
Ach.
Joachim
Du musst verschwinden.
Albrecht
Vergiss es.
Joachim
Ich ruf die Palastwache,
die werden deinen Hintern
auf die höchste Tanne packen

irgendwo weit draußen
in der Mark Brandenburg.

ALBRECHT
Wann geht's endlich in die Kirche.
Sie will dich nicht.
Die Mutter ist bloß ein Vorwand.

JOACHIM
Ich zeig's dir gleich.
Sie prügeln sich.

ALBRECHT
Bischof von wo eigentlich.

JOACHIM
Bischof von Halberstadt.

ALBRECHT
Halberstadt.
Was soll ich in Halberstadt.

JOACHIM
Oder von Magdeburg.

ALBRECHT
Magdeburg.
Da gibt's ein paar hübsche Mäuschen.

JOACHIM
Und dero Pfötchen sind auch nicht schlecht.

ALBRECHT
Das darf man nicht.
Zwei Bistümer sind verboten.

JOACHIM
Außer man zahlt Rom das Bußgeld.

ALBRECHT
In Magdeburg sitzt noch ein Bischof.
Ernst von Sachsen.

JOACHIM
Alt und krank, er stinkt schon.
Er ist so gut wie tot.
Magdeburg ist ein Anfang,
nicht das Ende.

Und denk an die Feige Friedrichs.
Ein Brandenburger in Magdeburg,
das wird ihm gefallen,
diesem Furzsachsen.

Albrecht
Du hast nur etwas vergessen.

Joachim
Ach.

Albrecht
Ich glaube nicht an Gott.
Sie lachen beide.
Ich bin ja nicht mal Priester.
Ich brauche aus Rom
einen zweifachen Dispens.
Das wird teuer.

Joachim
Wir gehen zum Fugger.

Albrecht
Und danach machen wir einen schönen Ablass.
Schweigen.
Feine Pfötchen.

Joachim
Sehr feine.
Und ein Bier, das sag ich dir,
in Magdeburg jedoch,
das beste
sind die Schweine.

Albrecht
Die Schweine.

Joachim
Die Schweine haben Weltrang.

Albrecht
Es lohnt sich also.

Joachim
Mit jedem Bissen.

ALBRECHT
Dann lass uns tauschen.
JOACHIM
Tauschen.
ALBRECHT
Ich bleibe Kurfürst.
Und du wirst Bischof.
JOACHIM
So weit kommt's noch.
ALBRECHT
Die Heirat wäre auch gestriegelt.
JOACHIM
Was wäre auch gestriegelt.
ALBRECHT
Dich will sie nicht,
das ist ja offensichtlich,
mich hingegen.
JOACHIM
Dich.
ALBRECHT
Mich mag sie.
Sogar sehr.
Und ziemlich leidenschaftlich.
Sieht man doch.
Also Bischof, ab nach Magdeburg,
ich pflücke mir die Rose Dänemarks.
JOACHIM
Du bist ein
ganz gewöhnlicher Hundsdreck,
ein doppelter.
Sie prügeln sich.

Im Augenblick darauf, im Winkel eines Korridors, unterhält sich ein hoher Herr mit seinem Berater, die meiste Zeit im Flüsterton.

SPALATIN
Er will für Albrecht Halberstadt.
FRIEDRICH
Halberstadt.
SPALATIN
Und Magdeburg dazu.
FRIEDRICH
Brandenburg ist ein Hort voller Lumpen.
Es gibt keine Ehre mehr, Spalatin,
keine Wahrheit,
gar nichts,
ein Hurenbock als Hirte
für die Schafe Gottes
in und um Magdeburg herum.
SPALATIN
Man muss diesen Magdeburgern ins Gewissen reden.
Sie dürfen ihn nicht wählen.
FRIEDRICH
Ins Gewissen.
Da redest du ins Leere.
Frag lieber,
wie viel sie wollen,
wie viel Silber
der Magdeburger Bischof kostet.
SPALATIN
Ich werde mich kundig machen,
was Brandenburg geboten hat.
FRIEDRICH
Hör dich um.
Mach keine Zusagen.
Was wissen wir vom Dänen.

Spalatin
Nur Gerüchte.
Sie sind übel.
Friedrich
Er wird sich wieder eine blutige Nase holen.
Wie in Dithmarschen.
Das waren rechte Bauern,
aber dieser Johann ist ein Aas.
Es fehlt ihm die Statur,
der Weitblick,
er ist tollkühn,
sonst nichts.
Aber er hat eine gute Frau.
Wie kommt das,
Spalatin,
dass die schlechtesten Männer
immer die besten Frauen finden.
Spalatin
Es ist gerade umgekehrt.
Friedrich
Umgekehrt.
Spalatin
Es sind die Frauen,
die die Männer finden,
und die guten Frauen
suchen die schlechten Männer,
um mit ihrem Guten
das Schlechte zu kurieren.
Friedrich
Spalatin, Sie sind ein übler,
ein ganz schlechter Philosoph.
Spalatin
Vielen Dank, mein Fürst.
Friedrich
Wenn Christine nicht kommt,
muss ich das Mädchen

diesem Menschen in die Hand geben.
Will ich das.
Habe ich die Wahl.
Es muss wohl sein.
Was sind das für Zeiten.
Man weiß nicht mehr,
auf was man hoffen soll.
Fahr du nach Magdeburg.
Er darf es nicht bekommen.

Ein bisschen später, in derselben Angelegenheit.

JOACHIM
Ich weiß nicht,
warum du dagegen bist.
Weil du keinen Brandenburger in Magdeburg willst.
Deine Nichte
wird eine Tochter Brandenburgs.
Wir sind Brüder, Bruder.
FRIEDRICH
Albrecht ist kein Priester,
er hat keine Ahnung von Theologie.
JOACHIM
Dasselbe gilt für den Papst in Rom.
FRIEDRICH
Er ist der Papst.
Er kann sich die Dispense selber schreiben,
aber von einem Deutschen verlangt er für die
Gebühren ein Vermögen.
JOACHIM
Er holt es sich zurück,
durch Ablass von den Gläubigen.
FRIEDRICH
Und unser Volk verbluten lassen.

Joachim

Es ist die Ordnung,
in der wir leben,
du und ich.

Friedrich

Das ist keine Ordnung.

Joachim

Einer herrscht,
die anderen müssen dienen.

Friedrich

Herrschen ist dienen.

Joachim

Man kennt dich als treuen Diener Gottes
und der Jungfrau Maria.
Und jetzt.
Stellst du dich gegen die geistige Ordnung.
Ich weiß gar nicht,
warum du dich gegen Gott stellst.

Friedrich

Gegen Gott.
Gegen die Römer.

Joachim

Gott hat seine Heimstatt
nun einmal in Rom gefunden.

Friedrich

Ein Pack regiert den Vatikan.
Gekauft hat er sich die Mitra,
und statt für das Seelenheil
interessiert er sich für seine Menagerie.

Joachim

Der König von Portugal
hat dem Heiligen Vater einen Elefanten geschenkt.
Was ist schlecht daran.

Friedrich

Er liebt das Viech mehr als seine Mätresse.

Joachim
Es ist und bleibt Rom,
das Sacerdotium.
Wir haben uns zu arrangieren.
Wer soll uns sonst erlösen.
Friedrich
Das Reich.
Gilt es dir nichts.
Joachim
Das Reich.
Es ist alt geworden,
das Reich.
Wer glaubt noch daran.
Wer regiert das Reich.
Der Kaiser nicht.
Friedrich
Die Stände.
Joachim
Die Bürger.
Friedrich
Ein Bürger ist auch der Fugger.
Dort wirst du dich verschulden müssen.
Du reichst ihnen selbst den Strick,
den sie dir, uns, an den Hals legen.
Joachim
Ich rede mit Albrecht.
Red du mit deiner Nichte.
Sie stellt sich quer.
Es muss geheiratet werden.

Im Augenblick, da sich Friedrich von dannen macht, erscheint der Ritter Lindenberg.

JOACHIM
Lindenberg.
Siehst du die Feuer.
Der Rauch ist schwarz.
Und voller Schemen, Geister, Ungeheuer.
LINDENBERG
Die Bauern verbrennen ihren Unrat.
JOACHIM
Das Glück hat Brandenburg verlassen.
Die Pest regiert,
der Hofstaat musste fliehen
aus Berlin in dieses Kaff.
Wie heißt es.
LINDENBERG
Stendal heißt die Stadt, mein Fürst.
JOACHIM
Die schönste Braut der Christenheit,
alle Fürsten des Reiches versammelt,
um zu sehen,
wie ich das Weib zum Altar führe.
Prinzessin Elisabeth von Dänemark.
Und alles wartet nur noch auf die Brautmutter.
Die Königin von Dänemark.
Lindenberg.
Sie sind verheiratet.
LINDENBERG
Meine Frau ist lange tot.
JOACHIM
Gott sei ihrer Seele gnädig.
Was willst du.
LINDENBERG
Ein Hofamt.

Joachim
Ein Hofamt.
Als hätte ich keine anderen Sorgen.
Lindenberg
Ob Ritter oder Fürst,
ein jeder sitzt auf seinem eignen Hintern.
Joachim
Kannst du nicht warten.
Lindenberg
Warten, mein Fürst, heißt sterben.
Joachim
Du bist ein Ritter,
Lindenberg,
kannst kaum schreiben oder lesen,
frisst mit deiner Sippe die Wälder leer,
und nimmst ein heißes Bad
einmal zu Ostern
und einmal an Heiligabend.
Ein Hofamt, als was.
Als Herr der Schweine.
Lindenberg
Wenn's sein muss.
Joachim
Du im Wams,
frisiert und mit gestutztem Bart,
am Hof, das wäre was.
Lindenberg
Die Welt da draußen,
Fürst,
ist leer,
die Bauern liegen tot,
die Felder liegen öd.
Joachim
Wir müssen geduldig sein,
Lindenberg,
ein jeder auf seine Weise.

Lindenberg
Meine Frau ist tot
und die Kinder sitzen
hohläugig an einem leeren Topf,
krank, rachitisch und voller Läuse.
Joachim
Gib ihnen von der Beute,
die du den erschlagenen Pilgern abnimmst.
Lindenberg
Was soll's. Das Gras ist grün.
Meine Pferde sind rossig.
Der Mond glänzt silbern.
Meine Würste kann ich mir nicht selber pflanzen.
Die Bauern verlassen ihre Äcker und ziehen wohin.
In die Stadt. Da liegen die Bürger tot in ihren Betten.
Die Felder stehen öd. Ich steh öd.
Der Ritterstand steht öd. Wo geht die Welt hin.
Wenn die da unten die da oben nicht mehr ernähren,
dann muss es eben umgekehrt sein.
Joachim
Ein Räuber, ein Gauner
bist du,
Reisende überfällst
du im Wald,
in meinem Wald,
plünderst sie,
bringst sie um,
bringst mich in Verruf,
mich und Brandenburg.
Lindenberg
Bezahlt mich,
Euer Gnaden, erlöst mich,
dann muss ich nicht mehr rauben.
Von draußen tönen Fanfaren.

Joachim
Die Fanfaren.
Wer mag das sein.
Lindenberg
Meine Ahnen schlugen als Kreuzritter
die Ungläubigen an den Toren Jerusalems.
Und ich. Vergreife mich an armen Christenkindern.
Wenn sie dastehen. In Tränen. Zitternd.
Und sich ins Höschen scheißen.
Und neulich, bei Winklers Bruch,
da war ein hübscher rosa Knabe,
kaum Flaum ums Kind,
der war mutig, der war kühn,
der wollte sich nicht ausrauben lassen.
Er schweigt.
Joachim
Was denkt er jetzt nach.
Lindenberg
Da gibt es bei Herodot die Stelle,
als der Perserkönig Xerxes
den Sohn dieses Mannes mitten
durchhauen lässt und die beiden Hälften
rechts und links der Straße liegen lässt als Warnung,
wie hieß der noch.
Joachim
Pythios.
Lindenberg
Pythios. Richtig. So hieß der.
Aber was eben nicht steht bei Herodot,
das ist, wie der Pythios geschrien haben muss,
als er seinen Sohn gesehen hat so mitten durchgehauen.
Ich aber hab's gehört.
Schlimm. Nicht hübsch.
Joachim
Erst muss Brandenburg
die dänische Krone durch Heirat erobern.

Dann gibt es Geld.
Dann wird sich vielleicht etwas finden.

LINDENBERG
Ein Vielleicht kann niemand fressen.
Entweder ein Hofamt –

JOACHIM
Entweder –

LINDENBERG
– oder ich ramassier mir aus der Mark,
was ein Ritter zu einem rechten Leben braucht.

JOACHIM
Deinem Fürsten drohst du,
deinem Lehnsherrn.
Wer regiert die Mark Brandenburg.

LINDENBERG
Die Pest und die Weiber.
Ein Amt, eines nur,
für mich und meine Brüder
wird es reichen.

WINFRIED
Euer Gnaden, die Kundschafter sind zurück.
Wir haben Nachricht aus Schweden.
Der Hof versammelt sich um die Kundschafter.

ELISABETH
tritt auf, blass.
Die Fanfaren.
Ist er es.

JOACHIM
Winfried.
Serviert dem Ritter und seiner Sippe
Fasan und zapft ihm ein Fass Malvasier.
Herr Lindenberg wird hungrig sein.
Und nach dem Essen
reden wir und finden eine Lösung.

ELISABETH
Nun. Ist er es.

JOACHIM
Wie.
ELISABETH
Der Vater.
JOACHIM
zu Lindenberg:
Was schaut er sie an.
LINDENBERG
Hab ich gar nicht.
JOACHIM
Er soll sie nicht anschauen.
LINDENBERG
Euer Gnaden.
JOACHIM
Zum letzten Mal.
Er nehme seinen Blick von ihr.
LINDENBERG
geht ab.
Und wieder die Fanfaren.
ELISABETH
Geht denn niemand schauen.
WINFRIED
Die Kundschafter, Euer Gnaden.
ELISABETH
Die Kundschafter.
JOACHIM
Dann lasst sie eintreten.
KUNDSCHAFTER
Wir haben Bericht aus Stockholm.
Sten Sture, der Schwede,
hat sich gegen König Johann erhoben.
Der König musste fliehen.
Und Stockholm wird belagert.
JOACHIM
Warum belagert,
wenn der König geflohen ist.

Kundschafter
Die Königin ist geblieben.
Joachim
Die Königin ist noch in Stockholm.
Kundschafter
Eingeschlossen seit mehr als zweihundert Tagen schon.
Elisabeth
Wie viele Männer sind bei ihr.
Kundschafter
Es waren tausend.
Jetzt sind es noch hundert.
Elisabeth
Und der König ist entkommen.
Kundschafter
Er lebt, ja, und da winn ohne wonn.
Elisabeth
Was hat er gesagt.
Joachim
Wiederhole.
Kundschafter
Und da winn ohne wonn.
Joachim
Er sagt, er habe seine Mätresse dabei.
Elisabeth
Seine Mätresse.
Kundschafter
Die Hofdame Edele Jernskæg.
Elisabeth
Geflohen.
Mit einer Hure.
Und meine Mutter alleine.
Albrecht
erscheint.
Was gibt es.
Elisabeth
Verrat.

Verrat.
Verrat.

KUNDSCHAFTER
Die Belagerten
fressen schon ihre Toten.

ELISABETH
Wir müssen nach Stockholm.

JOACHIM
Nach Stockholm.

ELISABETH
Steht Brandenburg zu Dänemark.

JOACHIM
Unverbrüchlich.

ELISABETH
Wir werden die Königin
in dieser Not
nicht im Stich lassen.

JOACHIM
Und die Hochzeit.

ELISABETH
Nach der Befreiung Stockholms.

JOACHIM
Das Reich ist versammelt.
Soll ich alle nach Hause schicken.

ELISABETH
Ich werde meine Mutter
in ihrer höchsten Not
nicht im Stich lassen.

JOACHIM
Brandenburg hat keine Soldaten.
Die Pest hat sie mir gefressen.

ELISABETH
Dann kauf dir Söldner.

JOACHIM
Mit welchem Geld.

Elisabeth
Geh zum Fugger.
Joachim
Er gibt uns keinen Kredit.
Elisabeth
Dann gibt es keine Heirat.
Joachim
Keine Hochzeit.
Elisabeth
Soll eine Tochter feiern,
wenn die Mutter leidet.
Joachim
Sie bestrafen Brandenburg,
Sie bestrafen mich,
Sie erpressen mich,
und ich kann nicht,
verstehen Sie,
Brandenburg ist nicht in der Lage.
Elisabeth
So viel Gerede,
so wenig Mut.
Will ab.
Joachim
Prinzessin.
Wo wollen Sie hin.
Elisabeth
Nur weg, nur hinaus.
Joachim
Bleiben Sie.
Elisabeth
Wer hätte etwas davon.
Joachim
Ich. Brandenburg. Die Liebe.
Elisabeth
Ich brauche keine Liebe.

Ich brauche eine Armee.
Sie geht ab.

Joachim
Sachsen.
Sachsen muss uns helfen.
Christine ist Friedrichs Schwester.

Elisabeth
Friedrich.
Mein Onkel.
Er ist friedlich wie ein Schaf.
Er will keinen Krieg.

Joachim
Er wird uns helfen.
Habe ich Ihr Wort.

Elisabeth
So viel Gerede.
So wenig Mut.

Joachim
ab.

Im Leben trifft man sich immer zweimal.

Lindenberg
Ich seh's, Herrin,
was auf Ihnen lastet.
Die Mutter vom Vater verraten.
Was könnte schlimmer sein.
Nur ein Ritter bin ich,
aber ich seh,
die alten Tugenden,
die alten Werte gelten nichts mehr.
Jetzt schaut jeder nur für sich.
Sie sollten sich wappnen.
Eine neue Zeit bricht an.
Jetzt geht es ums Überleben.

Suchen Sie Verbündete,
die Feinde kommen von alleine.

ELISABETH
An meinem Hof bekämen Sie ein Amt.

LINDENBERG
Und meine Armee würde ich Ihnen schenken.

ELISABETH
Wie viele seid Ihr.

LINDENBERG
Wie. Hier. Meine Söhne,
die Brüder,
ein paar Raufbolde,
alles in allem
dreißig Nasen.

ELISABETH
Ich muss nach Schweden.
Mit Brandenburg,
mit Sachsen,
ganz alleine
oder mit ihren dreißig Männern.

LINDENBERG
Sie verlangen viel von mir.

ELISABETH
Es geht ums Überleben heut.

LINDENBERG
Trotz allem bin ich Brandenburger.
Soll ich mich gegen meinen Herrn wenden.

ELISABETH
Er wird Ihnen kein Amt geben.

LINDENBERG
Hat er das gesagt.

ELISABETH
Was soll er mit Ihnen.
Er braucht Geld,
er braucht keine Menschen.
In drei Tagen sind wir am Sund.

Die Dänen werden mir treu sein,
und einen treuen Ritter,
Lindenberg,
werden meine Dänen reich belohnen.

LINDENBERG

Ich hab's weiß Gott versucht.
Er will mich nicht.
Was schulde ich ihm.
Soll ich zurück in meine Burg.
Da wartet nur der Tod.
Und meine Ehre,
die gibt mir nichts zu fressen.
Mach ich mein Glück
nicht hier in Brandenburg,
dann mach ich mein Glück
vielleicht in Schweden.

ELISABETH

Habe ich Ihr Wort.

LINDENBERG

Ein Wort.
Wer braucht ein Wort.
Ich werde dort sein.
Wir reiten pünktlich.
Wir reiten hart.
Und wer zurückbleibt,
ist auf sich gestellt.
Alleine und ohne Hilfe.

Die Geburt der Diplomatie.

JOACHIM

Brandenburg braucht Sachsens Beistand.

FRIEDRICH

So. Wozu.

Joachim

Zehntausend Mann,
um Stockholm zu entsatzen.
Ich bitte dich.

Friedrich

Was hat Sachsen verloren in Schweden.
Was hat Dänemark verloren in Schweden.
Schweden gehört den Schweden.
Wie Deutschland den Deutschen gehört.

Joachim

Wer hat sie verheiratet
mit diesem Johann, diesem Narren.
Das war das Haus Sachsen.
Und wer darf die versalzenen Rüben
nun bis auf den Boden fressen.

Friedrich

Das Reich hat andere Sorgen.
Die Türken stehen vor Ungarn.
Die Römer bluten uns aus.

Joachim

Und an den Universitäten lehren die Ketzer.
Der Schlimmste in Wittenberg,
bei dir in Sachsen.

Friedrich

Luther.
Ein Schreihals, ein fetter.
Was er schreibt, ist widerlich.
Aber er ist ein Deutscher.
Und er stellt sich gegen die Römer.
Der Papst will einen neuen Dom.
Soll er ihn mit seinem Geld bezahlen.

Joachim

Sachsen. Steht nicht zur Kirche,
steht nicht zu Brandenburg.

Friedrich

Du lässt das Weib

in deinem Haus die Reden führen
und deinen kleinen Bruder
besoffen und den Arsch im Freien
durch die Säle rennen.
Du bist das Gespött des Reiches
und Brandenburg ist seine Schande.
Mit unserem Kaiser geht es bald zu Ende.

Elisabeth
Was ist so schwierig an der Treue.
Ist es die Feigheit,
ist es die Gier,
oder ist es einfach die Blödheit.

Friedrich
Im Frühjahr schicken wir
die Lübecker zur Verhandlung nach Schweden.

Elisabeth
Im Frühjahr ist Christine verhungert und tot.
Friedlich ist Sachsen.
Friedlich wie ein Ochse,
wie ein kastrierter Stier.

Friedrich
Wann stopft er ihr das Mundwerk.

Elisabeth
Er. Er sagt nichts.
Er tut nichts. Ist er vielleicht nichts.
Wer zeigt mir einen Mann,
einen Mann und eine Armee für Stockholm.
Für ihn will ich heiraten und sterben.

Friedrich
Kennt eine Frau die Schmerzen, das Blut, den Tod.

Elisabeth
Die Geburt.

Friedrich
Den Krieg.

Elisabeth
Eure Schwester kennt ihn.

Und den Hunger.
Die Treulosigkeit, den Verrat.

Ein Abschied droht.

JOACHIM
Und die Heirat.
ELISABETH
Ich kann meine Mutter nicht verraten.
JOACHIM
Ich bin vor der Welt blamiert.
ELISABETH
Das war nicht meine Absicht.
JOACHIM
Wann reisen Sie.
ELISABETH
In dieser Stunde.
An den Sund.
In Schweden werde ich die Treuen versammeln.
JOACHIM
Die Wälder sind dunkel und kalt.
Und die Wölfe sind nicht das Schlimmste.
Sie haben keine Begleitung.
ELISABETH
Dafür ist gesorgt.
JOACHIM
Ach.
Dafür ist gesorgt.
Winfried.
Was sind das für Pferde.
Um diese Zeit.
WINFRIED
Der Ritter Lindenberg.
Er hat gesattelt und bricht auf.

Joachim
Renn. Die Tore zu. Los.
Gestatten Sie mir eine Frage.
Elisabeth
Euer Gnaden.
Joachim
Könnten Sie mich lieben,
eines Tages.
Elisabeth
Euer Gnaden.
Joachim
geht ab.
Friedrich
kommt.
Prinzessin.
Elisabeth.
Ich beschwöre Sie.
Sie müssen bleiben.
Elisabeth
Jemand muss meiner Mutter die Treue halten.
Friedrich
Wollen Sie Dänemark dienen.
Ihrem Haus.
Ihrer Mutter.
Dann heiraten Sie.
Elisabeth
Adel verpflichtet,
mein Fürst,
und ich sehe,
Sie wollen ihre Pflichten nicht erfüllen,
denn es scheint Ihnen
gerade nicht besonders opportun.
Aber Sie werden mir verzeihen.
Ich treibe keine Politik.
Und stehe, was immer auch kommt,
zu meinem Blut,

ob es nun opportun ist oder nicht,
zu meiner Herkunft.

FRIEDRICH
Es ehrt Sie, Elisabeth.
Und wenn ich die Männer hätte,
ich würde sie Euch geben.

ELISABETH
Euch fehlen nicht die Männer,
lieber Onkel.
Es fehlen Euch die Eier.

FRIEDRICH
verschwindet.

ALBRECHT
Ich bewundere Sie.
Ich verstehe Sie.
Ich hasse diese Leute.
Sie sind so dumm.
Und mein Bruder ist von allen der Dümmste.
Welcher Gott hat diese Welt errichtet.
Darf ich Sie etwas fragen.

ELISABETH
Bitte.

ALBRECHT
Da Sie doch abreisen,
und da Sie nicht heiraten,
und wir uns nie mehr wiedersehen,
dürfte ich Sie vor Ihrer Abreise vögeln.

ELISABETH
Drecksack.

ALBRECHT
Sie werden gewiss sterben in Schweden.
Er tritt auf Elisabeth zu.

ELISABETH
Winfried.

Winfried
erscheint.
Herrin.
Elisabeth
Der Knecht soll mein Pferd satteln. Rasch.
Winfried
Herrin.
Elisabeth
Was ist.
Joachim
tritt auf, das Gesicht mit Blut verschmiert,
in der rechten Hand das Schwert,
in der linken einen großen Sack.
Er leert den Sack.
Die Schädel Lindenbergs,
seiner Söhne und Brüder rollen vor Elisabeths Füße.
Er packt sich einen Schädel, es ist der Lindenbergs.
Kein Lindenberg wird Sie mehr schweinisch anglotzen,
Prinzessin,
der Ritter nicht
und auch keiner seiner Brüder.
Nicht dieser und nicht dieser
und auch keiner seiner Söhne,
nicht der und der auch nicht,
und dieser auch nicht.
Das ist das Schöne
an einer Leibwache.
Ein paar Dinge
sind wirklich schnell geregelt.
Winfried.
Winfried
Euer Gnaden.
Joachim
Habt Ihr es gehört.
Das bin ich.
Euer Gnaden, Joachim der Erste von Hohenzollern,

Markgraf von Brandenburg,
Kurfürst und
Erzkämmerer des Heiligen Römischen Reiches
Deutscher Nation,
das bin ich.
Was ich sage, ist,
was ich will, geschieht.
Oder sieht das jemand anders.
Nicht. Gut.
Morgen bist du meine Frau.
Und du wirst Bischof.
Von Magdeburg.
Oder ich tanz mit euch
den Lindenberg.
Vielen Dank.
Winfried.

WINFRIED
Mein Fürst.

JOACHIM
Wie spät ist es.

WINFRIED
Drei vorbei.

JOACHIM
Dann wollen wir die Knochen werfen.
Wir haben so schöne Knochen.

ZWEITER AKT

In Rom. Papst Leo X. und sein Elefant namens Hanno träumen. Da erscheint der Kardinal Cajetan.

LEO
Hilfe.
CAJETAN
Heiliger Vater.
LEO
Hilfe.
CAJETAN
Sie haben geschlafen.
LEO
Hanno. Wo ist Hanno. Wo ist der Elefant.
CAJETAN
Er ist hier.
LEO
Hier ist er.
Du Viech.
Er tätschelt das Tier und schenkt ihm einen Gugelhupf.
Gugelhupf.
Den ganzen Tag frisst du nur Gugelhupf.
Hast es gut und weißt es nicht.
Deine Haut ist wohl zerfurcht,
aber Sorgenfalten sind es nicht.
Hinter deinem dicken Schädel ist Ruhe.
Ich will mit ihm tauschen.
CAJETAN
Heiliger Vater.
LEO
Zum Wohl der Kirche und der Christenheit

werde ich Hanno an meine Stelle
als Pontifex Maximus treten lassen.

CAJETAN
Heiliger Vater.

LEO
Als Papst ist er so gut wie ich.
Von der Welt hat er mehr gesehen,
als Sie und ich zusammen.
Von Indien nach Portugal,
und auf der Reise nach Rom
sämtliche Häfen des Mittelmeers.
Ohne Zweifel ist er viel beliebter als Sie oder ich.
Wo immer er auftritt, freuen sich die Menschen
und ihr Herz geht auf.
Was ist das Evangelium.
Es ist die frohe Botschaft.
Aber hat ein Mensch jemals in meiner Gegenwart gelacht.
Man erblickt mich und wird zum Griesgram.
Wer Hanno sieht, der wird zum Kind.
Wie heißt es bei Lukas.
Wenn ihr nicht umkehrt und werdet wie die Kinder,
werdet ihr das Himmelreich nicht sehen.

CAJETAN
Matthäus.

LEO
Bitte.

CAJETAN
Matthäus spricht von den Kindern,
nicht Lukas, Heiliger Vater.

LEO
Na bitte.
Ich kenne die Bibel
auch nicht besser als ein Elefant.
Was hört man aus der Kirche.

CAJETAN
Lärm.

Er wird lauter.
Mit jedem Tag wächst die Unruhe.
Das Gerede wird dümmer.
Und jeder will eine Meinung.

LEO
Eine was.

CAJETAN
Eine Meinung.

LEO
Wozu soll das gut sein.

CAJETAN
Es ist eine Mode.
Eine Mode aus Deutschland.

LEO
Aus wo.

CAJETAN
Aus Deutschland.

LEO
Kann man das abstellen.

CAJETAN
Genau deswegen schreibt uns
der Erzbischof von Mainz.

LEO
Wer.

CAJETAN
Albrecht von Brandenburg.

LEO
Was will er.

CAJETAN
Er hat Probleme.
In Wittenberg.

LEO
In wo.

CAJETAN
In Wittenberg.

Leo
In wo.
Cajetan
In Sachsen.
Leo
In wo.
Cajetan
In Deutschland.
Leo
Dieses Deutschland.
Cajetan
Da schreit und tobt ein kleiner Mönch,
ein Augustiner,
predigt, schreibt und publiziert.
Leo
Er publiziert.
Cajetan
Eine Druckschrift jeden Tag.
Leo
Aha. Warum.
Cajetan
Er hat etwas gegen den Ablass.
Leo
Soll er doch.
Darf er doch.
Soll er schreien,
soll er toben,
ganz wie er will,
solange die Deutschen
nur bezahlen.
Cajetan
Ohne Ablass keine Sicherheit.
Ohne Sicherheit kein Kredit vom Fugger.
Ohne Fugger keine Gebühren.
Ohne Fugger nur Ruin.

Leo
Und also.
Cajetan
Er verlangt einen Prozess.
Leo
Der Fugger.
Cajetan
Der Albrecht.
Leo
Aha.
Gegen wen.
Cajetan
Nun gegen Luther.
Leo
Wer ist das.
Cajetan
Das ist der Augustiner
aus Wittenberg.
Leo
Luther.
Was ist das für ein Name.
Grässlich.
Cajetan
Er hat sich den Namen selbst gegeben.
Nach dem griechischen Eleutherios.
Der Befreier.
Leo
Befreier.
Befreier wovon.
Cajetan
Er heißt in Wahrheit nicht Luther.
Leo
Wie heißt er denn.
Cajetan
Luder.

Leo
Luder.
Wie das Aas.
Und wie das unkeusche Weib.
Und wie das Stück Fleisch,
das man auslegt
der Beute zum Köder.
Und das Stück will einen Prozess.
Cajetan
Nicht er.
Albrecht.
Leo
Aha.
An welchem Gericht.
Cajetan
An unserem.
Am vatikanischen.
Leo
Aha.
Und wer soll der Richter sein.
Cajetan
Natürlich Sie,
hochheiliger Vater.
Stille.
Leo
Albrecht.
Albrecht von Brandenburg.
Man unterschätzt ihn leicht.
Weil er gerne trinkt und vögelt.
Hat er sich malen lassen.
Cajetan
Von Cranach, ja.
Leo
Er zeigt Geschmack.
Das ist das Wichtigste.

Und dieser Mönch.
Hat er auch so eine.

Cajetan
Heiliger Vater.

Leo
Eine Meinung.

Cajetan
Mehr als eine.
Er hat eine Meinung
zu allem und jedem.
Viele Deutsche folgen ihm.

Leo
Und Sie, Cajetan, haben Sie auch eine Meinung.

Cajetan
Gewiss nicht, nein.

Leo
Was sagt der Kaiser.

Cajetan
Nicht mehr viel.
Fromm und krank und lebt
wohl nicht mehr lange.

Leo
Kann man ihn kaufen.

Cajetan
Luther.
Vielleicht.
Noch kennt niemand seinen Preis.

Leo
Glaubt er an Gott.

Cajetan
Er glaubt an den Teufel.

Leo
Ein kluger Mann.
Er gehört gevierteilt.
Wie hieß der Knecht,
den wir in Konstanz verbrannten.

CAJETAN
Jan Hus.
Das ist hundert Jahre her.
LEO
Der liegt als Asche auf einem Acker.
Vielleicht möchte dieser Luther das auch.
CAJETAN
Wir können ihn aus dem Weg schaffen,
keine Frage,
aber die Probleme lösen wir damit nicht.
LEO
So.
CAJETAN
Sie hatten damals keine Druckerpressen.
Luther hat das Volk auf seiner Seite.
LEO
Wer.
CAJETAN
Das Volk.
Die Deutschen peitschen es auf.
Sie reden ihm ein, es würde betrogen.
LEO
Das Volk wird betrogen.
Von wem.
CAJETAN
Von uns.
Von der Kirche.
LEO
Aber die Kirche,
das bin ich.
CAJETAN
Heiliger Vater.
LEO
Cajetan.
CAJETAN
Heiliger Vater.

LEO
Sie sind doch ein studierter Theologe.
CAJETAN
Heiliger Vater.
LEO
Dann leiten Sie mir her,
wie ich Hanno zum Papst machen kann.
CAJETAN
Ich fürchte, das wird nicht gehen.
LEO
Aha. Warum nicht.
CAJETAN
Er ist nicht als Priester geweiht.
LEO
Dann weihe ich ihn.
CAJETAN
Aber er ist nicht getauft.
LEO
Dann taufe ich ihn.
CAJETAN
Aber Hanno ist doch ein Elefant.
LEO
Natürlich,
aber ein äußerst frommer.
CAJETAN
Heiliger Vater.
LEO
Sie sind ein theologischer Dummkopf.
Papst kann Hanno natürlich nicht werden.
CAJETAN
Heiliger Vater.
LEO
Aber gegen Kardinal spricht nichts.
Passen Sie auf,
sonst werden Sie
durch einen Elefanten ersetzt.

Mit allen Konsequenzen.
Und liefern Sie mir diesen Ketzer.

CAJETAN
Er sitzt in Sachsen.

LEO
In wo.

CAJETAN
In Deutschland.
Kurfürst Friedrich hält seine Hand über ihn.
Eine Mischung ohne Vorbild oder Beispiel.
Ledig.
Fromm.
Nennt seine Untertanen Kinder.

LEO
Wie.

CAJETAN
Kinder. Er nennt sie Kinder.

LEO
Kinder. Das ist ja ekelhaft.
Wir werden Friedrich diesen Luder abkaufen.

CAJETAN
Abkaufen.

LEO
Dann bringen wir ihn an den Tiber,
stellen ihn morgens vor ein Gericht,
foltern ihn mittags
und verbrennen ihn gegen den frühen Abend,
feiern abends in den Menagerien.
Und nachts stechen
wir die frischen Huren an.

CAJETAN
Was sollen wir Friedrich
für den Ketzer bieten.

LEO
Einen Gugelhupf.

Cajetan
Einen Gugelhupf.
Leo
Einen frischen.
Mag der Sachse keinen Gugelhupf.
Cajetan
Er mag Reliquien.
Leo
Dann bekommt er zum Gugelhupf
eben noch eine Reliquie.
Meine liebe Mutter sagte immer:
Die Großzügigen bleiben
am liebsten unter sich.
Cajetan
Wir sollten die Sache kleinhalten.
Ich werde mir den Augustiner vorknöpfen.
Eine schöne theologische Abreibung,
und der kleine Mönch
schmilzt in meiner Hand wie Butter.
Leo
Hören Sie auf.
Ich bin hungrig.
Cajetan
In Augsburg ist bald Reichstag.
Der Kaiser versammelt die Fürsten.
Leo
Und also.
Cajetan
Zitieren Sie Luther an den Reichstag.
Ich fahre nach Augsburg,
und knöpfe ihn mir vor.
Leo
Nach wohin.
Cajetan
Nach Augsburg.

Leo
Wohin.
Cajetan
An den Reichstag.
Leo
An den was.
Cajetan
Nach Deutschland.
Leo
Deutschland.
Da ist es wieder, dieses Deutschland.
Das ist ja ganz ungesund,
diese Sehnsucht nach diesem Deutschland.

In Torgau. Der sächsische Kurfürst im Gespräch mit seinem Kaplan Spalatin.

Friedrich
Nach Augsburg.
An den Reichstag.
Einem Deutschen
soll kein Römer
auf deutschem Boden
den Prozess machen.
Das wird nicht geschehen,
solange noch Blut
in diesen meinen sächsischen Adern fließt.
Spalatin
Luther soll sich dem päpstlichen Legaten erklären.
Friedrich
Unter der Folter.
Spalatin
Das werden sie vorderhand nicht wagen.
Friedrich
Vorderhand.

Spalatin
Er soll von seinen Lehren abschwören.
Friedrich
Wird er.
Spalatin
Wenn man ihn widerlegt.
Friedrich
Kann man ihn widerlegen.
Spalatin
Er ist ein kluger Mensch
und hat alles ganz genau durchdacht.
Friedrich
Klug stirbt jung.
Spalatin.
Auf ein Wort.
Was sind das für Lehren.
Spalatin
Mutige und freie Lehren.
Und sie hallen weit.
Man spricht über Luther
in Rotterdam,
in Den Haag,
in London,
in Basel.
Friedrich
Was soll ich tun.
Spalatin
Gott befragen.
Friedrich
Das sind die blutigen Tränen
der Heiligen Anna.
Heil ihnen.
Spalatin.
Die Heilige Anna.
Was sind wir ohne sie.
Nichts.

In ihr liegt unsere Kraft.
Die Heiligen zeigen uns den Weg
und das Heil.
Und da.
Was ist das.
Der Schneidezahn von Olar Stankur,
dem Missionar Norwegens.
Heil ihm.
Heil diesen Knochen,
heil den Heiligen,
heil.
Spalatin.
Nenne mir die Zahl.

SPALATIN

17443.

FRIEDRICH

17443 Reliquien besitzt Sachsen.
Und das sind in Jahren Ablass.

SPALATIN

127799 Jahre und 116 Tage.

FRIEDRICH

Ist uns damit die Gnade sicher,
wenn doch eine fehlt,
eine große,
eine heilige,
eine gnadenreiche,
die Reliquie der elftausend Jungfrauen,
Maria,

SPALATIN

Mutter Gottes,

FRIEDRICH

des Erlösers,
Jesus Christus,
gebenedeit seist du unter den Frauen,
warum bringst du sie nicht,

die Reliquie,
warum.

SPALATIN
Weil die Äbtissin von St. Ursula
sie leider anderweitig verkauft hat.

FRIEDRICH
Anderweitig.

SPALATIN
An den Erzbischof von Mainz.

FRIEDRICH
An Albrecht.
Der ist nicht von Mainz.
Aus der märkischen Ödnis ist er.
Und hat sich zum Kurfürst gekauft.
Und Mainz ruiniert
und auf hundert Jahre verschuldet.
Wer sind die Frommen.
Wer sind die Heuchler.
Man weiß es nicht mehr.
Die Deutschen gehen zur Ader,
bis die Römer sie ausgeblutet haben.
bis auf den letzten Tropfen.
Und der einzige,
der das begriffen hat,
ist ein speckiger Mönch
aus Wittenberg.
Kann er gegen Cajetan bestehen.
Oder fährt er nach Augsburg in seinen Untergang.

SPALATIN
Cajetan ist gerissen,
an einem guten Tag,
wird er mit jedem fertig.

FRIEDRICH
Und unser Luther.

Spalatin
Wechselhaft.
Mal so, mal so.
Friedrich
So.
Spalatin
An einem Tag ein Löwe,
am anderen eine Maus.
Friedrich
Können wir ihn hierbehalten.
Spalatin
In Sachsen.
Und ihn nicht reisen lassen.
Wir müssten uns gegen ein päpstliches Breve stellen.
Friedrich
Und wenn uns diese 17443 Reliquien nicht helfen.
Spalatin
Euer Gnaden.
Friedrich
Was, wenn uns gerade
die eine zur Erlösung fehlt,
die elftausend Jungfrauen,
wenn gerade sie heilsnotwendig ist,
gerade jene,
die wir nicht besitzen,
was dann, Spalatin.
Spalatin
Euer Gnaden.
Friedrich
Luther soll nach Augsburg fahren.
Besiegt er den Legaten im Verhör,
und kriegen die Römer
einen Pfiff auf die Nase,
dann sage ich danke.
Und wenn der Luther taucht,

dann wird sich bald ein anderer finden,
der seinen Platz einnimmt als Rammbock Sachsens.

SPALATIN
Noch etwas.
Die Nora von Wesselstein hat geschrieben.

FRIEDRICH
So. Die Äbtissin aus Naumburg.
Die hat aber keine Reliquie, die Arme.

SPALATIN
Es geht um die Elisabeth von Brandenburg.

FRIEDRICH
Unsere Elisabeth.
Das störrische Kind im öden Berlin.
Meine Nichte.

SPALATIN
Ebendie.

FRIEDRICH
Was ist mit ihr.

SPALATIN
Sie will von ihrem Mann weg
und verlangt Aufnahme als Nonne
in das Stift Naumburg.

In Berlin.

JOACHIM
Ins Kloster.
Fein. Ganz hübsch.
Hübsch beten,
die Böden schrubben
und das Ärschelein schön in den Himmel recken,
das gefällt dem Herrgott und dem Jesulein
und allen nackten Engelchen mit ihren spitzen Schwänzchen.
Für welches Klösterchen hast du dich entschieden,
liebstes Dänenweibchen.

Elisabeth
Für Naumburg an der Saale.
Joachim
Naumburg an der Saale. Bravo.
Vorzüglich.
Das ist ein ganz feines Klösterchen.
Wie heißt denn da die Äbtissin.
Elisabeth
Nora von Wesselstein.
Joachim
Das habe ich jetzt nicht verstanden.
Elisabeth
Nora von Wesselstein.
Joachim
Eine von Wesselstein.
Das dreht dem Spatz den Schnabel raus.
So etwas Hochfrommes,
da bekommt selbst ein Kurfürst
eine Anmutung von göttlicher Aufrichtung.
So. Und das Noralein, hat das denn auch Ja gesagt.
Elisabeth
Sie nimmt mich als Novizin, ja.
Joachim
Aha. Als Novizin.
Ganz etwas Großzügiges.
Herrjeh.
Man muss ja fragen,
weil ein bisschen schmutzig und verdorben bist du doch,
mein Bethchen.
Und eine Jungfrau bist du auch nicht mehr,
du bist ja durchgenutzt und abgefeiert.
Das ist deshalb eine große christliche Nächstenlieb
von dieser Freifrau von Wesselstein,
ein solches Stück wie dich
in das blitzblanksaubere
Saumburg an der Naale.

aufzunehmen.
Ganz fein.
Haha.
Aber ich werd's halt leider trotzdem nicht erlauben.

ELISABETH
Mein Fürst.

JOACHIM
Mein Fürst.
Ganz richtig.
Und ich habe gerade meine Gründe.
Du bist ja ganz unnütz, nicht wahr,
fast ganz und gar,
mach mir noch drei Söhne,
und wenn du danach nicht verreckt bist im Wochenbett,
dann magst du nach Naumburg gehen
oder dahin, wo die Läuse mich am Sacke beißen.
Winfried. Wann hatte das Luder ihre Tage.

WINFRIED
Vor acht Tagen.

JOACHIM
Acht Tage, das ist ja ganz famos.
Dann mach sie fest, damit ich drüber kann,
wir wollen doch schauen,
ob aus dieser halben Sächsin
nicht noch ein Erbe auszupressen ist.

In Berlin. Joachim erhält Besuch von seinem Bruder Albrecht. Dieser trägt das Birett eines Bischofs. Die Stimmung könnte besser sein.

JOACHIM
Dank dir,
werter Bruder,
hat ein dreckiger Mönch
aus Wittenberg im Sachsenloch

eine Audienz beim päpstlichen Legaten
erhalten.

ALBRECHT
Eine Audienz.
Einen Prozess sollte er bekommen.
Verbrennen sollten sie ihn.

JOACHIM
Haben sie aber nicht.
Im Gegenteil.

ALBRECHT
Luther ist fett
und Fett ist schlüpfrig.

JOACHIM
Er hat den alten Cajetan
an die Wand genagelt,
und das geht auf deine Kappe.

ALBRECHT
Allerdings geht es auf meine Kappe.
Mir macht er den Ablass kaputt,
mir frisst er den Speck vom Teller,
mir nimmt er das Geld,
die Kraft, den Ablass,
den schönen.
Mir saugt er das Blut ab,
der Ablass, das ist mein Leben,
meine Kraft.
Dieser Ablass war so schön.

JOACHIM
Ablass. Schulden, Bruder,
du bist der Schuldenkönig.
Schau dich an.
So feist und schön.
Und alles gehört dem Fugger.
Du gehörst dir selbst nicht,
du gehörst dem Fugger.

Albrecht
Du verstehst
das Wesen des Kredits nicht.
Wer Schulden hat,
verfügt über einen langen Hebel.
Reichtum. Das hilft nichts.
Spekulieren musst du.
Anlegen, wetten, verpfänden,
Du glaubst ja immer noch an Boden,
an Wälder und an das kurfürstliche Wild.
Kreuzblöd wie alle Brandenburger,
hockst auf deinen Rüben
und lässt einen Furz darauf.
Und dabei könntest du ein Vermögen machen.

Joachim
Du redest Scheißdreck.

Albrecht
Wir sind jetzt mit der Welt verbunden,
Indien, Sumatra und die neue Welt,
da kommt Ware,
Bruder,
da kommt Handel,
da musst du investieren,
mach doch Schulden,
bevor du sie begleichen musst,
bist du schon tot,
mach einen Kontrakt
auf einhundertzwanzig Jahre,
und auf diesen Kontrakt noch einen,
und noch einen.

Joachim
Du redest wie ein Bürger.

Albrecht
Papier ist, was zählt,
buntes Papier,
bedrucktes Papier,

als Geld, als Bild, als Traktat,
bald wird man mit Papier bezahlen.

JOACHIM

Was ist passiert.
Mein Bruder klingt wie Bürgersdreck.
Ich kenn das Geschmeiß.
Es schleicht den ganzen Tag
um meine Tür herum.
Jetzt soll ich für sie die Juden umbringen.
Weil sie bei den Juden
bis zum Arsch aufwärts
in den Schulden stecken.
Soll ich sie aus Brandenburg vertreiben.
Aber ein Fürst hat was an seinen Juden.
Weil sie nämlich pünktlich bezahlen,
für das Privileg
für drei Jahre Aufenthalt
in vierzehn Städten der Mark.
Diese verlogene Brut.
Kommt letzte Woche eine Nachricht
aus Knoblauch im Osthavelland,
ein Diebstahl, aus der Kirche habe man
die vergoldete Monstranz gestohlen
und eine Messingbüchse.
Der Wert war lächerlich,
aber zum Diebesgut
gehörten auch zwei Hostien,
der geweihte Leib Jesu Christi.
Ein Kesselflicker aus Bernau,
ein Mann namens Paul Fromm wurde verdächtigt,
und unter der Folter gestand er.
Einem Juden Salomon aus Spandau
habe er die Hostien verkauft.
Man verhaftet ihn,
kneift ihn, brennt ihn,
schneidet ihm die Ohren,

die Lippen,
die Nase,
da gesteht der Mann.
Unter Wunderzeichen
sei die Hostie zersprungen in drei Teile,
einen jeden habe er verkauft,
einem Jacob von Brandenburg und
einem Marcus von Stendal,
der sie verteilte unter den Gästen einer jüdischen Hochzeit.
Und jetzt.
Soll ich Sonntag
einundzwanzig Juden verbrennen
und den Rest vertreiben mit Feuer
aus der ganzen Mark Brandenburg.
Wir sollten die Juden in Frieden lassen,
und uns dafür die Bürger vom Leib schaffen,
ein für allemal,
vom Leib schaffen, Bruder,
mit diesen frechen Bürgern
aufräumen, aufräumen,
gründlich und gut.

ALBRECHT
Sehr gut.
Und räum auch gleich den Lukas zur Seite.

JOACHIM
Den Lukas.

ALBRECHT
Den Cranach.
Von allen Malern,
eindeutig der Beste.

JOACHIM
Und warum soll ich ihn umbringen.

ALBRECHT
Dann wäre er aus dem Geschäft
und außer Konkurrenz.

Und ich bei ihm
gleich meine Schulden los.

Joachim
Wie viel.

Albrecht
Dreihunderttausend.

Joachim
Du bist ein Unglück.

Albrecht
Ich musste mich malen lassen.
Es herrscht ein Krieg,
ein Krieg der Bilder.
Leih mir zehntausend
bis zum Dreißigsten.

Joachim
Ein Unglück, Bruder,
ein Unglück für mich,
für Brandenburg,
für unser Reich,
ein Unglück fürs Menschengeschlecht,
ein Unglück bist du.

In Rom. Der Legat Kardinal Cajetan, gerade zurück aus Augsburg, steht in einer Ecke, ängstlich, betroffen, er weiß nicht, womit er noch zu rechnen hat.

Leo
Warum willst du nichts mehr fressen.
Hanno. Fäntchen. Grautier.
Jetzt friss doch.
Ob mit Mandeln, ob mit Honig oder bloß mit Schmalz,
er rührt mir den Gugelhupf gar nicht mehr an.
Du hast die Melancholie,
weil die Kirche voller Deppen ist,
gerade in der Kurie

stehen die größten Hornochsen.
War da nicht jemand in Deutschland.

CAJETAN
Heiliger Vater.

LEO
In diesen Händen,
Hanno,
in diesen seinen Händen wurde manch einer zu Butter.
Ein Held.
Ein Großer.
Zurück vom Schlachtfeld in Augsburg.
Was bringt er mit.
Eine Ketzerschrift,
ein häretisches Utensil,
etwas ganz Verdorbenes,
das sind die Zeilen eines Lumpen.
Der Bericht seiner Reden
auf dem Reichstag in Augsburg.
Man weiß gar nicht,
ist es ein Brief.

CAJETAN
Das ist es.

LEO
An mich, das wohl,
aber doch gedruckt,
veröffentlicht,
so macht man das heute wohl,
man schreibt sich offene Briefe.

CAJETAN
Jeder Affe
druckt sich seine
theologische Abhandlung.

LEO
Das ist aber keine Abhandlung,
das ist der Bericht einer Niederlage.

Cajetan
Übles Geschmiere.
Leo
Seiner Niederlage,
lieber Hanno,
dieses meines Legaten,
in Augsburg,
wo er den Luther abreiben wollte
mit den Kratzbürsten
der kurialen Rhetorik.
In meinen Händen wurde schon mancher
so weich wie Butter.
Nicht wahr, das ist es doch.
Aber nun ging das eben schief.
Und drum findet er es nicht lustig.
Wir aber finden es grässlich lustig,
wir drei,
du, ich und der Gugelhupf.
Er liest:
Kurzer Bericht
vom Reichstag in Augsburg,
wo mir ein so genannter Kardinal
mit Namen Cajetan versuchte,
die Hühner einzutun in Theologie und Evangelium.
Zu Cajetan:
Das müssten dann wohl Sie sein, Kardinal, nicht wahr.
Cajetan
Heiliger Vater,
das sind häretische Schmierereien.
Leo
Wohl sind das häretische Schmierereien,
aber öffentlich verlesen wollen wir das doch einmal.
Wie also fährt er fort, der gute Luther.
Er liest:
Dieses Rom könnte mir einerlei sein.
Achtung. Ohren zu.

Ade, liebes Rom, stinke fortan,
was da stinke,
und bleibe unrein für ihn und für,
was unrein ist, undsoweiter,
ich erröte allerdings.
Achtung, jetzt. Cajetan, der Kardinal,
in Augsburg, war unbescheiden, unrichtig,
und wurde von mir besiegt –

Cajetan
Frechheit –

Leo
Und ich hätte die Sache auf sich beruhen lassen,
keine Frage, keine Frage,
wenn meine Widersacher
nur auch hübsch ihre kleinen Fresserchen
hätten halten mögen,
ab da kam noch der Herr Karl von Miltitz –

Cajetan
Miltitz, eine Fehlbesetzung.

Leo
– und dann kam ja noch der Erzbischof von Trier,
und dann kam noch der Bischof von Naumburg
und alle rannten sie zum durchlauchtigsten,
hochgeborenen Kurfürsten,
Herzog Friedrich von Sachsen,
und dann meint eben noch dieser, igitt –

Cajetan
– das ist doch allerwiderlichster Ketzerdreck.

Leo
Aber durchaus unterhaltsam.
Er liest:
Und wenn jetzt
des römischen Hofes Name übel stinkt in aller Welt,
dann liegt das eben auch daran,
weil Karl von Militz meinen
wunderbaren Friedensvorschlag zerstört hat.

Das weiß er nun selbst, doch, doch,
aber er hätte es sich eben vorher überlegen müssen,
bevor er wie ein mutiges geiles
Ross nach dem Ruhm wieherte.
Und jetzt kommt ihm die Reue über seinen Frevel.
Lieber, hochgütiger Vater –
das bin ich –
er liest:
Lege doch deinen und meinen Feinden,
den Schmeichlern, die des Friedens Feinde sind,
einen Zaum an.
Denn dass ich meine Lehre wiederrufe, daraus wird nichts.
Bitte.
Denn dass ich meine Lehre widerrufe, daraus wird nichts.
Ach. Und weiter.
Und da ich ja sonst nichts hätte,
dass ich dir zu Füßen legen könnte,
lege ich dem kleinen Briefchen ein kleines Büchlein bei.

CAJETAN
Ein Büchlein.

LEO
Allerdings.

CAJETAN
Für den Heiligen Vater.

LEO
Ein Büchlein,
ein Brieflein, ein Sendschreiben, ein Traktat,
man weiß nicht mehr,
wo das eine beginnt und das andere aufhört.
Er reicht dem Elefanten einen frischen Gugelhupf.
Er will ihn nicht.
Er ist mit Rosenwasser,
und er will ihn trotzdem nicht.
Cajetan.
Sie großer Gelehrter,
antworten Sie.

Wo es herkommt,
dieses Viech,
in Indien,
was essen seine Brüder,
die anderen Elefanten,
da eigentlich.
Ebenfalls Gugelhupf.

CAJETAN
Leider ist das
nicht mein Fachgebiet.

LEO
Nicht mein Fachgebiet.
Hat der Kardinal noch Töne.
Bequemen Sie sich gefälligst in die Bibliothek.
Da wird es ja wohl Bücher geben
über die Ernährung eines Elefanten.
Nicht mein Fachgebiet.
Sagt mir ein Kardinal.
Wagt er mir zu sagen.
Unverfrorenheit.
Hanno wird Papst.
Und dann exkommuniziert er Sie.
Und dann bringt er Sie aufs Rad.
Sie Ketzer.
Sie machen sich jetzt kundig,
schreiben bis morgen Mittag dreizehn Uhr
einen Bericht über indischen Gugelhupf.
Nicht mein Fachgebiet.
Nicht mein Fachgebiet.

In Berlin. Elisabeth, alleine, in einem dunklen Winkel.

ELISABETH
Haben wir nicht einst den Frühling gekannt,
die Sonne, die wärmeren Stunden.

Jetzt folgen auf die kalten Tage noch kältere.
Auf eine Nacht fällt nur die nächste, dunkler noch,
und Finsternis streckt ihre Hand in unsere Herzen.
Aus Eis sind die Mauern,
was sich vor die Tür wagt, erfriert.
Der Frost gibt den Wanderern den Rest,
Wölfe ziehen durch die Mark Brandenburg.
Man hört sie des Nachts und auch den Tag.
Bleibet da drin, bleibet zu Haus,
der Frostwind geht um.
Zu Tode will er mich schwängern,
krepieren soll ich im Kindsbett,
damit ich ihm den Nachlass nicht belaste und das Erbe.
Hector erscheint.

JOACHIM HECTOR
Mutter, was weint Ihr.

ELISABETH
Du.
Mein Sohn.
Komm her.
Mein Kind.
Mein Trost, mein einziger.
Ich will dich küssen, hier.
Wie schön du bist, wie zart, zeig her.
Sie weicht zurück.
Was ist, hier, hinter dem Ohr,
ein Fleck, gerade der gleiche
wie beim Vater.
Hast du noch mehr von ihm,
du, wo willst du hin, bleib hier.

JOACHIM HECTOR
Du tust mir weh.

ELISABETH
Natürlich, ganz das Ebenbild,
und eine Frucht des Unrechts,
der Gewalt,

ein Mörder schon bald wie er,
ein Vergewaltiger genau wie er.

JOACHIM HECTOR

Du machst mir Angst.
Er reißt sich los und rennt weg.

ELISABETH

Der Antichrist,
der Teufel,
den ich in den Abtritt stoßen soll,
in die Jauche,
uns beide töten,
Mutter und Sohn,
nacheinander, damit die Welt
von diesem Erbe verschont bleibt.
Aber alle Messer hat man versteckt
alle Stricke weggelegt
und jedes Fenster verschlossen.
Du. Diener.

WINFRIED

Herrin.

ELISABETH

Bring mir ein Messer.

WINFRIED

Ich darf nicht.

ELISABETH

Dann einen Strick.

WINFRIED

Fürstin.

ELISABETH

Dann mach mir das Fenster auf.
Ich brauche Luft.

WINFRIED

Ich werde nicht.

ELISABETH

Und wenn ich es dir befehle.

Winfried
Es geht nicht.
Elisabeth
Und wenn ich bettle.
Winfried
Ich kann nicht.
Um den Preis meines Kopfes nicht.
Er geht ab.
Elisabeth
Stockrübe, was du bist, verrecke doch.
Katharina
tritt auf, erstaunt, verwirrt,
sie versteht nicht,
wo sie sich befindet.
Katharina
Verzeihung, ich wollte nicht.
Elisabeth
Wer sind Sie.
Was wollen Sie hier.
Katharina
Nun, man sagt mir, ich müsse, mein Mann.
Elisabeth
Wache.
Katharina
Aber nein, ich bin doch nur,
ich habe mich in der Tür geirrt.
Elisabeth
Wache.
Katharina
Aber wie, das ist doch nicht.
Winfried
erscheint mit dem Schwert.
Fürstin.
Katharina
Fürstin. Sie. Im Namen Gottes.
Ich wusste nicht.

Sie wirft sich auf den Boden.
Vergebt mir.
Mein Eindringen ist ein Versehen.
Ich will nichts Böses.
Mein Mann hat eine Audienz beim Fürsten.
Man ließ mich rufen.

ELISABETH
Wozu.

KATHARINA
Das weiß ich nicht.

WINFRIED
Wie ist dein Name.

KATHARINA
Katharina von Hornung.

WINFRIED
Einen Kaufmann Hornung
habe ich eben hinausbegleitet.

KATHARINA
Wo ist er.
Wo ist mein Mann.

WINFRIED
Zu dritt haben wir ihn verprügelt
und in den Hof geworfen.
Deshalb ließ man Sie kommen.

KATHARINA
Was seid ihr für Menschen.

WINFRIED
Auf Geheiß des Kurfürsten.

KATHARINA
Wo ist er jetzt.

WINFRIED
Wie gesagt, im Hof.
Weit wird er wohl nicht gekommen sein.
In seinem Zustand.

ELISABETH
Du solltest schauen,

dass du hinauskommst,
Frau von Hornung,
schnell,
bevor es zu spät ist.

KATHARINA

Wenn Sie die Fürstin sind,
weshalb haben Sie blaue Flecken im Gesicht.

ELISABETH

Fürsten gibt es hier keine.
Ob im Wahnsinn oder hinter Mauern,
wir sind alle Gefangene.

JOACHIM

ist erschienen.
Wer ist das.

ELISABETH

Niemand.
Zu Katharina.

JOACHIM

Ein hübsches Niemand.

ELISABETH

Geht.

JOACHIM

Winfried.

WINFRIED

Es ist die Frau vom Hornung.

JOACHIM

Die Frau vom Hornung.
Dein Mann, das ist ja ein Drecksack,
ein ganz großer.
Ich habe ihn gerade
mit dem Knüppel durchkneten lassen.
Er meint,
ich würde ihm noch Geld schulden,
dieser Viehjude.
Sag mir nicht,
dass du diesem Dreck nicht zu entkommen suchst.

Katharina
Mein Fürst,
ich bin getraut in Gottes Gegenwart
vor dem Altar und dem Hornung zur Frau gegeben.
Joachim
Er liegt, wo er hingehört, im Scheißloch.
Zu Winfried:
Huren gibt es viele,
aber süß und rar sind verheiratete Metzen.
Ich will sie behalten.
Zu Katharina:
Bist du in Umständen.
Elisabeth
Mein Fürst.
Joachim
zu Elisabeth:
Warum liebst du mich nicht.
Was ist an mir.
Warum muss ich dir jede Nacht entreißen.
Wir könnten ein gutes Leben haben,
Frau, du und ich, friedlich
und ohne Angst,
wenn du mich nur ein bisschen lieben könntest.
Elisabeth
schweigt.
Joachim
zu Katharina:
Bist du schwanger.
Winfried
Antworte.
Katharina
Ich glaube nicht.
Joachim
Dein Mädchenname.

Katharina
Blankenfelde,
Katharina von Blankenfelde.
Elisabeth
Wie der Bischof von Polen.
Katharina
Er ist mein älterer Bruder.
Elisabeth
Verzeihen Sie, ich wusste nicht.
Katharina
Mein Mann hatte eine Audienz.
Man hat nach mir gerufen.
Ich wollte nichts Böses.
Joachim
Sei's drum.
Die Knochen fallen, wie sie fallen.
Winfried.
Mach die Wanne heiß,
lass eine Kammer herrichten,
ein Bett aufschlagen, wir haben Damenbesuch.
Die Frau von Blankenfelde geruhet zu baden.

In Torgau.

Spalatin
Eine Sache in Berlin.
Friedrich
Mit Berlin lass mich in Ruhe.
Spalatin
Der Kurfürst hat sich eine Frau genommen.
Friedrich
Das weiß ich.
Ich war bei der Hochzeit.

Spalatin
Nicht die Fürstin.
Eine andere Frau.
Friedrich
Er hat sich eine Frau,
was, genommen.
Spalatin
Geraubt.
Von einem Kaufmann,
dem er Geld schuldete.
Hornung mit Namen.
Friedrich
Und die Fürstin.
Spalatin
Ist krank,
sieht das Licht des Tages nicht,
zerrüttet und zerstört,
und wird wohl,
wie man hört,
das Frühjahr nicht erleben.
Friedrich
Was können wir tun.
Spalatin
In Brandenburg.
Nicht viel.
Einen Arzt können wir ihr schicken.
Friedrich
Gut. Den Besten. Den Ratzenberger.
Spalatin
Er ist gerade zurück aus Wittenberg.
Friedrich
Dann lass ihn holen.
Friedrich
Dann lass ihn holen.
Warum tut er das,
erklär es mir,

ist er bei Sinnen,
will er das Reich gegen sich aufbringen.
Die Frau eines ehrbaren Bürgers entführen.
Er muss wissen,
dass er seine Gegner befördert.
Hat er sich verloren,
und nichts mehr zu erobern,
er ist begabt,
klug, er hat nichts zu tun,
das Reich würde ihn brauchen,
er müsste bauen,
aber er reißt ein,
sieht er nicht,
wie dieser Papst regiert,
ein Despot,
ein Mann, der seine eigene Stadt,
Florenz,
geplündert hat, zuerst von innen,
durch Korruption und Nepotismus,
und als die Bürger ihn vertrieben,
hat er mit Soldaten massakriert die Stadt,
die ihn geboren, die ihn genährt,
und sich mit dem abgepressten Geld
den Vatikan gekauft und jetzt als Papst,
hält er es genauso.

SPALATIN

Er möchte ein Kurfürst sein,
wie sein Vater einer war.

FRIEDRICH

Das ist er doch schon längst.

SPALATIN

Mein Fürst, mit Verlaub,
es fehlt ihm
die Rechtschaffenheit,
die Moral, die Mäßigung.

Friedrich

Unsinn, Spalatin.
So habe ich auch,
genau auf diese Weise,
mir die Welt zurechtgelegt.
Aber das ist nur Pferdemist.
Gerecht sei der Fürst,
gütig, gemäßigt und gut.
In jedem Menschen sitzt der Teufel,
in jedem, in einem Fürsten nicht weniger,
als in einem gewöhnlichen Knecht,
in mir auch,
aber der Fürst führt,
da der Teufel durch ihn
eine ungleich größere Macht bekommt,
ein umso tugendhafteres Leben.
Der Adel als Stand der Ehre und der Pflicht,
die Untertanen,
auch Sie, Spalatin,
die Schafe, und ich ihr Hirt,
um das Wohl eines jeden bemüht.
So habe ich mir es mir zurechtgelogen.
Aber so war es nicht und so ist es nicht,
die meisten von uns
sind so schwach und so verdorben
wie jeder Mensch,
und weiß Gott,
mein eigener Vater, der als gerecht galt,
hatte blutige Hände und brachte jeden um,
der zweifelte an seinem Stand, seiner Würde
und seinem Anspruch auf Sachsens Thron und Siegel.
Auch ich, Spalatin, werde Sie, noch heute,
wenn Sie sich gegen mich stellen,
auf dem Hofplatz von vier ordentlichen Gäulen
vierteilen lassen.
Schauen Sie nicht so.

Sie wissen es.
Angst ist der Grund für Ihre Loyalität.
Treue oder Tod, ein jeder hat die Wahl.
Die Zeit der Heuchlerei ist vorbei.
Wir herrschen,
weil wir uns die Macht erstritten haben,
man hat sie uns nicht geschenkt,
so sei es, es kann nicht anders sein.
Doch etwas ist nun anders
und das hat er noch nicht begriffen
in seinem Brandenburg.
Unser Schwert ist stumpf geworden,
die Untertanen recken ihre Häupter,
die Bürger werden reich, reicher als der Adel,
wir werden nicht die ganze Welt umbringen können
und wohl auch nicht die halbe.
Nicht der Grausame wird überleben
und auch nicht der Kluge,
siegen wird der grausam Kluge.
Nur Grausam. Vorbei. Nur Klug. Vorbei.
Und leider ist er,
der Mann in Brandenburg,
so grausam wie dumm.
Und um des Reiches Wohl,
wenn Brandenburg so kreuzblöd sein will,
muss Sachsen halt doppelt, dreifach klug sein.
Und ich muss der Vater aller Sachsen sein,
meiner Kinder,
ihnen ein guter Vater.

RATZENBERGER

Mein Fürst.
Sie wollten mich sehen.

FRIEDRICH

Ratzenberger.
Fahr nach Berlin zu meiner Nichte.
Sie ist krank.

Sie braucht Hilfe.
Sie darf nicht sterben.
Hörst du.
Und hör dich um.
Was los ist in Brandenburg,
sei umsichtig, sei verschlagen,
es geht um das Reich.
Und Spalatin.
Sie besuchen unseren Gevatter Martin.
Der Luther wird sich
für die Vorgänge in Brandenburg interessieren.
Er soll darüber schreiben, publizieren,
wenn es schon stinkt in Brandenburg,
dann soll das ganze Reich es riechen.

DRITTER AKT

In Berlin. Der Arzt Ratzenberger, von Friedrich dem Weisen zu seiner kranken Nichte geschickt, erscheint vor Elisabeth. Hector, der junge Prinz, ist bei ihr.

JOACHIM HECTOR
Die Geschichte von Großmutter will ich hören
von der Belagerung in Stockholm
und ihrem Kampf gegen den bösen Sten Sture.
ELISABETH
Das ist keine Geschichte,
das ist die Wahrheit,
und man sagt nicht,
ich will,
man sagt,
ich möchte.
JOACHIM HECTOR
Dann möchte ich die Wahrheit hören.
ELISABETH
Geduld.
Wir haben Besuch.
Ein Herr Ratzenberger.
RATZENBERGER
Aus Sachsen, ja.
ELISABETH
Doktor Ratzenberger.
RATZENBERGER
Richtig.
ELISABETH
Es ist hoffnungslos.
Ich schlafe nicht.
Drei Stunden manchmal,

nicht länger.
Der Kopf schmerzt.
Und ich bin wütend.
Von morgens bis abends.
Wütend die ganze Zeit.
Über mein Schicksal.
Das Dach muss ich
mit einer Frau teilen,
die mein Mann als Hure hier gefangen hält.
Er schlägt sie.
Ich schlage sie auch.
Ich schlage ihren Bastard,
diesen Balg,
den er ihr gemacht hat.
Wenn sie es nicht sieht,
dann zwicke ich ihn blau.

Ratzenberger

Jeden Tag sehe ich Menschen wie Sie.
Wenn in allem der Sinn zu fehlen scheint
und es keine Hoffnung gibt.
Mir ging es einst auch so.
Ich sah nur Leiden,
nur Krankheit und Sterben.
Der Tod einer jungen Mutter
lag mir auf der Seele.
Ich hätte sie retten können.
Aber ich war zu zaghaft und zu eitel.
Ich wollte nicht mehr leben,
da wurde ich nach Wittenberg gerufen,
zu Staupitz, dem Generalvikar der Augustiner.
Es war ein Herbsttag, klar und kalt,
und im Kreuzgang traf ich auf einen Mann,
einen einfachen Mönch.
Er sah mich an,
mit großem Mitleid,
als würde ihn die ganze Welt erbarmen,

und beiläufig,
fast heimlich,
steckte er mir ein Papier zu.
Abends in der Kammer
las ich die Zeilen.
Ich las sie immer wieder,
bis zum Morgengrauen,
und von da
war alles anders.

Elisabeth
Ein Papier hat sie gerettet.

Ratzenberger
Seine Worte waren es.

Elisabeth
Ein Zauberspruch.

Ratzenberger
Ein Gedanke.
Jeder Mensch muss sterben.
Auch ich.
Das ist unvermeidlich.
Aber bis zu jenem Tag bin ich frei.

Elisabeth
Frei wozu.

Ratzenberger
Frei zu denken,
was ich will,
frei zu lieben,
wie ich will,
und einer Sache nur
bin ich verpflichtet,
meinem Herzen, meinem Gewissen.

Elisabeth
Und wenn einer kommt,
und Sie ihn Fesseln legt.

Ratzenberger
Kann er meine Gedanken
doch niemals einsperren.
Elisabeth
Und wenn er Ihnen das Messer an die Gurgel hält.
Ratzenberger
Soll er.
Sterben muss ich ohnehin.
Elisabeth
Die Zehen quetscht,
die Lippen schneidet,
die Ohren versengt.
Ratzenberger
Berührt er doch meine Seele nicht.
Elisabeth
Aber wenn er Ihnen das Liebste nimmt,
das eigene Kind ersticht und verbrennt.
Ratzenberger
Wird er seinen Richter finden
und ich das Kind wiedersehen,
wenn mein Herr es will und duldet.
Elisabeth
Sie fürchten gar nichts.
Ratzenberger
Nur die Furcht selbst.
Dass ich feige werde und kleinmütig
und ich mein Herz verleugne
und fern bin von meinem Gewissen.
Elisabeth
Wie hieß dieser Ort.
Ratzenberger
Wittenberg in Sachsen.
Elisabeth
Wittenberg.
Und wie hieß der Mann.

Ratzenberger
Dr. Martin Luther.
Elisabeth
Ich bin die Tochter der Königin von Dänemark.
Und fühle mich wie eine Gefangene.
Stille.
Ratzenberger
Es gibt einen Weg hinaus,
sagt Luther.
Der Teufel hat uns nur in der Gewalt,
wenn wir ihm die Gewalt lassen.
Und jeder Mensch kann sich selbst befreien,
und ist niemandem Untertan.
Elisabeth
Niemandem Untertan.
Ratzenberger
Die Fesseln legt der Mensch sich selbst an.
Aber er kann sie abstreifen, sagt Luther.
Die Tür steht offen,
und doch bleibt der Vogel im Käfig.
Aber es gibt keinen Grund,
sich zu fürchten,
die Furcht selbst,
die Angst vor der eigenen Freiheit,
hält die meisten Menschen gefangen.
Elisabeth
Aber Sie sind nicht gefangen.
Ratzenberger
Niemand ist gefangen.
Elisabeth
Und wie hieß diese Schrift.
Ratzenberger
Es war diese hier.
Er reicht ihr eine Flugschrift.
Elisabeth
Von der Freiheit eines Christenmenschen.

Joachim

erscheint, hinter sich die schwangere Katharina.

Du hast Besuch.

Elisabeth

steckt die Flugschrift weg.

Joachim

Ich hoffe sehr, ich störe nicht.

Ratzenberger

Mein Fürst.
Mein Name ist Ratzenberger.
Ich bin ein Arzt aus Sachsen.

Joachim

Aus Sachsen. So.
Sie werden doch Ihre Approbationen mit sich haben.

Ratzenberger

Natürlich, Eure Kurfürstliche Gnaden.

Joachim

Lückenlos.

Ratzenberger

Das will ich hoffen,
Eure Kurfürstliche Gnaden.

Joachim

Hoffen.
Das sollte kein Anlass für Hoffnung,
sondern von Wissen und Ehrgeiz und Überzeugung sein.

Ratzenberger

Natürlich, Eure Kurfürstliche Gnaden.

Joachim

Jeder weiß, wie es der Fürstin geht.
Dazu braucht es keinen Arzt.
Man braucht sie nur anzuschauen.
Als hätte man ihr ins Maul geschissen.
Pass auf,
Ratzenberger, man kann
diese Fressen auch mit Jauche füllen.

Ratzenberger
Ich bin Arzt, nichts weiter.
Joachim
Und behandeln meine Frau.
Ratzenberger
Mit einem einzigen Ziel.
Joachim
Da bin ich neugierig.
Ratzenberger
Ihr Wohlbefinden.
Joachim
Sie dreckiges Schwein.
Ratzenberger
Mein Kurfürst.
Joachim
Sie dreckiges,
zügelloses,
freches und lusttrünstiges Fleischstück, Sie.
Vierteilen werde ich Sie lassen, kleinhacken,
Ihre Augen
werde ich den Möwen noch im Schädel servieren.
Der Henker wird Sie lebendig
mit tausend heißen Zangen
in zehntausend Stücke reißen.
Hat er sich eingenässt.
Ich mache doch nur Scherze.
Kümmern Sie sich gut um meine Frau.
Sie haben meine ausdrückliche Erlaubnis.
Halten Sie nicht an sich, halten Sie sich nicht zurück.
Behandeln Sie sie nach allen
Regeln der medizinischen Fachwissenschaft.
Ich weiß ja nicht,
was es da alles für Techniken und Methoden gibt,
aber ich bin sicher,
meine Frau sollte in den Genuss
der größtmöglichen Behandlungsbreite und -tiefe kommen.

Sie hat es verdient undsoweiter.
Diese Sächsin,
die ist ja geizig.
Die ist ja freudlos.
Jeden Abend besteige ich sie.
Und jeden Abend besteige ich eine Leiche.
Mürbe. Trocken.
Als müsste man einen Felsen pflügen.
Brandenburg braucht Erben.
Die Bälger krepieren wie die Fliegen.
Von zehnen neune,
bevor ihnen ein Bart wächst.
Geben Sie ihr etwas, Doktor, irgendetwas.
Diese Sächsin hilft mir nur schwanger.

JOACHIM HECTOR
Vater.
Was reden Sie.
Sie haben einen Sohn.

ELISABETH
Joachim Hector, nein.
Sei still.

JOACHIM
zu Elisabeth:
Lass ihn reden.
So.
Mein Sohn bist du also.
Dann willst du wohl eines Tages Fürst werden.

JOACHIM HECTOR
Genau wie Sie,
mein Vater.

JOACHIM
Zeig her.
Du siehst mir überhaupt nicht ähnlich.
So blass wie du bist.
Mit Augen wässrig und verklebt,
wie die einer kranken Katze.

Winfried.
Du bist ein Schelm.

WINFRIED
Mein Fürst.

JOACHIM
Dieser Balg da.
Der sieht gerade aus
wie du.

WINFRIED
Mein Fürst.

JOACHIM
Aber genau wie du.
Vor allem die Ohren.
Und das Feixen.
Die Nase hat er allerdings vom Doktor.
Oder vielleicht vom Friedrich.
Hat vielleicht der Onkel aus Sachsen
diesen Schoß aus Sachsen auch gepflügt.
Zu Katharina:
Wo willst du hin.

KATHARINA
Mein Fürst, mir ist nicht gut,
ich wollte mich setzen.

JOACHIM
Sie wollte sich setzen.
Sie steht im Zimmer der Kurfürstin
und wollte sich setzen.

ELISABETH
Lass doch diese Frau in Ruhe.

JOACHIM
Was sagt sie.

ELISABETH
Hast du es nötig,
eine Schwangere zu quälen.
Winfried.
Bring einen Stuhl.

Winfried
bewegt sich nicht.
Joachim
Winfried
Winfried
Mein Fürst.
Joachim
Hast du die Fürstin nicht gehört.
Einen Stuhl.
Winfried
bringt einen Stuhl.
Katharina
setzt sich.
Joachim
Sehen Sie das, Doktor.
Wie sich das Kind setzt.
Das ist märkische Ware.
Ganz gesund.
Da verstehen Sie etwas davon,
von Frauendingen,
die ganze Zeit,
die Sie bei den Weibchen auf'm Ofenbänklein sitzen,
ganz nah, und das Mündchen
ist beim Öhrchen, und das Händchen
liegt ihm Händchen, und da
säuselt man sich schöne
Geschichten zu mit feuchten,
lästerlichen Zungen.
Er hat sich wahrhaft eingenässt.
Das ist der Humor in Brandenburg,
Medikus, und grüßen Sie mir Friedrich, den Sachsen.
Ratzenberger
Mein Fürst,
der Kurfürst von Sachsen
weiß von ihnen und kennt
ihr Schicksal.

Katharina
Und was ist es,
mein Schicksal.
Ratzenberger
Ihnen geschieht ein Unrecht.
Katharina
Die ganze Welt ist ein Unrecht.
Ratzenberger
Es gibt Gesetze,
an die sich auch ein Fürst halten muss.
Katharina
Muss er.
Und sonst.
Will Friedrich Truppen schicken.
Und Sachsen zieht in den Krieg
gegen Brandenburg.
Wegen einer Frau
ohne Herkunft und ohne Stand.
Ich darf nicht reden,
mein Herr,
ich darf nicht über mich bestimmen,
aber denken kann ich wohl.
Ratzenberger
Soldaten werden keine kommen,
aber Sie haben den Beistand einer anderen Macht,
es ist die Macht
der öffentlichen Meinung.
Sie hat einen Meister,
und ich kenne ihn,
ihn und seine Peitsche.
Vertrauen Sie.
Vertrauen Sie mir.
Vertrauen Sie Gott.
Vertrauen Sie Luther.

Elisabeth
kommt und liest das Flugblatt,
das Ratzenberger ihr gegeben hat.
Was hilft es der Seele,
dass der Leib ungefangen,
frisch und gesund ist,
isst, trinkt, lebt, wie er will.
Ratzenberger
stimmt mit ein:
Ebenso: Was schadet es der Seele,
dass der Leib gefangen,
krank und matt ist, hungert,
dürstet und leidet, wie er nicht gern will.
Elisabeth
Diese Dinge reichen nicht bis an die Seele,
um sie zu befreien oder gefangen zu nehmen,
gut oder böse zu machen.
Ratzenberger
Das ist ein feines Beispiel zu dieser Lehre,
da Christus sich und die Seinen freie Königskinder nennt.
Elisabeth
Freie Königskinder,
die keines Dinges bedürfen und sich doch freiwillig fügen,
dienen und den Zins geben.
Denn ist der innerliche Mensch mit Gott einig,
fröhlich und voller Lust um Christi willen.
Ratzenberger
Der so viel für ihn getan hat,
und steht alle seine Lust danach.
Elisabeth
Lust. Dass er ebenso.
Ratzenberger
Dass er ebenso
auch Gott
umsonst dienen
kann in freier Liebe.

ELISABETH
In freier Liebe.
Ja, in freier, wahrer Liebe.

In Torgau.

FRIEDRICH
Ratzenberger. Zurück aus Berlin.
RATZENBERGER
Die Kurfürstin ist genesen.
SPALATIN
Nach einer einzigen Konsulation.
RATZENBERGER
Ihre Seele atmet,
die Wangen sind frisch
die Haut rosa,
ein Leuchten in den Augen,
und der Rücken nun ganz gerade.
SPALATIN
Mit Hilfe welcher Medizin.
RATZENBERGER
Des Evangeliums.
FRIEDRICH
Nach Lukas.
RATZENBERGER
Nach Martin.
Sie hat die Medizin
getrunken und war geheilt.
FRIEDRICH
Die Kurfürstin
von Brandenburg
als Lutheranerin.
SPALATIN
Um Gottes willen.

FRIEDRICH
Weiß der Fürst davon.
RATZENBERGER
Lange wird es ihm nicht verborgen bleiben.
SPALATIN
Unglück, was machen wir nun.
FRIEDRICH
Sie haben
der Fürstin Theologisches gebracht,
nicht wahr.
RATZENBERGER
Ganz recht, mein Fürst.
FRIEDRICH
Und es hat gewirkt, nicht wahr.
RATZENBERGER
Mein Fürst, das hat es.
FRIEDRICH
Dann bringen Sie ihr mehr davon.
RATZENBERGER
Mehr davon.
FRIEDRICH
Mehr.
Und Stärkeres.
SPALATIN
Das wird Elisabeth
ganz auf Luthers Seite stoßen.
FRIEDRICH
Spalatin,
Sie sind ein miserabler Politolog.
SPALATIN
Vielen Dank, mein Fürst.
FRIEDRICH
Kann es in Brandenburg denn schlimmer kommen.
Wohl nicht.
Es braucht jetzt Politik, Strategie
und gute Nerven.

Und die rechten Schriften.
Ratzenberger.
Bring ihr Predigten,
Hetzschriften, Porträts,
Flugschriften, alles
was sich von Luther finden lässt.
Spalatin.

SPALATIN

Mein Fürst.

FRIEDRICH

Was glotzen Sie so dumm.
Bewegen Sie sich.
Wo setzt man den Hebel an.
In einem Spalt, in einer Lücke.
Und welcher Spalt ist tiefer
als jener durch das Ehebett.

In Berlin.

WINFRIED

erscheint, ängstlich, flennend,
er ist auf der Flucht.
Aja, aja.

JOACHIM HECTOR

erscheint ebenfalls, und nun begreift man,
dass er den alten Diener mit einem Stock traktiert.
Verfluchter Hunnenkönig,
fahr zur Hölle,
dein Schicksal ist besiegelt.

WINFRIED

flennt,
ganz zur Belustigung der beiden Kurfürsten.
Erbarmen, bitte, nein.

JOACHIM HECTOR

will schon den Knüppel auf den Winfried

niedersausen lassen,
doch hält er im letzten Augenblick inne.

JOACHIM
Auf was wartest du, mein Sohn.
Stich ihn ab, den Hunnenlümmel.

JOACHIM HECTOR
Winfried findet es nicht lustig.

JOACHIM
Was kümmert das einen Krieger.

JOACHIM HECTOR
Ich will nicht.

JOACHIM
Was bist du.
Ein Dampfbrötchen.
Was willst du werden.
Ein Kurfürst.
Gib mir den Stock.

JOACHIM HECTOR
Vater, nein.

JOACHIM
Er nimmt Winfried ein Papier ab.
Was hast du da.
Gib her.
Das ist von Luther.
Gehört das dir.

WINFRIED
Bestimmt nicht.

JOACHIM
schlägt ihn.

WINFRIED
Hab's doch nur gefunden.

JOACHIM
schlägt ihn.

WINFRIED
Kann doch gar nicht lesen.

Joachim
Ein Christenmensch ist ein freier Herr über alle Dinge
und niemandem untertan.
Ein Christenmensch ist ein dienstbarer Knecht aller Dinge
und jedermann untertan.
Was ist das für ein Dreck.
Wo hast du es gefunden.
Winfried
In der Stube.
Joachim
In welcher Stube.
Winfried
In der Kutscherstube.
Joachim
Und wie kommt es dahin.
Winfried
Ich weiß es nicht.
Joachim
schlägt ihn.
Winfried
Jemand hat es liegen lassen.
Joachim
Und wer hat es liegen lassen.
Winfried
Bitte, mein Fürst.
Joachim
Sprich.
Winfried
Ich kann doch nicht.
Joachim
schlägt ihn.
Winfried
Die Fürstin,
es gehört der Fürstin.

Joachim
Elisabeth.
Eine Ketzerin.
Albrecht
kommt mit einer Flugschrift und liest:
Es hilft der Seele nicht, wenn
der Leib heilige Kleider anlegt, wie
die Priester und Geistlichen tun,
auch nicht, wenn er in der Kirche und in heiligen
Stätten ist, auch nicht, wenn er mit
heiligen Dingen umgeht, auch nicht,
wenn er leiblich bete, faste, Wallfahrten
machte und alle gute Werke tue, die
durch und in dem Leibe geschehen
mochten ewiglich.
Ja, was denn, wie.
Das ist häretisch, ketzerisch, pfui.
Joachim
Und steht genau auch hier.
Albrecht
Das liegt jetzt überall herum
in deinem Schlosse.
Und diesen Ketzergeifer,
die unsägliche Teufelsgalle,
finde ich auf dem Altar,
in der Kirche,
Bruder, auf dem Allerheiligsten.
Er nimmt mir das Geld.
Er will an die Gewänder, an den Altar, an das Allerheiligste.
Er nimmt dir die Frau.
Was will er als nächstes,
Bruder.
Bleibt nicht mehr viel.
Den Stand noch.
Joachim
Und das Leben.

Joachim Hector
kümmert sich um den zerschlagenen Winfried.
Es war doch nur Spaß,
es tut mir leid,
nur Spaß, verzeih.

In einem anderen Winkel

Elisabeth
liest:
Darum muss man die Straßen rein halten,
Friede in Städten schaffen
und Recht in Landen handhaben,
und das Schwert frisch und
getrost hauen lassen auf
die Übeltäter.
Es darf niemand gedenken,
dass die Welt ohne Blut regiert werde,
es soll und muss
das weltliche Schwert rot und
blutrüstig sein, denn die Welt
will und muss böse sein, so
ist das Schwert Gottes Rute und
Rache über sie.
Sie legt ihre Flugschrift zur Seite.
Da hat er gewiss recht, der Martin,
aber jemand muss dieses Schwert führen,
und ich, wie soll ich,
das geht nicht, aber ich will
dieses Kind, meinen Sohn
danach formen:
Er soll dieses Schwert führen,
Hector soll das Werkzeug werden,
das Werkzeug der Reinigung.
Keine Rache.

Rache. Wozu.
Keine Wut, woher, wir werden kalt nun,
menschlich, grausam, unerbittlich.
Rache schneidet das Unkraut,
aber wir müssen daran gehen,
die Wurzel auszureißen.
Nicht seinen Vater soll er hassen,
sich selbst soll er verabscheuen,
was er ist, von welchem verdorbenem Stamme er kommt
und was noch Mitleid hat und Liebe empfindet.
Er wird das Gift sein,
er wird die Wahrheit sein,
und mit dieser Wahrheit in der Hand
wird er die Leichenberge errichten.
Das Reich der Niedertracht
und seine Söldner wird er vernichten.

Der Arzt Ratzenberger steht etwas ratlos vor Katharina.

Katharina
Was er gesagt hat, fragen Sie.
Ja, schau, ein Briefchen,
das hat er gesagt,
ein Briefchen aus Wittenberg,
von einer Mönchskutte. Wie schön.
Der Herr Doktor Luther sorgt sich um dich,
Rinchen, Täubchen,
er sorgt sich um dein Seelenheil,
ist das nicht entzückend.
Eine Sünde sei es, was wir hier treiben,
du und ich, eine gar lästerliche Sünde wider Jesus Christus.
Und drum soll ich dich nach Hause schicken,
zu deinem Hornung, zu deinem Wolf, zu deinem Bürger,
zu diesem Vieh mit Mundgeruch,
damit du seine Unterhosen

wäschst und den Schniedel polierst.
Eine solche Berühmtheit, Rinchen, bist du geworden,
man spricht schon in Sachsen über dich.
Was soll ich antworten, sag es mir,
was soll ich diesem frommen Kuttenträger schreiben.
Und dann schaut er mich an,
ganz lange, der Kurfürst,
mit diesem Blick, diesen schwarzen Sternen,
in denen alles zu Eis wird, zu Glas.

RATZENBERGER
Und was haben Sie geantwortet.

KATHARINA
Geantwortet.
Nichts. Nichts. Was auch.
Geschwiegen habe ich.
Eine Sünde ist es wohl,
und ich sehe es dir ja an, Rinchen,
dass es dich manchmal hart ankommt,
nicht wahr, sehr hart,
und wie du dich zwingen musst.
Aber alles in allem
ist das Leben einer kurfürstlichen Hure besser
als das einer bürgerlichen Ehefrau,
die Wäsche ist feiner,
die Suppen sind leichter,
der Wein ist süßer.
Also. Was. Wolf oder Joachim.
Bürger oder Kurfürst.
Er hat den Brief verbrannt.

RATZENBERGER
Verbrannt.

KATHARINA
Briefe sind aus Papier.
Haben Sie gedacht, ein Kurfürst
würde sich davor fürchten.

Ratzenberger
Das wird er schon noch,
keine Sorge.
Und dann.
Katharina
Und dann.
Ratzenberger
Nachdem er den Brief verbrannt hat.
Katharina
Und dann. Was und dann.
Was denken Sie, was dann.
Was wollen Sie hören.
Die Einzelheiten.
Ja. Wozu. Nun.
Gehen Sie. Lassen Sie mich. Es gibt nichts mehr.

In Rom. Der Papst Leo X. ignoriert seinen Legaten, den Kardinal Cajetan, und unterhält sich mit Hanno, dem Elefanten.

Leo
Was sagst du, Hanno.
Warum machen wir nicht einfach
einen großen Haufen mit seinen Briefchen
und mit seinen Büchlein und mit seinen Schriftchen,
und warum setzen wir dieses Mönchlein,
dieses Lutherlein, nicht einfach obendrauf
und zünden alles an,
bis die Funken stieben und tanzen
und wir uns am süßen Klang
seiner Todesschreie erlaben dürfen.
Und warum setzten wir nicht diesen Kerl da,
diesen Kardinal,
der dich sterben lässt,
der zwar behauptet,

er sei klug,
nicht gleich mit auf den Haufen.
Ja, das wäre schön,
aber das geht eben nicht mehr, nein.
Ich bin zwar der Papst,
aber ich darf über Ketzer nicht mehr richten.

CAJETAN
Aber der Kaiser könnte es.

LEO
Der Kaiser.

CAJETAN
Gegen den Kaiser könnte sich der Sachse nicht stellen.

LEO
Der Kaiser ist stärker als der Sachse.

CAJETAN
Bestimmt.

LEO
Aber der Papst ist
doch gewiss stärker als der Kaiser.

CAJETAN
Ohne Zweifel.

LEO
Weshalb kann der Kaiser
dann etwas gegen den Sachsen ausrichten,
wir als Papst hingegen nicht.

CAJETAN
Eine gute Frage.

LEO
Und hier kommt die Antwort.
Weil dieser Kaiser
von Geblüt ein Österreicher ist,
und diese Österreicher,
die wünschen sich nichts sehnlicher,
als einem Deutschen in den Darm zu kriechen,
weiß Gott warum,
und dieser Kaiser,

dieser Max,
der hat sich nun eben den Sachsen ausgesucht,
den Fritz und dessen Darm,
und darum will er den Martin
nicht an die Klöten fassen.
Cajetan.
Was halten Sie von dieser Analyse.

Cajetan
Bestechend.

Leo
Und warum ist es nicht Ihre Analyse.
Warum muss ich immer alles selber denken.

Cajetan
Heiliger Vater.

Leo
Weil ich im Universum
gleich nach Jesus Christus komme,
deswegen.
Dieser Kaiser,
dieser Max,
dieser Kerl
ist doch furchtbar
alt und krank.

Cajetan
Das ist er wohl.

Leo
Der Herrgott
dürfte ihn
gewiss in aller Bälde
vor sein Gericht berufen.

Cajetan
Das wäre sicher hilfreich.

Leo
Dann gäbe es einen neuen Kaiser.

Cajetan
Bloß wen.

Leo
Ein schöner,
junger Spanier,
ein frommer Diener
dieser Kirche,
der würde aufräumen
mit allem Ketzerzeug.
Cajetan
Er müsste gewählt werden
von den Kurfürsten.
Leo
Das sind Deutsche.
Und Deutsche sind korrupt.
Der Spanier
wird das höchste Gebot abgeben.
Das ist ein schöner Plan.
Muss nur noch der alte Kaiser weg.
Dann wollen
wir ihn doch darum bitten,
in einem Gebet.
Cajetan
Wen bitten.
Leo
Natürlich Jesus Christus.
Cajetan
Bitten worum.
Leo
Dass er diesem Max das Licht ausdreht.
Cajetan
Heiliger Vater.
Leo
Nur keine Sorge.
Das ist ganz fromm und christlich.
Schließlich bin ich der Papst.
Ich darf das.
Beten wir.

Beten wir leise
um die baldige Abberufung
des seligen Bruders
Maximilian von Österreich.

Ein Bote
erscheint
Eine Nachricht,
eine dringende Nachricht
für den heiligen Vater.

Leo
öffnet den Brief.
Der Kaiser ist tot.

Cajetan
Wer ist tot.

Leo
Der Kaiser.

Cajetan
Unser Kaiser.

Bote
Genau der.

Cajetan
Maximilian.

Leo
Allerdings.

Cajetan
Ist tot.

Leo
Steht da.

Cajetan
Da steht,
unser Kaiser Maximilian ist tot.

Leo
Das steht hier, ja.

Cajetan
Der Himmel stehe uns bei.

Leo
Bitte.
Natürlich.
Der Himmel.
Allerdings.
Stehe er uns bei.

In Berlin.

Elisabeth
Mein Sohn. Komm her.
Du wolltest doch die Wahrheit hören.
Deine Großmutter war eine Königin.
Die Königin von Dänemark.
Und du weißt auch, dass sie einst ausharrte
in der Ritterburg zu Stockholm während tausend Tage.
Weil ihr Mann,
dein Großvater,
ein Sauhund,
sie zurückließ.
Tausend Mann sind bei ihr.
Das Essen geht aus.
Das Wasser vergiftet.
Die Belagerten sterben wie die Fliegen.
Sture holt Kanonen.
Aber die Königin gibt nicht auf.
Dann starben hundert,
und dann starben noch einmal hundert,
und dann starb ein junger Soldat,
Carl mit Namen,
ein starker, schöner,
mit flachsblondem Haar,
die Königin liebte ihn sehr,
und mit seinem Tod
sank die Zahl auf neunundneunzig lebendige Seelen.

So übergab sie die Feste Stockholm und
ging in die Gefangenschaft.
Und wer war schuld daran.

JOACHIM HECTOR
Sture natürlich.

ELISABETH
Denk nach.
Schuld war der untreue König.
Ein solches Schwein war dieser Mann,
dass selbst sein Pferd
dieses Aas nicht auf seinem Rücken duldete
und den Johann zu den Ratten in den Graben warf.
Das war bei Aalborg.
Der Herr ließ ihn noch ein bisschen jammern,
dann schickte er den Lümmel in die Hölle.

JOACHIM HECTOR
In die Hölle.

ELISABETH
Geradewegs. Zack.
Und auf dem dänischen Thron, wer folgte ihm.
Dein guter, frommer, tapferer Onkel Christian.
So. Und was macht der nun.
Der lässt sich
von diesen dreckigen Schweden nichts erzählen.
Der schaut zum Rechten.
Nimmt ein paar Schiffe.
Bei Bogesund trifft er auf Sten Sture den Jüngeren.
Der macht es nicht mehr lange.
Eine Kanonenkugel reißt ihm das Beinchen aus dem Leib.
Zack. So verblutet er.
Unser Christian aber.
Dein guter, guter Onkel.
Nach Stockholm. Da hat er noch eine Rechnung offen.
Belagert die Stadt,
belagert die treulosen schwedischen Eiterbeulen.
Da trifft er auf die Witwe von diesem Sture.

Eine Hure. Das sind alles Huren, dreckige Huren.
So. Und dann säuselt sie.
Erbarmen, erbarmen, wir ergeben uns ja,
wenn ihr uns das schwedische
Recht lasst und uns nichts antut.
Jetzt Achtung. Das wird dir gefallen.
Sagt doch unser Christian:
Hochedle Frau, ich ehre Sie
und alle Schweden, und Ihre Wünsche
werden sämtlichst erfüllt, und jetzt
macht die Tore der prächtigen Stadt Stockholm auf,
damit wir die Krönung des Königs
Christian von Schweden feiern können.
Und sie macht's, sie macht's,
dein Onkel reitet ein,
die Krönung wird vollzogen,
das Fest beginnt,
die Dänen und die Schweden
liegen sich in den Armen,
aber am nächsten Tag
lässt unser guter Christian alle Schweden packen,
mit glühenden Eisen piesacken,
und dann kommt ein guter deutscher Landsknecht
und schlägt dem schwedischen Teufelsgesindel
vom Hals die Rübe ab.

JOACHIM HECTOR
Zack.

ELISABETH
Sechsundneunzigmal zack.

JOACHIM HECTOR
Der Onkel hat gelogen.

ELISABETH
Richtig.
Er hat diesen stinkenden Drecksfressen
geradewegs ins Gefräß gelogen,
weil das Maden sind,

die haben keine Wahrheit verdient,
das sind Gottlose, Ketzer.
Nur durch die Schrift, nur durch den Glauben.
Wiederhole.

JOACHIM HECTOR

Nur durch die Schrift.
Nur durch den Glauben.

ELISABETH

Gut. Hast du gelernt.

JOACHIM HECTOR

Der römische Stuhl ist schändlicher
als Sodom, Gomorra und Babylon,
die römische Kirche eine Mordgrube unter Mordgruben,
ein Haupt und ein Reich der Sünde,
des Todes und der Verdammnis,
und selbst wenn der Antichrist käme,
sähe man nicht,
was hier an Bosheit noch zunehmen könnte.

ELISABETH

Schön, gut, weiter.

JOACHIM HECTOR

Der böse Geist sollte Papst sein.
Unter dem weiten Himmel
ist nichts Ärgeres, Vergifteteres,
Gehässigeres als der römische Hof.
Er übertrifft der Türken Untugend weit.
Er sagt auch,
der Mensch sei unausweichlich böse
und von verderbter Beschaffenheit.
Er sagt auch, der irrende Mensch kann die Kreatur lieben,
aber er kann nicht Gott lieben.
Jede Handlung, so sagt er,
jede Handlung der Begierde vor Gott ist
etwas Böses und eine Hurerei –

ELISABETH

– eine Hurerei des Geistes.

Joachim Hector
Eine Hurerei, was ist das –
Winfried
Ich bringe Nachricht.
Hier, lest.
Der Kaiser
Maximilian der Erste
auf seiner Reise nach Innsbruck
hat sich nun
auf einer Burg in Wels
in den Sarg legen lassen,
den er seit vier Jahren
stets hinter sich im Tross
hat mit sich führen lassen.
Er hat sich in den Sarg legen lassen.
In ganz gewöhnlichen Gewändern
und sich seinen Leichnam auspeitschen lassen.
Elisabeth
Seinen Leichnam.
Warum das nun wieder.
Winfried
Nun weil er halt tot ist.
Elisabeth
Tot.
Joachim Hector
Tot.
Elisabeth
Max ist tot.
Winfried
Ganz tot.
Elisabeth
Er ist tot.
Der Kaiser ist tot.

In Torgau. Friedrich packt für Frankfurt.

Friedrich
Der Kaiser ist nicht mehr.
Und alles, was von ihm bleibt,
sind seine Schulden.

Spalatin
Was soll nun aus uns werden.
Was wird aus dem Reich.
Wer wird der neue Kaiser.

Friedrich
Gewählt wird,
wer den Kurfürsten,
also dem Wahlgremium,
am meisten zahlt.

Spalatin
Die Kaiserkrone wird verkauft.

Friedrich
Alles wird verkauft,
mein lieber Spalatin.

Spalatin
Und wer kriegt das ganze Geld.

Friedrich
Nur einer.

Spalatin
Der Fugger.

Friedrich
Wenn mal einer herausfindet,
wie er das macht.

Spalatin
Mein Fürst,
Sie müssen Kaiser werden.

Friedrich
Mein lieber Spalatin,
Sie sind ein großer Hornochse.

Spalatin
Deutschland muss aufstehen.
Aufstehen gegen dieses Unrecht.
Gegen die Korruption.
Gegen die Brandenburger und ihre Clique.
Gegen diese Würger aus dem Ausland.
Gegen die Türken und die Römer.
Friedrich
Kaiser Friedrich der Weise.
Auf des Reiches Throne
wäre ich der erste Sachse
seit Detlef dem Kahlen.
Spalatin
Der regierte wann.
Friedrich
Das habe ich vergessen.
Was macht die Leute so endzeitlich.
Als wär's zu jedem Tag,
zu jeder Stunde
Matthäi am Letzten.
Spalatin
Vielleicht weil die Endzeit da ist
und nur ein Kurfürst
zwischen uns und der Hölle steht,
ein Kurfürst aus Sachsen.
Friedrich
Ich müsste
die anderen Kurfürsten bestechen,
betrügen
und Eid brechen,
den heiligen,
Spalatin,
ich müsste in die ewige Verdammnis,
in die Hölle.
Spalatin
Aber das Reich wäre gerettet.

Friedrich

Ein Sünder kann das Reich nicht retten.

Spalatin

Ohne Sie
wird ein noch schlimmerer Sünder der neue Kaiser.

Friedrich

Ich kann es nicht verhindern.

Spalatin

Das Reich wird untergehen.

Friedrich

Es muss wohl, Spalatin,
ich sehe es allmählich,
untergehen,
damit das Neue wachsen kann.

VIERTER AKT

In Frankfurt. Bei der Kaiserwahl. Die Kurfürsten haben sich versammelt. Viel Volk, viel Lärm. Eine Glocke erklingt zum ersten Wahlgang.

EIN BÜTTEL
erscheint.
Höret, höret.
Die Kurfürsten haben sich versammelt,
und die Kurfürsten haben einen Kaiser gewählt.
Nach Gottes Ratschluss aber
hat im ersten Wahlgang
kein Kandidat die notwendige Mehrheit
der Stimmen des Kuratoriums errungen.
Es braucht demnach und folglich
die Wiederholung des bereits erfolgten Vorgangs
und also einen zweiten Wahlgang.

JOACHIM
Dreck.
Zehnmal Dreck.
Wer hat sein Wort gebrochen.
Wer hat mich nicht gewählt.

ALBRECHT
Hast du deine Gebote platziert.

JOACHIM
Bin ich blöd.

ALBRECHT
Beim Erzbischof von Köln.

JOACHIM
Ja.

ALBRECHT
Und beim Pfalzgrafen.

Joachim
Und beide haben akzeptiert.
Albrecht
Und weiter.
Joachim
Weiter.
Nichts weiter.
Mehr braucht es nicht.
Vier Stimmen und man ist Kaiser.
Köln, die Pfalz, Brandenburg
und Mainz.
Albrecht
Mainz. Dem Erzbischof von Mainz
hast du kein Gebot gemacht.
Joachim
Der Erzbischof von Mainz.
Das bist du.
Albrecht
Und also.
Joachim
Du bist mein Bruder.
Warum sollte ich dich bezahlen.
Albrecht
Vielleicht
weil du meine Stimme willst.
Joachim
Du Drecksau.
Du hast mich nicht gewählt.
Albrecht
Nimm es nicht persönlich,
lieber Bruder,
aber ich brauche das Geld.
Der Luther, dieser Ketzer,
will mich ruinieren,
wie soll ein Erzbischof
leben ohne Ablass.

JOACHIM
Was hat man dir geboten.
ALBRECHT
Viel.
EIN BÜTTEL
Zum zweiten Wahlgang,
alle Kurfürsten
hinein zum zweiten Wahlgang.
ALBRECHT
Still.
Da kommt der Sachse.
JOACHIM
Wirst du Kaiser, Friedrich.
FRIEDRICH
Wer kennt Gottes Ratschluss.
Er geht weiter.
JOACHIM
Wer kennt Gottes Ratschluss.
Ich mag ihn nicht, den Sachsen.
Zu Albrecht:
Viel.
Egal.
Ich verdopple.
ALBRECHT
Dein Brandenburg ist zu klein.
Es bringt zu wenig ein.
Unser neuer Kaiser
wird der Franzose.
JOACHIM
Der Franzose.
ALBRECHT
Wird gewählt
im nächsten Wahlgang.
JOACHIM
Ist das sicher.

Albrecht
Ein Gebot,
das man nicht ausschlagen kann.
Brandenburg wäre schön saniert.
Aber deine Stimme braucht er nicht.
Er hat die Mehrheit schon zusammen.
Joachim
Du Drecksack.
Albrecht
Du hast auf das falsche Pferd gesetzt,
blöd bist du
wie ein Eimer Sülze.
Botschafter
Sire, bonjour.
Joachim
Was will der Kerl.
Botschafter
Permettez qu'un servant très
obéissant vous adresse un instant.
Joachim
Was quasselt dieser Molch.
Albrecht
Das ist ein Botschafter.
Joachim
Ein Botschafter.
Albrecht
Aus Frankreich.
Joachim
Ein Franzose.
Ich schlag ihm gleich die Nase ein.
Albrecht
Lass.
Joachim
Mach er sich dünne.
Botschafter
flieht.

Ein Büttel
Hinein zur Wahl,
das ist die letzte Glocke.
Nun also verschwinden die Kurfürsten
zum zweiten Wahlgang.

Cajetan
Spalatin, mein teurer Freund,
was wählt der weise Friedrich.

Spalatin
Er wählt sich selbst.

Cajetan
Obwohl für die eigene Stimme
er kein Geld bekommt.

Spalatin
Unser Fürst Friedrich
ist nicht käuflich.

Cajetan
Diese Ideale.
Das ist die deutsche Krankheit.
Nicht weit reicht ein gewisser Ratzenberger einer Frau namens Katharina von Hornung, geborene Blankenfelde, ein Stück Papier und wirkt dabei ein bisschen triumphierend.

Katharina
Der Durchleuchtigste,
Hochgeborene Fürst und Herr,
Herr Joachim,
Markgraf zu Brandenburg,
des Römischen Reiches
Kurfürsten und Kämmerer,
Herzog von Stettin und Pommern etc.,
Fürst zu Rügen;
mein gnädiger Herr.
Eure Kurfürstliche Gnaden
wollen sich nicht verwundern,
dass ich schreibe
durch gedruckten Brief,

aber handschriftlich
habe ich nie Antwort erhalten.
Sie hält inne.
Durch gedruckten Brief.

RATZENBERGER
Gedruckt und publiziert.

KATHARINA
Wie.

RATZENBERGER
Er kann verbrennen
wie und was er will,
die Nachricht
ist nun in der ganzen Welt.

KATHARINA
Das ist ja furchtbar.

RATZENBERGER
Wunderbar ist das.
Lesen Sie nur weiter.

KATHARINA
liest weiter:
Wolf Hornung ist im Elend,
getrennt von Weib und Kind,
von Haus und Hof,
von Gut und Ehre.
Sie schaut auf.
Wie viele Menschen kennen diese Zeilen.

RATZENBERGER
Gewiss das halbe Reich.

KATHARINA
Das halbe Reich
kennt meine Schande.

RATZENBERGER
Verstehen Sie nicht.
Jetzt muss er Sie freilassen,
er muss.

Nun erscheint erneut der bekannte Büttel, klopft dreimal mit dem Büttelstab auf den heiligen Boden und verkündet das Ergebnis des zweiten Wahlganges.

EIN BÜTTEL

Höret, höret.
Die Kurfürsten haben sich versammelt,
die Kurfürsten haben gewählt.
Nach Gottes Ratschluss aber
hat auch im zweiten Wahlgang
kein Kandidat die notwendige Mehrheit
der Stimmen des Kuratoriums erreicht.
Es braucht demnach und folglich
die Wiederholung des bereits erfolgten Vorgangs
und also einen dritten Wahlgang.

JOACHIM

erscheint.
Der Franzos.
Nix da der Franzos.
Ein Eimer Sülze.
Den frisst du gleich, du Idiot.

ALBRECHT

Da hat einer mehr geboten.
Nur wer.

JOACHIM

Jetzt pass auf.
Die Gebote habe ich erhöht.
Den Pfalzgrafen hab ich.
Den Erzbischof von Köln auch.
Und gerade hat der Böhme akzeptiert.
Mit meiner Stimme reicht das.

ALBRECHT

Was hast du geboten.

JOACHIM

Vom Franzosen das Doppelte.

ALBRECHT

Das ist Wahnsinn.

Joachim
Alles genau kalkuliert.
Albrecht
Woher nimmst du das Geld.
Joachim
Natürlich vom Fugger.
Albrecht
Still. Der Sachse.
Joachim
Friedrich.
Noch immer nicht Kaiser.
Friedrich
Weile will sein,
wo Gott walt.
Er geht ab.
Albrecht
Wahnsinn.
Du wirst Brandenburg
auf dreihundert Jahre verschulden.
Joachim
Du bist blöd.
Wenn ich auf dem Thron sitze,
dann bringe ich den Fugger um die Ecke.
Dann sind die Schulden um.
Albrecht
Der Fugger ist kein Mensch.
Der Fugger ist ein Kreditinstitut.
Das bringst du um keine Ecke, niemals.
So dumm, so dumm.
Joachim
Red du nur,
Kaiser werde ich trotzdem.
Albrecht
Vergiss den Böhmen.
Gib mir das Geld.

Joachim
Gewiss nicht.
Albrecht
Wir sind Brüder.
Joachim
Du hast eben auf das falsche Pferd gesetzt.
Albrecht
Ich gebe sie dir für die Hälfte vom Böhmen.
Für ein Viertel.
Joachim
Eine Pest bist du,
eine kleine,
Albrecht,
und wenn ich Kaiser bin,
in zehn Minuten,
dann hast du ausgepfiffen.
Er geht ab.
Cajetan
kommt mit einer Flugschrift.
Ihr Bruder,
werter Albrecht,
liefert dem Dr. Luther
die besten Argumente für die Propaganda.
Die ganze Stadt liest die
Hof- und Hurereigeschichten
ihres feinen Kurfürsten,
im Deutsch des Evangeliums
nach Martin.
Albrecht
Joachim darf niemals Kaiser werden,
es wäre Brandenburgs Ruin,
es wäre der Ruin des Reiches,
aber vor allem wäre es mein Ruin.
Cajetan
Er wird niemals Kaiser.

Albrecht
Weil er ein Ehebrecher ist.
Cajetan
Das ist doch völlig einerlei.
Albrecht
Wer wird es aber dann.
Cajetan
Wie die Wetten stehen.
Fragt das Bankhaus.
Albrecht
Dann werde ich mich erkundigen.
Er geht ab.
Cajetan
Mein Fürst.
Als drückte
auf ihr Gesicht
das Gewicht der
Jahrmillionen.
Friedrich
Ich sorge mich,
Herr Kardinal,
um meine Kinder,
meine Sachsen,
um das Reich,
und vor allem
sorge ich mich um
mein armes Deutschland.
Cajetan
Deutschland,
das ist ein Hirngespinst.
Friedrich
Und Deutschland gibt es eben doch.
Cajetan
Gewiss nicht.
Friedrich
Doch.

CAJETAN
Soll dieser Mann es zwischen uns entscheiden.
FRIEDRICH
Wer.
CAJETAN
Der da.
FRIEDRICH
Du.
WINFRIED
Wer.
FRIEDRICH
Du.
WINFRIED
Ich.
FRIEDRICH
Ja.
WINFRIED
Was.
FRIEDRICH
Bist du ein Deutscher.
WINFRIED
Wer.
FRIEDRICH
Du.
WINFRIED
Ich.
FRIEDRICH
Ja.
WINFRIED
Ich bin aus Pommern.
FRIEDRICH
Und Pommern. Wo liegt Pommern.
WINFRIED
An der Ina und der Peene.

Joachim

Was pflaumst du meinen Winfried an,
du blöder Sachse.

Friedrich

Du bist ja betrunken.

Joachim

Schon möglich,
aber du pflaumst trotzdem meinen Winfried an.
Jetzt hör mal zu,
du frischer Sachse.
In einer halben Stunde
bin ich dein Kaiser.
Und dann lass ich mir den Luther bringen.
Und zwar an den nächsten Reichstag.
Nach Wurmbs.
Luther muss nach Wurmbs,
und in Wurmbs,
da muss er vor den Kaiser.
Und am Sonntag darauf
braten wir uns
diesen Ketzer zum Frühstück
mit ordentlich Eiern
und mit Speck und Zwiebeln.
Und dazu genehmigen
wir uns ein paar
schöne Fässer Altbier.
Ach Frieder,
wir könnten es schön haben,
bei Jagd und Spiel
und einer schönen Folter auf dem Galgen,
und zwischendurch müsst einer
von uns fallen in einer Fehde,
und sonst würden wir treiben,
was wir wollten und die Weiber
würden schön die Schnauze halten.

Das können wir wieder haben, Sachse,
wenn du nur endlich zur Vernunft kommst.

CAJETAN
Wir wissen alle,
wie sehr die Elisabeth
in Richtung Luthers neigt,
ganz der Reformation zu.

JOACHIM
Was Wunder.
Ihr habt mir eine Katze an den Hof geschickt,
den Ratzenberger,
ich hätte ihn ersäufen sollen im Schlossgraben,
den Medikus.

FRIEDRICH
Die neue Zeit
kannst du nicht ersäufen.

CAJETAN
Dann hat er also recht, der Luther.

FRIEDRICH
Recht hat niemand, nur der Tod.
Ein Kaiser heute.
Was ist das.
Ein gekaufter Bock.
Ein korrumpierter Christ,
ein Lump.

JOACHIM
Ein mächtiger Lump.

FRIEDRICH
Auch wenn du es nicht verstehst.
Es kommt eine andere Macht.

JOACHIM
Die Macht der warmen Brüder
aus deinem schönen Wittenberg.

FRIEDRICH
Die Macht des freien Wortes.

Joachim
Lässt du deinen
Luther nach Wurmbs zum Bade.
Friedrich
Was sollte ein freier Sachse
in einem freien Reich zu fürchten haben.
Joachim
Und wenn ein Kaiser es befiehlt.
Friedrich
Ein Kaiser.
Ein Lump.
Joachim
Also nein.
Es wär dann Krieg.
Friedrich
Es wäre nicht der Erste.
Joachim
Wir sehen uns, Bruder,
zum Frühstück in Wurmbs,
bei Eier und bei Speck.
Katharina
Sie hält sich die Seite.
Nun alle einmal herhören.
Bitte.
Eben war mein Mann hier.
Mein Ehemann.
Der Herr Wolf Hornung.
Der glaubt, ich sei ihm gestohlen worden.
Von dem da.
Von diesem Joachim.
Dem Kurfürsten.
Die ganze Welt glaubt,
man habe mich gestohlen.
Aber ich gehöre niemanden.
Man kann mich nicht stehlen.
Man kann mich schlagen

und man kann mich vergewaltigen.
Wie dieser Joachim es tut.
Aber man kann mich nicht besitzen.
Ich gehöre nur mir.
Und das habe ich Hornung gesagt.
Warum sollte ich mit ihm gehen.
Die ganze Welt denkt von mir dasselbe.
Da hat er sein Messer genommen
und mich gestochen.
In den Bauch gestochen.
Hier.
Ihr habt ja alle Messer.
Wie die Metzger
und die Verbrecher,
das seid ihr,
Metzger und Verbrecher.

RATZENBERGER
Bringt heißes Wasser,
Kompressen, los, was wartet ihr.

JOACHIM
Wenn sie stirbt,
Ratzenberger,
bist du tot.

FRIEDRICH
Unheil liegt
auf diesem Ort.

ALBRECHT
Auch blutig
macht sie mich heiß.

CAJETAN
Deutsche und ihr Drama,
ewiglich.

EIN BÜTTEL
Alle Kurfürsten zum dritten Wahlgang.
Sie verschwinden.
Alle außer Cajetan und Spalatin ab.

Cajetan
Mit solchen Christen,
lieber Spalatin,
braucht es keinen Ketzer mehr,
damit wir alle in der Hölle landen.
Und währenddessen
schleift der Türke schon die Tore
der Christenheit.
Der Türke.
Falls es morgen ein Deutschland geben wird,
dann ist es schon übermorgen türkisch.
Spalatin
Winfried.
Geh.
Hol uns zwei Stullen.
Mit Wurst.
Cajetan
Mit Käse.
Spalatin
Und ein frisches Pils.
Cajetan
Und einen halben Roten.
Darum wird es nichts mit Deutschland.
Ihr lebt und fresst
wie die Schweine.
Ein Büttel
Nun also, Christenheit,
du weißt es ja,
die beste Katze hat den längsten Schwanz,
und die Traufe überläuft
auch nicht nach den ersten Tropfen.
Hört, hört.
Das Reich,
das heilige römische Reich deutscher Nation
hat durch das hochedle Konsortium der Kurfürsten
die Ehre gehabt,

uns allen einen neuen Kaiser zu schenken.
Von Gottes Gnaden erwählter Römischer Kaiser,
zu allen Zeiten Mehrer des Reiches,
in Germanien, zu Spanien,
beider Sizilien,
Jerusalem,
Ungarn,
Dalmatien,
Kroatien, der Balearen,
der kanarischen und indianischen Inseln
sowie des Festlands jenseits des Ozeans König,
Erzherzog von Österreich,
Herzog von Burgund,
Brabant, Steier, Kärnten, Krain,
Luxemburg, Limburg, Athen und Patras,
Graf von Habsburg, Flandern, Tirol,
Pfalzgraf von Burgund,
Hennegau, Pfirt,
Rousillion, Landgraf im Elsaß,
Fürst in Schwaben, Herr in Asien und in Afrika –

In Rom. Beim Papst. Er freut sich sehr.

LEO
Der Spanier ist Kaiser.
Das hast du gut gemacht,
mein kleiner Cajetan.
CAJETAN
Gar nichts habe ich gemacht.
LEO
Und eben das genau richtig.
LEO
Und wo ist
dieser Spanier jetzt.

Cajetan
Auf dem Weg an den Reichstag.
Leo
An den was.
Cajetan
Nach Wurmbs.
Leo
Nach wohin.
Cajetan
An den Rhein.
Leo
An den was.
Cajetan
Er fließt durch Deutschland.
Leo
Immer dieses Deutschland.
Cajetan
Sie irren sich.
Deutschland ist ein schönes Land.
Es wird nur von den falschen Leuten bewohnt.
Der Kaiser wird Luther den Prozess machen.
Leo
Gut so.
Cajetan
Er wird ihn unter die Reichsacht stellen.
Leo
Ist das schlimm.
Cajetan
Er ist dann frei.
Leo
Frei.
Cajetan
Frei zum Abschuss.
Leo
Gut so.
Und wo ist eigentlich der nächste Papst.

Cajetan
Heiliger Vater.
Leo
Wo ist Hanno.
Cajetan
Der Priester ist bei ihm.
Leo
Der Priester.
Bei meinem Elefanten.
Ist er krank, mein Elefant.
Braucht er das Sakrament.
Sagen Sie es mir, Kardinal.
Doch nicht die letzte Ölung.

In Berlin. Zur Stunde des Unterrichts.

Joachim Hector
Wer von den beiden war schlimmer, Winfried.
Winfried
Schlimmer.
Joachim Hector
Wer hat Sie öfter verprügelt.
Winfried
Ganz bestimmt der jetzige Fürst.
Da war der Alte sparsamer.
Aber wenn er die Knute schwang,
lag ich sechs Wochen auf der Pritsche.
Joachim Hector
Als sprächen Sie von einem Ochsen.
Winfried
Wie.
Joachim Hector
Das ist doch nicht recht, Winfried.
Winfried
Vieles muss ein Fürst können.

Aber vor allem muss er wissen,
wie man schlägt.
Zu jeder Zeit.
In jedem Moment.
Daran muss er sich gewöhnen.
Die Feinde muss er schlagen.
Die Frauen muss er schlagen.
Die Diener muss er schlagen.
Die Freunde muss er schlagen.

JOACHIM HECTOR
Seien Sie still.

WINFRIED
Wenn Sie nicht schlagen,
wird man Sie schlagen,
mit dem Stock,
ganz mausetot.
Er holt den Stock,
der in der Ecke steht und reicht ihn dem Jungen.

FÜNFTER AKT

In Berlin. Der Fürst sitzt auf den gepackten Koffern. Katharina steht in Reisegarderobe in einer Ecke. Elisabeth auf einem Stuhl, daneben steht Hector.

JOACHIM

So. Nun also nach Wurmbs.
Da brutzeln wir uns den Luther.
Ab in die Reichsacht.
Ein schönes, echtes, tiefes Vogelfrei.
Du bleibst hier.
Magst die Tage zählen,
die Stunden.
Oder lesen.
Das machst du doch sehr gerne.
Das Evangelium.
Fein.
Und dann komme ich zurück.
Und dann räumen wir auf.
Du und ich.
Wir knüpfen uns die Lutheraner
einzeln an die Silberweiden.
Ein protestantisches Makramee.
Und jeden morgen gehen wir zur Beichte
und in die Eucharistie
und pfeifen unserem lieben Papst ein Liedchen
und der kleinen Maria grad eins obendrein.
Küss mich.
Wenn du Angst hast,
bist du schön.

In Rom. Nachts.

Leo
Der Elefant.
Wo ist mein Elefant.
Cajetan
Heiliger Vater.
Leo
Hanno. Hanno.

Torgau. Friedrich und Spalatin. Es ist Nacht, und es stürmt.

Friedrich
Der störrische Luther.
Wie immer.
Am zweiten Tag.
Am ersten bloß verstockt.
Der Kaiser wunderte sich schon,
dass ein solcher Haken im Volk eine solche Wirkung hat.
Er hat ja kaum das Maul auseinander gebracht.
Der ist scheu. Das ist es.
Im Grunde ist er scheu.
Er fürchtet den Teufel.
Aber nur den Teufel.
Keinen Menschen.
Luther ist frei.
Und jetzt ist er wo.
Spalatin
Auf der Wartburg.
Und in Sicherheit.
Friedrich
Es gibt keine Sicherheit.
Noch steht das Reich nicht in Flammen,
aber es brennt,
Spalatin,

das Feuer ist entfacht.
Was ist das für ein Zeug.

SPALATIN
Ein Wunder, Herr.
Es sind die Reliquien aus Köln.
Die Äbtissin von St. Ursula
hat sich besonnen.

FRIEDRICH
Die elftausend Jungfrauen.
Er sinkt auf sein Knie und betet.

SPALATIN
tut es ihm gleich.

FRIEDRICH
steht plötzlich auf.
Spalatin.
Packen Sie die Jungfrauen wieder ein.

SPALATIN
Mein Fürst.

FRIEDRICH
Und schicken Sie sie zurück nach Köln.

SPALATIN
Mein Fürst.

FRIEDRICH
Die Heiligen
haben ihre Kraft verloren.
Ihre Gebeine sind ganz tot.
Wir sind auf uns gestellt.
Auf uns, Spalatin.
Nur auf uns.
Alleine.
Wie aus einem Traum erwacht.
Frei.
Alleine.
Der Wind stößt ein Fenster auf.
Die Kerzen gehen aus.
Es ist plötzlich dunkel.

Dann ein Poltern.
Spalatin.

SPALATIN
Mein Fürst, ich suche Licht.
Dann ein Poltern.

FRIEDRICH
Spalatin.

SPALATIN
Mein Fürst, ich hab's gefunden.

In Berlin. Nun wieder Abschied.

ELISABETH
Er macht sich nach Wurmbs,
obwohl der Satan sich müht,
ihn durch mehr als eine Krankheit
daran zu hindern.
Auf dem ganzen Wege
ist er krank, aber Christus lebt,
und er wird in Wurmbs einziehen,
auch gegen den Willen aller Pforten
der Hölle und der Gewalten der Luft.
Überall seine Schriften, überall,
als würde es Papier regnen.
Zweitausend bei seinem Einzug,
Trompeten.
Dann steht ein schwacher Mönch
vor dem mächtigsten aller Fürsten, dem Kaiser.
Antworte. Sind die Bücher dein.
Ja.
Willst du sie widerrufen oder nicht?
Alle.
Alle.
Hier geht es um Leben und Tod,
da muss ich drüber schlafen.

Joachim Hector
Das sagt ein Mönch dem Kaiser.
Hat er denn keine Angst.
Elisabeth
Jetzt höre.
Euer allergnädigste Majestät
und fürstliche Gnaden wollen dies beachten,
das sagt er am nächsten Tag,
dass meine Bücher nicht alle den gleichen Charakter tragen.
Die erste Gruppe umfasst die Schriften,
in denen ich über den rechten Glauben
und rechtes Leben so schlicht
und evangelisch gehandelt habe,
dass sogar meine Gegner zugeben müssen,
sie seien nützlich,
ungefährlich und durchaus lesenswert
für einen Christen.
Wollte ich also anfangen, diese Bücher zu widerrufen –
wohin, frag ich, sollte das führen.
Ich wäre dann der einzige Sterbliche,
der eine Wahrheit verdammte.
Die zweite Gruppe greift das Papsttum an.
Denn jedermann macht die Erfahrung,
dass päpstliche Gesetze und Menschenlehren
die Gewissen der Gläubigen aufs Jämmerlichste
verstrickt, beschwert und gequält haben,
dass aber die unglaubliche Tyrannei
auch Hab und Gut verschlungen hat,
ganz besonders in unserer hochberühmten
deutschen Nation.
Wollte ich also diese Bücher widerrufen,
so würde ich die Tyrannei
damit geradezu kräftigen und stützen,
ich würde dieser Gottlosigkeit
für ihr Zerstörungswerk
nicht mehr ein kleines Fenster,

sondern Tür und Tor auftun.
So würde mein Widerruf ihrer grenzenlosen,
schamlosen Bosheit zugutekommen,
und ihre Herrschaft würde
das arme Volk noch unerträglicher bedrücken.
Guter Gott,
wie würde ich da aller Bosheit
und Tyrannei zur Deckung dienen!
Die dritte Gruppe sind die Bücher,
die ich gegen Einzelpersonen geschrieben habe,
die den Versuch machten,
die römische Tyrannei zu schützen
und das Christentum, wie ich es lehre,
zu erschüttern.
Ich bekenne,
dass ich gegen diese Leute heftiger vorgegangen bin,
als in Sachen des Glaubens und
bei meinem Stande schicklich war.
Denn ich mache mich nicht zu einem Heiligen
und trete hier nicht für meinen Lebenswandel ein,
sondern für die Lehre Christi.
Trotzdem wäre mein Widerruf
auch für diese Bücher nicht statthaft;
denn er würde wieder die Folge haben,
dass sich die gottlose Tyrannei
auf mich berufen könnte
und das Volk so grausamer
beherrschen und misshandeln würde denn je zuvor.
Es wird hiernach klar sein,
dass ich die Nöte und Gefahren,
die Unruhe und Zwietracht,
die sich um meiner Lehre willen
in aller Welt erhoben haben,
sorgsam genug bedacht und erwogen habe.
Für mich
ist es ein denkbar erfreulicher Anblick, zu sehen,

wie um Gottes Wort Unruhe und Zwietracht entsteht.
Denn das ist der Lauf,
Weg und Erfolg,
den Gottes Wort zu nehmen pflegt,
wie Christus spricht:
Ich bin nicht gekommen,
Frieden zu senden,
sondern das Schwert;
denn ich bin gekommen,
den Menschen zu erregen wider seinen Vater usw.
Weil denn Eure allergnädigste Majestät
und fürstliche Gnaden
eine einfache Antwort verlangen,
will ich sie ohne Spitzfindigkeiten
und unverfänglich erteilen, nämlich so:
Wenn ich nicht mit Zeugnissen der Schrift
oder mit offenbaren Vernunftgründen besiegt werde,
so bleibe ich von den Schriftstellen besiegt,
die ich angeführt habe,
und mein Gewissen bleibt gefangen in Gottes Wort.
Denn ich glaube weder dem Papst
noch den Konzilien allein,
weil es offenkundig ist,
dass sie öfters geirrt
und sich selbst widersprochen haben.
Widerrufen kann und will ich nichts,
weil es weder sicher noch geraten ist,
etwas gegen sein Gewissen zu tun.
Gott helfe mir, Amen.

JOACHIM HECTOR
Luther hat nicht widerrufen.

ELISABETH
Er hat nicht widerrufen.

JOACHIM HECTOR
Dann haben sie ihn verbrannt.

Elisabeth
Er ist entkommen.
Joachim Hector
Er lebt.
Elisabeth
Wir alle leben.
Joachim Hector
Er ist frei.
Elisabeth
Wir alle sind frei.
Du wirst Kurfürst werden,
du musst das Wort Gottes
bringen nach Brandenburg.
Und bis dahin musst du dich verstellen.
Du musst dich auch verstellen,
mein Sohn, die Teufelsbrut sitzt hier,
in Brandenburg, dein Vater ist ihr Oberpriester,
ein besonders gottloser Teufelsknecht,
aber tu nur immer so,
als würdest du ihn lieben und ehren,
und wenn du dann groß bist und stark,
dann wirst du endlich Kurfürst
und räumst auf wie dein Onkel Christian
in Schweden aufgeräumt hat.
Aber jetzt,
jetzt wollen wir beten.

Noch einmal in Rom.

Leo
Was soll das heißen.
Der Spanier ist gar kein Spanier.
Er ist ein Österreicher.
Cajetan
Er ist ein Habsburger.

LEO
Also ein Österreicher.
CAJETAN
Er ist eben beides.
LEO
Beides.
CAJETAN
Ein Österreicher und ein Habsburger.
LEO
Aber kein Spanier.
CAJETAN
Doch, ein Spanier auch.
LEO
Aber vor allem
ist er ein Österreicher.
Und Österreicher sind Mörder.
Den Luther lässt er in Ruhe.
Er wird uns umbringen.
Sie auch, Kardinal.
Sie zuerst.
Mit seinen Söldnern
werden sie Rom plündern.
Dieser Spanier.
Er ist hässlich.
Er ist ein Monster.
So hässlich wie böse.
Warum hat Gott das zugelassen.
CAJETAN
Weil Fugger den Kredit erteilte.

In Mainz. Albrecht ganz alleine. Es klopft.

ALBRECHT
Wer ist da.
Es klopft.

Wer da ist.
Es klopft.
Ist ja gut.
Ich hab's gehört.
Es klopft.
Lass es bleiben.
Es klopft.
Dann klopf halt.
Es klopft.
Er schreit.
Es klopft.

In Berlin. Joachim und Joachim. Eine Tür steht offen. Jemand ist eben weggegangen.

JOACHIM HECTOR
Vater.
Die Mutter hat uns verlassen.
Treue und Mut sind seltene Brüder.
JOACHIM
Mein Sohn.
Wir werden ein Auskommen finden,
du und ich und Brandenburg.
JOACHIM HECTOR
Einmal, Vater,
hast du mir die Geschichte von Daniel erzählt,
der Statthalter war unter dem König Darius,
und Daniel war allen anderen Statthaltern überlegen,
und Darius wollte ihm das ganze Reich geben,
aber die anderen Statthalter waren neidisch
und verlangten von Darius, er solle Daniel,
weil er zum einen und einzigen Gott gebetet hatte,
zu den Löwen in die Grube werfen.
Und so musste er Daniel
zu den Löwen in die Grube werfen.

Aber die Löwen in der Grube
konnten Daniel nichts tun,
weil der Herr einen Engel sandte,
und der Engel hielt den Löwen
die Rachen zu, und Darius
ließ die anderen Statthalter mitsamt
ihren Frauen und Kindern
in die Grube werfen, und die Löwen
packten sie und zermalmten sie
und fraßen sie auf mit Haut und Haar.
Daniel erlangte viel Macht
im Königreich des Darius und auch in Persien.
Vater. Ich habe geübt. Seht.
Der Sohn zieht seinen Degen,
der Vater pariert,
der Sohn übersticht
und knüppelt ihn nieder.
Ich habe gelernt, seht ihr Vater, ich habe gelernt.

Fin de la bobine.

Frau Schmitz

Für Muriel

Personen

Frau Schmitz
Leni, die Ehefrau
Valerie, die Tochter
Carl, ihr Freund
Rolf, der Chef
Sven, ein Projektleiter
Mara, die Personalerin
Julius, ein Angestellter
Dr. Julie Gerber, eine Ärztin

Schauplätze

In einer Firma; im Hause Schmitz, in einem Park, in einer Klinik für kosmetische Chirurgie

Anmerkung des Autors: Dieses Schauspiel entstand in der Spielzeit 2016/2017 am Schauspielhaus Zürich. Die Rolle der Frau Schmitz wurde in den Szenen 1 bis 34 von Friederike Wagner, in den Szenen 35 bis 37 von Lambert Hamel gespielt. Die Idee zu diesem Tausch stand am Anfang meiner Auseinandersetzung mit diesem Stoff.

1. EINE BRAUNSCHWEIGER FAYENCE

In einer Firma, in einem etwas düsteren Büro, Montagmorgen.
Julius, Frau Schmitz in Damengarderobe.

JULIUS Warum sind Sie nicht gekommen, Frau Schmitz, letzten Sonntag. Warum haben Sie mich warten lassen. Hat Sie die Antiquitätenmesse nicht interessiert. Oder finden Sie mich seltsam. Ich bin seltsam. Ich hätte eine Begleitung gehabt. Ein Mädchen aus dem Erdgeschoss. Das könnte ich haben, jederzeit. Es ist in meinem Alter und streicht um meine Beine wie eine rollige Katze. Darauf bilde ich mir nichts ein, das macht es mit jedem, es kann nicht anders. Es schiebt sein Fleisch durch die Straße, klebt Acrylschaufeln an die Nägel und Polyesterborsten an die Wimpern. Alles an ihm stinkt nach Jugend, aber ich sehne mich nach Reife, Frau Schmitz, nach Patina, nach dem Wabi-Sabi, wie die Japaner die edlen Spuren des Gebrauchs auf ihren Tassen der Teezeremonie nennen. Wo waren Sie, Sonntag. Im Kreise Ihrer Familie. Haben Sie auf dem Balkon gesessen bei Kaffee und Kuchen. Haben Sie einen Spaziergang gemacht an der Seepromenade. Wie man das so tut, als Ehepaar. Schön. Haben Sie einmal an mich gedacht. Durch die Hallen bin ich gerannt, im Kongresshaus, von einem Stand zum nächsten und habe nach einem Geschenk gesucht, einem Pfand, das ich Ihnen zu Füßen legen könnte. Da gab es eine Braunschweiger Fayence, die hätte Ihnen bestimmt gefallen, für die Kommode in Ihrem Schlafgemach. Eine Iserlohner Dose, fürs Puder oder als Etui für den Anhänger aus Achat, den Sie nur gelegentlich tragen, zuletzt am Donnerstag vor Ostern, stimmt es nicht.

Aber nichts war angemessen, Frau Schmitz, nicht die Fayence und nicht die Dose. Und so irrte ich weiter. Hat es bei Ihnen auch geregnet, letzten Sonntag, frage ich Sie, denn in meinem Himmel gab es einen Wolkenbruch, meine Territorien standen unter Wasser, überflutet alles von den Fundamenten bis zu den Giebeln, ich watete durch einen feuchten Untergang, und ich bin sicher, ein Tropfen meiner Sintflut hat der Wind auch zu Ihnen geweht und Ihr Gesicht benetzt, denn um neun Minuten vor fünf, als schon die Glocke ging und alles zu den Ausgängen strömte, da sah ich es, in der Vitrine eines Händlers aus Armenien, das Glas, Frau Schmitz, ein Flügelglas, aus Venedig, tief aus dem siebzehnten Jahrhundert, fliehende Hirsche auf dem Kelch, der Stiel in reizend überflüssigen Arabesken geschwungen, der Rand schon etwas angefressen von der Glaskrankheit, da wusste ich: Dies gehört der Frau Schmitz, dies ist sie, ein Wunderwesen wie dieses Glas, durchsichtig und doch opak, spröde und doch mit Glanz, ein Becher, der noch zu füllen ist. Dies ist meine Schwäche: Was schwach ist, zerbrechlich, was so zart ist, dass es selbst den zärtlichsten Fingern nicht standzuhalten vermag, dies möchte ich greifen, ich möchte es liebkosen und vor der Welt beschützen. Was es mich gekostet hat. Die Anmut hat keinen Preis. Ich habe es zu Hause gelassen, Frau Schmitz, das Glas, dieses Gebäude, die merkantile Obszönität ist seiner nicht würdig. Eines Tages werde ich es Ihnen schenken, zu Füßen legen, wenn diese Hölle aus Werktagen ein Ende findet und Sie mir einen Abend schenken, einen Samstag oder den Tag, der Gott gehört.

2. KOPF

Zur selben Zeit, in einem Sitzungszimmer derselben Firma. Das Licht ist etwas heller, die Stimmung nicht weniger düster.
Sven und Mara.

SVEN Mara.
MARA Nicht jetzt.
SVEN Aber Mara.
MARA Du bist jetzt still.
SVEN Ich brauche eine Antwort.
MARA Es geht um deinen Kopf.
SVEN Um meinen Kopf.
MARA Da kommt er schon.

3. BUSVERGEWALTIGUNGEN

Am selben Ort.
Mara, Sven, Rolf.

ROLF Sven. Ich weiß, es ist vergeblich dich darum zu bitten, aber für einmal, mach es kurz.

SVEN Kurz.

ROLF Für einmal. Heute.

SVEN Also.

ROLF Los.

SVEN Jetzt weiß ich nicht. Das blockiert mich jetzt.

ROLF Versuch's.

SVEN Kurz.

ROLF Bitte.

SVEN Es gab einen Ausfall. In einem Werk in Jaipur.

ROLF Kannten wir da jemanden.

MARA Nur den Kinsley.

ROLF Kinsley.

MARA Der war mal hier zu einem Austausch.

ROLF Ah, der Kinsley. Feiner Kerl.

MARA Furchtbar.

ROLF Man muss jeden Tag genießen. Denn plötzlich, zack, und es ist vorbei. Geht auch dir einmal so, Sven.

SVEN Mir.

ROLF Zack und Schluss. Hat man der Familie eine Karte –

MARA Schon erledigt.

ROLF Wer hat unterschrieben.

MARA Das lag schon gestern in der Dokumentenmappe.

ROLF Aha. Das war dieser Kinsley. Was kommt da sonst noch auf mich zu.

SVEN Wenig. Höchstens Kulanzzahlungen. Aber haftbar, jetzt nach Recht und Gesetz, das ist der Subunternehmer.

Ein Russe. Furchtbarer Mensch. Furchtbare Umgangsformen. Kein Gefühl für gar nichts. Nette Frau, aber das ist dort ja nichts Außergewöhnliches.

ROLF Aha. Und das ist alles.

SVEN Im Großen und Ganzen, ja.

ROLF Bis wann müssen wir einen Zulieferer finden.

SVEN Bis zum Vierundzwanzigsten.

ROLF Und.

SVEN Wir suchen.

ROLF Wer ist der Endabnehmer.

SVEN Das ist der Saudi.

ROLF Der Saudi. Was steht da im Vertrag.

SVEN Er erwartet die Lieferung am Vierundzwanzigsten, und zwar Fracht und Cargo schaumverpackt.

ROLF Und sonst.

SVEN Konventionalstrafe.

ROLF Aha. Wie viel.

SVEN Das berechnen wir gerade, aber in der Größenordnung zwischen vierhundert und eins Komma sieben, vielleicht vier Komma drei fünf, höchstens, wie gesagt, das berechnen wir gerade, das kommt darauf an, ob wir einen Totalausfall, einen Dreiviertel- oder einen Halbausfall undsoweiter.

ROLF Können wir ausweichen.

SVEN Wir haben das Angebot eines Usbeken, aber keiner hier hat Erfahrungen mit Usbeken.

ROLF Wir hatten doch mal diesen Indonesier.

SVEN Und haben danach einen Eid geschworen. Nie wieder einen Indonesier.

ROLF Das ist schon eine Weile her. Die haben sich entwickelt.

SVEN Am Ende des Tages bleiben es Indonesier.

ROLF Und sonst.

SVEN Nichts. Nur ein Betrieb in Pakistan. Karatschi.

ROLF Aha. Und der will nicht.

SVEN Wollen tut der schon. Aber er drückt sich um die Zertifikate.

ROLF ISOdreinull.
SVEN Hat er. Die SA-Achttausend fehlt.
ROLF Aha. Wie kommt das.
SVEN Er ist im Verfahren.
ROLF Wie lange braucht das.
SVEN Bis er alle Papiere hat.
Achtzehn Monate. Mindestens.
ROLF In achtzehn Monaten sind wir alle tot. In diesen Dingen ist auf den Saudi Verlass.
Alternativen.
SVEN Wir suchen.
ROLF Aber liefern könnte er.
SVEN Kann er. Einfach ohne Papiere.
ROLF Produktion.
SVEN Sauber. Wahrscheinlich.
ROLF Keine Kinder.
SVEN Keine.
ROLF Aha. Und wenn er das Zertifikat nachliefern würde und wir gleich in die Produktion.
SVEN Sicher. Nur ist das unser Risiko.
ROLF Aha. Vielen Dank. Bloß eine Sache ist mir immer noch nicht klar.
SVEN Ja.
ROLF Wer ist verantwortlich.
SVEN Aber das habe ich doch –
ROLF Wer hat den Vertrag gemacht.
SVEN Also.
ROLF Also.
SVEN Du hast unterschrieben.
ROLF Natürlich habe ich unterschrieben. Wer sonst. Aber wer hat ihn ausgehandelt.
SVEN Das waren wir.
ROLF Wir.
SVEN Das ist mein Projekt. Ich war das.
ROLF Mara. Bring mir den Kramer. Der soll das übernehmen.

Sven Ich kann doch –
Rolf Ich will den Kramer.
Mara Kramer.
Rolf Ich brauche einen Mann in Karatschi.
Mara Hast du das nicht gehört.
Rolf Was habe ich nicht gehört.
Mara Kramer ist mit dem Rad in die Schlucht. Furchtbar.
Rolf Was für ein Rad.
Mara Ein Rad. Mit Rädern.
Rolf Warum fährt Kramer Rad.
Mara Zum Ausgleich.
Rolf Aha. Zum Ausgleich in die Schlucht.
Mara Zum Ausgleich fährt er Rad.
Rolf Ausgleich. Ausgleich wozu.
Mara Nun.
Rolf Hat der keine Klausel im Vertrag. Dass der nicht radfahren darf. Jedenfalls nicht zum Ausgleich.
Mara Das weiß ich jetzt nicht –
Rolf Haben wir ihm eine Karte.
Mara Haben wir.
Rolf Aha. Was war da drauf. Auf dieser Karte.
Mara Ein Zen-Garten.
Rolf Ein Zen-Garten.
Mara Mit so feinen Rillen. Ganz was Ruhiges. Erdiges.
Rolf Was stand da drauf. Was Vorgedrucktes.
Mara Handschriftlich.
Rolf Aha. Und in welcher Form.
Mara Kramer, werde bald gesund, wir brauchen dich.
Rolf Habe ich das unterschrieben. Diese Karte.
Mara Sicher. Doch.
Rolf Und warum weiß ich das nicht. Dass Kramer –
Mara Da war die Kommunikation vielleicht nicht. Ich bin die Erste, die das zugibt. Nur, und dies nicht als Entschuldigung, nur wegen der Hintergründe: Wir haben bewusst keine Einzelheiten, weil da Diskretion, aber wenn die Hauptlinien der Information nicht zu dir, dann geht das auf mich. Glasklar.

Rolf Können wir vor dem Vierundzwanzigsten mit ihm rechnen.

Mara Das wäre überoptimistisch. Der Rücken braucht seine Zeit. Ich kenne das. Hab mir da auch mal etwas verdreht.

Rolf Du hast dir etwas verdreht.

Mara Am Rücken.

Rolf Aha. Wo am Rücken.

Mara Rechts, rechts am Rücken.

Rolf Also. Der Kramer kann nicht. Wer bleibt noch.

Sven Lass mich das machen.

Rolf Dich.

Sven Ich bring das wieder in die Bahn.

Rolf Wen gibt's noch in eurer Abteilung.

Mara Da ist niemand mehr.

Rolf Niemand.

Mara Nur noch die Schmitz.

Rolf Die Schmitz.
Helft mir.

Mara Nun, die Schmitz. Frau Schmitz.

Rolf Aha. Und kann die das.

Mara Die war bisher ausschließlich intern.

Sven Wir können doch nicht die Schmitz –

Rolf Die Schmitz. Ist die fachlich auf der Höhe.

Mara Sicher.

Rolf Aber.

Mara Ich weiß nicht, wie der Pakistani das aufnimmt.

Rolf Weil er keine Frauen mag.

Mara Frauen vielleicht schon.

Rolf Aber.

Mara Frau Schmitz ist keine Frau.

Rolf Aha. Das ist mir gar nicht aufgefallen.

Mara Also, das haben wir natürlich im Rahmen, wie soll ich sagen, der Persönlichkeitsrechte kommuniziert, und es gab da unsererseits sogar Pläne, nicht wahr, wir wollten und wollen immer noch ein Reizklima, intern, damit die Leute aus ihrer Lethargie kommen, wenn sie einmal mit jemandem konfrontiert werden, der neben dem Gewohnten funktioniert. Und darum geht es ja. Wir wollten Störenfriede, Unruhestifter –

ROLF Die Schmitz ist eine Unruhestifterin.

MARA Leider nicht. Sie ist still, heiter, unauffällig, jetzt einmal abgesehen von der Garderobe, aber das übersieht man nach vier, fünf Tagen, nach einer Woche nimmt man es nicht mehr wahr. Eigentlich schade, diese Gewöhnung, weil das Reizklima verloren geht.

ROLF Wenn es mir nicht aufgefallen ist, dann fällt es dem Pakistani vielleicht auch nicht auf.

SVEN Die Schmitz, nach Karatschi, das ist Wahnsinn –

ROLF Schlimmer kann es nicht werden.

MARA Schwierig. Ich würde das kommunizieren.

ROLF Aha.

MARA Eine kurze, sachliche Information, nur das Nötigste.

ROLF Aha.

MARA Vielleicht kennt er das nicht, der Pakistani.

ROLF Dann lernt er das jetzt kennen.

MARA Kulturell ist Karatschi eine Herausforderung. Nicht für die Schmitz. Die ist anpassungsfähig. Hat sie ja bewiesen, weiß Gott. Aber dem Pakistani müsste man es erklären. Glasklar erklären, warum, was Identität für uns bedeutet, kulturell, europäisch, gerade, obwohl das jetzt nicht hierher, ich meine, sexuell, das ist Privatsache bei uns, da frage ich nicht einmal danach. Uns erschließt sich das automatisch. Aber den Pakistani müsste man vorbereiten. Dass der nicht denkt, da will ihn jemand provozieren oder Ähnliches, jedenfalls würde das Grundlagenarbeit bedeuten. Müsste man tief reingehen in die Prozesse. Ganz ehrlich: nie gemacht. Komplettes Neuland. Aber nicht reizlos.

ROLF Aha.

MARA Das könnte sich sogar lohnen, strategisch betrachtet, nicht heute, nicht morgen, aber später. Aber das braucht

Zeit, solche Bewusstseinserweiterungsprozesse kann man nicht über den Oberschenkel brechen. Kann man schon. Aber das Resultat ist glasklar ein Risiko. Wir können das angehen. Schritt für Schritt. Misstrauen abbauen. Vertrauen aufbauen. Vielleicht mit externer Unterstützung, eine solide Dokumentation, fähiges Team, drei, vier Leute, und dann hopp.

ROLF Wo leben wir denn. In Europa. Wir lassen uns von einem Pakistani nicht vorschreiben, was wir anzuziehen haben. So weit kommt's noch. Bei uns zählt der Mensch. Und seine Leistung. Und die Leistung hat die Schmitz erbracht, nicht.

MARA Aber ihre Sicherheit –

ROLF Welche Sicherheit.

MARA Die haben Busvergewaltigungen da unten.

ROLF Dann fährt sie eben nicht Bus.

SVEN Soll nicht doch besser ich –

ROLF Ich will einen Kerl, einen Profi, der das durchzieht, einen Mann. Moment. Die Schmitz. Das ist keine Frau, sagt ihr.

MARA Also, für uns war sie bis jetzt eine Frau. Betrieblich.

ROLF Aber sie hat sich nicht, ich meine, sie ist nicht irreversibel eine Frau.

MARA Ich darf das nicht fragen.

ROLF Aha. Das darfst du nicht fragen.

MARA Jetzt rein rechtlich.

ROLF Nun einmal systematisch. Entweder ist Frau Schmitz eine Frau, oder Frau Schmitz ist keine Frau. Das folgt aus der Logik. Und eine Frau ist sie nicht. Das haben wir geklärt.

MARA Sie sieht nur ein bisschen aus wie eine Frau.

ROLF Dann sieht sie eben für achtundvierzig Stunden nicht aus wie eine Frau.

MARA Das müsste man ihr kommunizieren.

ROLF Jetzt fällen wir hier ein paar Entscheidungen. Das muss vorwärts gehen. Wir haben nicht den ganzen Tag Zeit. Mara, du gehst jetzt zu Frau Schmitz.

MARA Und dann.
ROLF Dann klärst du sie auf.
MARA Ich kläre sie auf.
ROLF Was los ist. Dass wir sie dort unten brauchen. Für achtundvierzig Stunden.
MARA Tut mir leid, aber das geht nicht.
ROLF Aha. Und warum geht das nicht.
MARA Ich kann da nicht, als Frau, jetzt, in dieser Sache, in dieser doch sehr intimen Angelegenheit.
ROLF Gerade deswegen braucht es eine Frau. Von Frau zu Frau. Wie am Flughafen. Da bekommen die Frauen, die man untersuchen muss, auch eine Frau. Also.
MARA Aber sie ist keine Frau, die Frau Schmitz.
ROLF Sie ist keine Frau. Da ist was dran. Sven.
SVEN Sie ist keine Frau. Ohne Zweifel.
ROLF Dann machst du das.
SVEN Wie. Ich.
ROLF Bring mir die Schmitz. Ich mache das.

4. DAS INTAKTE INNERE

Mara, Sven, Rolf, Frau Schmitz in Damengarderobe.

ROLF Frau Schmitz. Das ist mir nicht angenehm, das können Sie mir glauben. Weil es mich im Grunde nichts angeht, diese Privatsache undsoweiter. Wir müssen das Gesamte im Auge behalten. Und das Gesamte ist ein bisschen in Schieflage. Sehr in Schieflage. Wir haben einen Ausfall in unserem Werk in Jakarta.

SVEN In Jaipur.

ROLF Kurzum, wir haben einen Ausfall.

SVEN Es gäbe vielleicht noch eine andere Lösung.

ROLF Da gibt es einen Pakistani, der möglicherweise in die Lücke springen kann undsoweiter. Sonst droht die Konventionalstrafe. Und darauf wartet der Saudi nur. Aber diesen Gefallen wollen wir ihm nicht machen. Und deshalb, Frau Schmitz, brauche ich Sie dort unten. Aber so, verstehen Sie, so kann ich Sie nicht schicken. Verstehen Sie. Die sind nicht so weit wie wir. Kulturell undsoweiter. Uns ist das egal, auf Äußerlichkeiten können wir pfeifen, solange das Innere intakt ist. Und das ist es ja. Bloß der Pakistani sieht das nicht. Kurzum: Ich brauche Sie in Karatschi, aber so kann ich Sie nicht reisen lassen.

MARA Zu Ihrer eigenen Sicherheit.

ROLF Sie wissen, was man dort von Frauen hält. Und ich rede von gewöhnlichen Frauen. Sie haben bestimmt von den Busvergewaltigungen gehört.

SVEN Wie gesagt, falls man mich –

ROLF Das würde Ihnen unter Umständen Perspektiven eröffnen. Also. Was sagen Sie. Geben Sie sich einen Ruck. Fahren Sie da runter. Und Mara nehmen Sie mit.

SVEN Mara.

ROLF Natürlich alles First Class. Achtundvierzig Stunden, dann ist der Spuk vorbei. Und dann treten Sie diesem Pakistani mal ordentlich in den Hintern. Na. Schmitz. Das wär doch was.

5. AUSRÜSTUNG

Zu Hause bei Schmitz'.
Leni, Frau Schmitz unter der Dusche.

LENI Die Anzüge sind ein bisschen fad, das stimmt, aber das trägt man heute so. Unterwäsche habe ich dir auch besorgt. Deine mit den Spitzen kann ich dir nicht einpacken. Das ist ein Risiko. Du brauchst dir nur den Fuß zu vertreten und dann hast du den Salat. Was sagst du dann den Ärzten im Krankenhaus. Mir gefällt das nicht. Die ganze Sache passt mir nicht. Du im Ausland in diesem Aufzug. Und dann auch noch in Karatschi. Wo liegt das überhaupt.

FRAU SCHMITZ In Pakistan.

LENI Was.

FRAU SCHMITZ In Pakistan.

LENI Das ist ja schrecklich. Lass dir bloß nichts anmerken. Ich wollte dir das Seidennachthemd einpacken, das lilafarbene, damit du wenigstens abends im Hotel etwas Gewohntes. Aber das lässt du besser hier. Viel zu gefährlich. Oder weißt du was. Ich schlag's in Papier ein. Falls sie dich am Zoll fragen, sag einfach, es sei ein Geschenk. Dann denken die sich nichts. Hast du über die Erstattung gesprochen. Natürlich müssen sie das erstatten. Sind schließlich Geschäftskosten. Warum machst du das überhaupt. Weil er dich braucht. Hat er das gesagt.

FRAU SCHMITZ Ja.

LENI Das meint er doch nicht ernst. Der weiß, dass du dich nicht traust, Nein zu sagen. Schuldgefühle, Liebling, das sind deine Schuldgefühle. Aber du schuldest ihm nichts. Im Gegenteil.

FRAU SCHMITZ Ist das ein Problem für dich.

LENI Für mich. Warum soll das für mich ein Problem sein.

Um dich mache ich mir Sorgen. Für mich ist das bloß zusätzliche Arbeit, das schon, diese ganze Ausrüstung, Hemden, Krawatten, was weiß ich. Aber wenn es deiner Laufbahn dient. Das ist doch einmalig, nicht. Er wird das nicht noch mal verlangen. Und wenn, dann sagst du einfach Nein.

FRAU SCHMITZ Ja.

LENI Hast du gehört.

FRAU SCHMITZ Ja.

LENI Einfach nein.

FRAU SCHMITZ Ja.

LENI Und mach bloß keinen Unsinn. Was weiß ich. Was Kerle halt so anstellen. Abends, nach den Sitzungen.
Brauchst gar nicht zu lachen, ich mein's ernst.
Und trink nicht. Das steht dir nicht.

6. FEHLENDE ORIENTIERUNG

In einem Park.
Valerie und Carl.

VALERIE Hast du das schon gesehen.
CARL Wo.
VALERIE Da.
CARL Wo ist das.
VALERIE Keine Ahnung. San Diego. Bolivien. So was.
CARL Ist das echt.
VALERIE Weiß nicht. Glaub schon.
Hast du das Gesicht gesehen.
Freut die sich.
CARL Nie. Das sind Schmerzen.
VALERIE Dann wären die Augen geweitet.
CARL Vielleicht ist es auch beides.
VALERIE Was hat die für einen Belag.
CARL Was für einen Belag.
VALERIE Da auf der Zunge.
CARL Die wird etwas gegessen haben, Spinat oder Chlorophyll.
Gegen Mundgeruch.
Musst du nicht los.
VALERIE Ich habe noch Zeit.
Papas Flugzeug geht erst um fünf.
CARL Und.
VALERIE Was und.
CARL Wie sieht sie aus.
VALERIE Papa. Keine Ahnung. Habe sie nicht gesehen.
CARL Geht sie in Anzug und Krawatte.
VALERIE Ich denk schon.
CARL Hast du sie schon einmal so –

VALERIE So.
CARL Als Mann.
VALERIE Nein. Nie. Das erste Mal.
CARL Und.
VALERIE Was und.
CARL Freust du dich.
VALERIE Warum sollte mich das freuen.
CARL Weiß nicht.
VALERIE Warum fragst du dann.
CARL Es klang nur so.
VALERIE Wie.
CARL Als du es mir gesagt hast.
Nicht wie ein Schock.
VALERIE Warum Schock.
CARL Das sie einmal so und jetzt so.
VALERIE Und das.
CARL Was.
VALERIE Das da.
CARL Wo hast du das her.
VALERIE Magst du das.
CARL Meinst du ästhetisch oder für mich.
VALERIE Warum ästhetisch.
CARL Zum Anschauen.
VALERIE Beides.
CARL Weiß nicht.
VALERIE Hast du schon mal.
CARL Das. Warum.
VALERIE Nur so.
CARL Und du.
VALERIE Was denkst du.
CARL Was.
VALERIE Hab ich schon mal.
CARL Weiß nicht.
Schon möglich.
VALERIE Willst du.

Carl Weiß nicht.
Ziemlich extrem.
Valerie Ist doch nicht schlecht.
Carl Was.
Valerie Bisschen extrem.
Carl Bisschen ist gut. Aber ziemlich ist zu viel.
Valerie Also willst du nicht.
Carl Weiß nicht.
Meinst du jetzt.
Valerie Nicht jetzt. Jetzt muss ich los. Kommst du mit.
Carl Bestimmt nicht.
Valerie Na los, komm mit.
Carl Bestimmt nicht.
Valerie Hast du Schiss.
Carl Warum Schiss.
Valerie Weiß nicht. Hast du.
Carl Weiß nicht.
Valerie Willst du sie nicht sehen.
Carl Muss nicht sein.
Valerie Warum.
Carl Ist doch peinlich.
Valerie Was ist peinlich.
Carl Weiß nicht.
Sie so.
Mach bloß kein Bild.
Valerie Warum soll ich kein Bild.
Carl Weiß nicht.
Mach einfach keines.
Valerie Bestimmt mach ich ein Bild.
Carl Aber zeig's nicht rum.
Valerie Und warum nicht.
Carl Ich habe mich für sie eingesetzt. Als Frau. Vergiss das nicht.
Valerie Und. Hast du plötzlich ein Problem damit.
Carl Ich nicht. Aber vielleicht meine Freunde.
Valerie Was hast du denn für Freunde.

Carl Die mögen es nicht, wenn man sich korrumpieren lässt.

Valerie Wer lässt sich korrumpieren.

Carl Ich sag das ja nicht. Aber manche werden das denken.

Valerie Ist doch egal, was die denken.

Carl Jedenfalls ist es nicht glaubwürdig.

Valerie Was ist nicht glaubwürdig.

Carl Ihre Orientierung. Wenn sie das rückgängig macht, mir nichts, dir nichts.

Valerie Sie macht nichts rückgängig. Es ist nur vorübergehend.

Carl Das sieht man einem Bild nicht an.

Valerie Was.

Carl Ob es vorübergehend ist. Und zudem ist es unsolidarisch.

Valerie Unsolidarisch.

Carl Gegenüber jenen, die das durchziehen.

Valerie Wen soll das kümmern.

Carl Da.

Valerie Was ist das.

Carl Das ist aus Mexiko. Oder Thailand. Die haben sie verbrannt. Lebendig. Das machen sie dort mit denen.

Valerie Mit denen.

Carl Wie deinem Vater.

Valerie Lass mich.

Carl Die hat sich nicht korrumpieren lassen.

Valerie Lass mich. Lass mich.

7. SCHARLACH

In der Firma, etwas in Eile, das Flugzeug wird nicht warten.
Mara, Sven.

SVEN Mara.
MARA Du brauchst nicht jedes Mal meinen Namen zu rufen, bevor du mit mir sprichst. Ich hör auch so zu.
SVEN Findest du das in Ordnung. Dass er mich so eiskalt abserviert.
MARA Du nimmst das zu persönlich.
SVEN Persönlich. Ich habe das Projekt aufgebaut, von Grund auf, seit drei Jahren, Tag und Nacht und an den Wochenenden.
MARA Es ist jetzt so entschieden.
SVEN Und nun soll diese Person, diese Schmitz, mein Projekt übernehmen.
MARA Du hattest deine Chance.
SVEN Du hättest ihm das ausreden müssen.
MARA Es ist jetzt so entschieden.
SVEN Es scheint dir gar nichts auszumachen.
MARA Es tut mir leid für dich.
SVEN Ich tu dir leid. Vielen Dank.
MARA Du hast dich angestrengt.
SVEN Ich bin wegen dir in dieser Firma. Einen solchen Verrat –
MARA Verrat. Du bist einfach überfordert.
SVEN Und jetzt baust du auf die Schmitz.
MARA Du solltest ihr Glück wünschen. Wenn sie scheitert, schließt er vielleicht Eure Abteilung.
SVEN Dir wäre das doch willkommen. Dann wärst du mich los.
MARA Hör zu, mein Flugzeug –

Sven Was ist mit mir nicht in Ordnung, Mara, sag mir das einmal.

Mara Das ist suggestiv.

Sven Wie.

Mara Du unterstellst, dass etwas nicht in Ordnung ist.

Sven Ist es meine Stimme. Meine Stimme ist furchtbar, das stimmt. Das kommt vom Scharlach, den ich als Kind hatte. Aber ich kann das kompensieren. Mit meinem Gang. Mein Gang ist einzigartig. Elastisch, aber nicht federnd. Könnte ich meinen Gang verkaufen, ich wäre ein gemachter Mann. Mara. Das ist es. Ich bin noch nicht gemacht. Ich kämpfe noch. Du findest mich verbissen, stimmt's. Nicht locker genug.

Mara Ich habe nichts dagegen, wenn Männer kämpfen.

Sven Ja, kämpfen dürfen wir, bloß verlieren sollte man nicht. Weder in Jaipur noch anderswo. Sonst übernehmen die Frauen. Oder die Beinahe-Frauen.

Mara Ich muss jetzt nach Karatschi.

Sven Mara. Ich will eine Antwort.

Mara Lass mich gehen.

Sven Erst wenn du mir gesagt hast, was du an mir hasst.

Mara Darauf werde ich nicht antworten.

Sven Nicht.

Mara Du lässt mich jetzt gehen.

Sven Mara. Was ist es.

Mara Es geht um deinen Kopf, Sven, es geht um deinen Kopf.

Sven Mara.

8. WAS MAN TEILT

Im Hause Schmitz. Kurze Zeit später.
Leni, Valerie.

VALERIE Wo ist Papa.
LENI Schon weg.
VALERIE Weg.
LENI Im Flugzeug, ja.
VALERIE Um fünf. Du hast gesagt um fünf.
LENI Nicht um fünf. Um fünfzehn Uhr.
Was schaust du jetzt so.
Ist schließlich nicht mein Fehler.
VALERIE Hast du wenigstens ein Bild gemacht.
LENI Ein Bild. Warum ein Bild.
VALERIE Von Papa.
LENI Wozu.
VALERIE Einfach für mich.
LENI Bestimmt mach ich davon kein Bild.
VALERIE Und warum nicht.
LENI Was soll das. Sie ist doch kein Zootier.
VALERIE Wie sah sie aus.
LENI Bitte.
VALERIE Beschreib ihn mir.
LENI Das scheint dich ja brennend zu interessieren.
VALERIE Beschreib ihn mir.
LENI Was soll ich beschreiben.
VALERIE Wie sie ausgesehen hat. Wie ein Mann.
LENI Natürlich wie ein Mann, was denkst du denn.
VALERIE Hat er dir gefallen.
LENI Es geht so.
VALERIE Und warum hast du kein Bild gemacht.
LENI Weil es nichts Besonderes war, deswegen.

Valerie Nichts Besonderes.
Leni Nicht für mich, nein.
Valerie Und für sie.
Leni Ich habe sie nicht gefragt.
Valerie Du hast das so eingerichtet.
Leni Was habe ich so eingerichtet.
Valerie Dass ich zu spät komme. Dass ich kein Bild sehe. Du willst nicht, dass ich Papa als Mann begegne.
Leni Das ist Unsinn, und das weißt du auch.
Valerie Du willst ihn für dich.
Leni Ihn.
Valerie Ihn. Sie teilst du. Ihn behältst du für dich.
Leni Du gehst zu weit.
Valerie Jetzt habe ich doch etwas gesehen. Dieses Leuchten.
Leni Was für ein Leuchten.
Valerie In deinem Gesicht. Du bist ja eine Frau.
Leni Weil ich mir Sorgen mache. Weil sie in Karatschi ist. Zehntausend Kilometer entfernt. Deswegen. Weil ich sie liebe. Weil ich nicht will, dass ihr etwas geschieht. Bin ich deswegen eine Frau.
Valerie Nein, weil du kleinlich bist, eifersüchtig und geizig.

9. DER SPECK

Wieder auf der Bank im Park.
Valerie und Carl.

CARL Und. Wie sah sie aus.
VALERIE Vergiss es.
CARL Hast du ein Bild gemacht.
VALERIE Vergiss es.
CARL Kann ich es sehen.
VALERIE Bestimmt nicht.
CARL Du schämst dich, stimmt's.
VALERIE Dir war das doch peinlich.
Sonst wärst du ja mitgekommen.
CARL Stimmt. Es war mir peinlich.
Aber nicht wegen deiner Papafrau.
VALERIE Sondern.
CARL Peinlich deinetwegen.
Das wollte ich nicht sehen, wie sehr du dich freust.
VALERIE Freust.
CARL Mal einen Papamann zu haben.
VALERIE Einen Papamann.
Der fehlt mir nicht.
Hingegen ein Mann, der fehlt mir sehr.
CARL Ich hab's mir überlegt. Ich wäre dafür zu haben, für das Extreme.
VALERIE Vergiss es.
CARL Wie.
VALERIE Vergiss es, sage ich.
CARL Jetzt hast du mir den Speck –
VALERIE Ich hab dir keinen Speck –
CARL – und dann machst du einen Rückzieher. Ich hätte es ja wissen müssen.

VALERIE Lass mich in Ruhe.
CARL Ich hasse dich.
VALERIE Dann hasse mich halt.
CARL Du hast das noch nie gemacht. Stimmt's.
VALERIE Dann denk das eben.
CARL Du wolltest mich bloß provozieren. Wie immer.
VALERIE Kannst dir das Bild ja noch mal ansehen.
CARL Was ist schon groß an diesem Bild. Hab ich Tausende gesehen.
VALERIE Aber nicht mit mir.
CARL Mit dir.
VALERIE Das bin ich auf diesem Bild.
CARL Bestimmt nicht.
VALERIE Und der Mann, das ist Herbert.
CARL Du lügst doch.
VALERIE Stimmt. Ich lüge. Das war nicht Herbert. Das war Noah. Glaub ich.
CARL Weißt du, was ich mich frage.
Ich frage mich, ob das etwas mit ihr zu tun hat.
VALERIE Mit wem.
CARL Mit deiner Papafrau.
Dass du so krank bist.

10. AUF DEM HÖHEPUNKT DER WELTGESCHICHTE

In der Firma. Nach der Rückkehr aus Karatschi.
Rolf, Mara, sie ein bisschen zerzaust und durcheinander.

ROLF In den Menschen, Mara, in den Menschen kann man nicht hineinsehen. Das will ich Ihnen gar nicht vorwerfen. Jeder täuscht sich ständig. Sven hielten Sie für belastbar und elastisch, da hat Sie Ihre Intuition verlassen: Er ist genau das Gegenteil. Schlapp, weich, ein depressiver Typ. Hat ja stets zu jammern. Diese ewigen Jeremiaden. Wir sind am Ende, keine Zulieferer, der Pakistani undsoweiter. Ich sage es Ihnen, Mara, im Vertrauen, das ist ein Mensch, der nicht an den Fortschritt glaubt. Ein Defätist. Ein Schwarzmaler. Und dabei leben wir auf dem Höhepunkt der Weltgeschichte. Noch nie starben so wenige Afrikaner wie an diesem heutigen Tag. Aber mit Fakten kommt man diesen Miesmachern nicht bei. Und jetzt die Frau Schmitz. Ein Mauerblümchen. Das hätten Sie beinahe verdorren lassen, Mara, und dabei brauchte sie bloß ein wenig Wasser, wie das Saatgut aus den ägyptischen Pyramiden, das auch nach fünfunddreißigtausend Jahren keimt, wenn es Boden und Wasser findet, erblüht sie zur Hoffnung der Betriebswirtschaft. Der Pakistani, sagen Sie, wurde ganz weich bei ihr.

MARA Ja, ganz weich.

ROLF Er leistete keinen Widerstand.

MARA Nicht den Geringsten, nein, das ging ganz schnell.

ROLF Wie hat sie das gemacht.

MARA Das ist mir selbst ein Rätsel.

ROLF Aha.

Mara Sie haben bloß gelacht die ganze Zeit. Der Pakistani und die Schmitz.

Rolf Gelacht.

Mara Wie Kinder, ja.

Rolf Aha. Ist sie erschienen, heute, unsere Frau Schmitz, ich habe sie nicht angetroffen.

Mara Sie war schon früh da, ja.

Rolf Das ist der rechte Geist. Nicht ausruhen auf den Lorbeeren. Wir sollten an einen Bonus denken. Ein Wochenende in den Bergen. Mit Sprudelbad und allem. Hat sie Familie.

Mara Sie ist verheiratet.

Rolf Aha. Verheiratet. Kennt man ihn, ich meine, kennt man diese Person.

Mara So ein Hausmütterchen, ganz unscheinbar und vollkommen reizlos. Furchtbar.

Rolf Sie sind ja giftig heute Morgen, Mara. Und dann diese Stimme. Erdenschwer. Sie haben kaum geschlafen, stimmt's.

Mara Wenig, ja.

Rolf Sie nehmen die Arbeit viel zu ernst. Das trübt ihren Blick.

Mara Frau Schmitz hat sich gar nicht umgezogen.

Rolf Nicht umgezogen.

Mara Sie sitzt am Schreibtisch und trägt Anzug und Krawatte.

Rolf Aha. Gründe.

Mara Falls man sie noch brauche, so, als Mann.

Rolf Aha. So ist das. Da denkt jemand an das Ganze. Von dieser Sorte brauchen wir mehr. Wir brauchen Charaktere, keine Abziehbilder. Mitarbeiter mit einem unternehmerischen Geist. Die immer noch eine neue Seite an sich entdecken. Wirklich erstaunlich, diese Schmitz.

Mara Ich frage mich nur, ob sie jetzt so bleibt.

Rolf Das würde Ihnen gefallen, wie.

Mara Bitte.

ROLF Ich verstehe Sie, für die Firma wäre das nicht schädlich.

MARA Da bin ich mir nicht sicher.

ROLF Aha.

MARA Ich denke an die Folgen fürs Betriebsklima, wenn auf einmal dieser, dieser Mann da, so urplötzlich –

ROLF Betriebsklima. Wir züchten hier keine Pilze. Das muss aufhören, Mara, dieses Betriebsklimazeugs. Duftkerzen in den Scheißhäusern. Früchtekörbe zweimal die Woche in jedem Büro undsoweiter. Und was war das Letzte.

MARA Sie meinen den Ruheraum.

ROLF Ein Ruheraum, Mara. Das ist doch nicht normal.

MARA Das erwartet man heute.

ROLF Was macht man in einem Ruheraum.

MARA Man ruht sich aus.

ROLF Aha. Sie sollen sich zu Hause ausruhen, wofür bezahle ich ihnen die Freizeit. Da draußen herrscht Krieg. Und offenbar ist die Einzige, der ich das nicht erklären muss, unsere gute Frau Schmitz. Sie sollten sie aufbauen, Mara, vorbereiten auf größere Aufgaben.

11. DAS SATANISCHE KRAWATTENVIEH

In der Firma, in diesem sinistren Büro, wo Julius die letzten Tage alleine saß.
Frau Schmitz in Herrengarderobe. Julius.

JULIUS Sie sind nicht Frau Schmitz. Das sind nicht Sie in dieser Aufmachung als Kartoffelsack, in dieser Kaufmannsuniform. Da können Sie noch lange in sich hineingrinsen. So eindeutig, wie Sie jetzt dastehen, breitbeinig und plump, niemals ist das Frau Schmitz. Die anderen können Sie täuschen, aber ich sehe, was Sie wirklich sind. Ich habe gehört, wie Sie dem Pakistani Feuer gemacht haben, wie die Leute das nennen. Man spricht über nichts anderes. Aber glauben Sie nicht, ich hätte auch nur die leiseste Bewunderung dafür. Sie haben sich selbst erniedrigt. Sich auf diese Weise zu verleugnen um des wirtschaftlichen Vorteils willen. Ich könnte Sie dafür lieben, weil es von mir ein Verzeihen verlangt, und was könnte kostbarer sein als Vergebung. Wenn nur die plumpen Treter Ihre zarten Füße nicht entstellten. An die Socken mag ich gar nicht denken. Wie kann man solche Waden, die einem Paar Lippen die Erlösung bringen könnten, wie kann man sie mit schwarzen Strümpfen knebeln. Und doch ahne ich sie noch, die Frau Schmitz, noch sehe ich den Engel hinter diesem satanischen Krawattenvieh, das um neun Uhr in den Kaffee grunzt und sich den Steiß kratzt ohne Scham und Scheu. Wie kann ich Sie befreien, Frau Schmitz, ich habe doch gesehen, dass Sie noch da sind, Ihre Gesten haben Sie verraten, gerade eben, wie Sie beim Sitzen Ihre Füße nebeneinanderstellten wie Geschwister, die sich nicht verlieren dürfen, und wie Sie die Lippen schürzen und einziehen, wenn Sie die Tasse von Ihrem Mund lösen, damit kein Tropfen übers Kinn läuft, das Kinn, das Kinn der Frau Schmitz, das ist die Vollendung der Weiblichkeit.

12. GRÖSSERE KRÄFTE

In der Firma. In der Pause tröstet man sich unter Männern. Julius, Sven.

SVEN Es hilft nichts, Julius, dass wir uns Vorwürfe machen.

JULIUS Ich mache mir keine Vorwürfe.

SVEN Wir sind gescheitert, das ist wahr. Aber es ist kein persönliches Versagen.

JULIUS So.

SVEN Da sind größere Kräfte am Werk.

JULIUS Ja, und diese Kräfte machen mir die Frau Schmitz kaputt.

SVEN Mach die Augen auf, die Epoche des Mannes ist vorbei. Die Epoche der Frau hat begonnen.

JULIUS Genau die ging eben doch zu Ende.

SVEN Heute setzen sich andere Qualitäten durch. Jetzt gewinnt, wer die geheimen Absichten zu lesen versteht. Intuition ist gefragt. Und die fehlt uns eben.

JULIUS Mir fehlt gar nichts, nur die Frau Schmitz.

SVEN Wenn wir noch einen Zugang hätten zu unseren Instinkten. Dann hätten wir eine Chance. Aber dieser Zugang ist verschüttet von der Zivilisationsgeschichte. Nur deshalb lassen wir uns so leicht täuschen.

JULIUS Täuschen. Ich lasse mich von dieser Verkleidung bestimmt nicht täuschen.

SVEN Selbsterkenntnis, Julius, ist der erste Schritt auf dem Weg zur Besserung.

JULIUS Was willst du eigentlich.

SVEN Ich verstehe deinen Ärger, deine Verwirrung.

JULIUS Gar nichts verstehst du.

SVEN Bei dir ist es ja noch einmal andersrum.

JULIUS Was ist bei mir andersrum.

Sven Ich habe mich beruflich getäuscht, aber bei dir ist die Sache komplizierter, weil intimer.

Julius Mein Intimes geht dich einen Scheißdreck an.

Sven Jede Täuschung ist schlimm, aber am tiefsten kränkt die Selbsttäuschung. Das hat die Wissenschaft bewiesen. Es gibt gewisse Dinge, die man sich selbst nicht eingestehen kann.

Julius Was gesteht man sich nicht ein.

Sven Aus Scham. Und so betrügt man sich von Tag zu Tag. Wie ein Ochse stampft der Mann durchs Leben, bringt sich bei, wie die Welt funktioniert, was weiß ich, der Verbrennungsmotor oder warum es Jahreszeiten gibt undsoweiter. Aber sich selbst, Julius, sich selbst bleibt er ein Rätsel bis zum letzten Tag.

Julius Das ist doch völlig einerlei.

Sven Julius, jetzt sei nicht störrisch. Du hast nur gesehen, was du sehen wolltest.

Julius Und was wollte ich sehen.

Sven Jetzt gibt doch endlich zu, was du längst begriffen hast. Frau Schmitz ist keine Frau. Ich sage es noch einmal. Es gibt Dinge, die man sich selbst nur schwer, nur sehr schwer eingesteht. Aus Scham.

Julius Ich kann dir sagen, was du dir nicht eingestehst.

Sven So.

Julius Mara und Frau Schmitz.

Sven Mara und Frau Schmitz.

Julius Mara kam gerade eben, unter einem Vorwand, und hat die Frau Schmitz zu sich bestellt. Dieser Blick, dieses Zittern, dieses Beben, ich weiß genau, wie Mara sich jetzt fühlt.

Sven Ganz schlimmer Unfug, Julius, pass auf.

Julius Ach.

Sven Nur weil du, heißt das noch lange nicht, dass alle.

Julius Dass alle was.

Sven Und sich das nicht eingestehen können.

Julius Jetzt wär's besser, du würdest schweigen.

SVEN Lügen verbreiten, damit man besser dasteht.

JULIUS Lüge. Das nimmst du zurück.

SVEN Anderen unterstellen, was man sich selbst nicht eingesteht, das ist ja feige, das ist ja niederträchtig.

JULIUS Ich glaube, ich werde dir jetzt dein blödes Maul einschlagen.

SVEN Du. Das kannst du nicht.

JULIUS Glaubst du.

SVEN Dafür bist du nicht der Typ.

JULIUS So. Und was für ein Typ bin ich denn. He. Was für ein Typ bin ich denn, wenn ich das mache.

Er schlägt ihn.

13. HANDGRIFFE

In der Firma.
Frau Schmitz in Herrengarderobe, Mara.

MARA Ich habe Sie kommen lassen, liebe Frau Schmitz, um mit Ihnen den nächsten Schritt zu planen. Sie geben ja schon deutlich die Richtung vor, und falls Sie sich entscheiden, in dieser Form Ihre Zukunft anzupacken, dann werden Sie meine ganze Unterstützung haben. Das Umfeld ist rauer geworden, keine Frage, und Sie werden mir glauben, nicht wahr, dass ich gerade als Frau das nur ungern sage, aber eine gesunde Härte, ein robustes Durchsetzungsvermögen ist in diesen Zeiten wachsender Verunsicherung keineswegs von Nachteil. Die Naturkatastrophen, die schwindenden Ressourcen, die technologischen Revolutionen, der Terrorismus, sie stellen uns vor nie gekannte Herausforderungen. Wir müssten dann natürlich sehen, ob und wie wir Sie neu einsetzen, auf Ihrem alten Posten, wie soll ich sagen, geht Ihr Potential ja eigentlich verloren. Sie werden festgestellt haben, dass Ihre Talente, die Sie so diskret vor mir versteckt haben, in dieser Firma leider sehr dünn gesät sind. Es gibt ja durchaus fähige Ingenieure, aber den meisten fehlt es an einem gewissen zupackenden Selbstvertrauen, was Sie in einem geradezu unerhörten Ausmaß besitzen. Es wird Sie deshalb nicht erstaunen, dass ich an eine Rochade denke und mir vorstellen kann, Ihnen den Verantwortungsbereich von Sven zuzuweisen, und zwar dauerhaft. Das müsste man sozial abfedern, das ist klar, einen Bereich finden, wo er seine beschränkten Mittel anwenden kann. Natürlich würden wir das kommunikativ vorbereiten, Sie müssten also keine Rachsucht fürchten, mit den richtigen Methoden wird er bald verstehen, dass er zurückgestuft entspannter leben kann. Ich weiß, das kommt ein bisschen überstürzt, und ich finde, Sie sollten sich mit der Antwort Zeit lassen, um danach, nach einer guten Weile, die Sache in Ruhe durchzugehen, vielleicht in einer etwas anderen Atmosphäre, vielleicht informeller, bei einem Glas Weißwein, vielleicht bei einem Château Bonnier, von dem ich mir gerade eine Sechser-Kiste habe liefern lassen, gerne auch abends, ich würde uns eine Kleinigkeit kochen, damit wir gemeinsam in allen Einzelheiten durchgehen können, wie Sie den Pakistani gepackt haben, mit welchen Handgriffen, bildlich gesprochen, Sie Ihre Widersacher auf die Bank drücken, mit welcher Technik Sie Ihren Willen erzwingen, bis man wehrlos vor Ihnen liegt, ist und tut, was immer Sie verlangen, in allen Einzelheiten, die Sie natürlich formulieren müssten, Buchstabe für Buchstabe, Anweisungen, deren exakte Einhaltung Sie einfordern, selbst wenn man winselt, stöhnt und um Gnade fleht. Dies, damit ich die Erfahrung intern auswerten kann, Sie verstehen, die Prozesse, die ewigen Prozesse.

14. DAS SEIDENHEMDCHEN

Zu Hause.
Leni. Frau Schmitz

LENI Wo bist du.
FRAU SCHMITZ Ich bin hier.
LENI Wo. Ich sehe dich nicht.
FRAU SCHMITZ Ich bin im Schrank.
LENI Im Schrank.
FRAU SCHMITZ Ich suche mein Seidenhemdchen.
LENI Welches Seidenhemdchen.
FRAU SCHMITZ Das ich mitgebracht habe aus Karatschi.
LENI Was willst du damit.
FRAU SCHMITZ Anziehen, natürlich. Aber ich kann es nicht finden. Hast du es nicht gesehen.
LENI Ich glaube nicht, nein.
FRAU SCHMITZ Dann müsste es doch da sein.
LENI Jetzt komm aus diesem Schrank heraus. Ich mache hübsche Stapel, bügle alles, und du wühlst darin herum wie in einem Laubhaufen.
FRAU SCHMITZ Wenn ich es aber nicht finde.
LENI Das ist nicht gerade respektvoll.
FRAU SCHMITZ Tut mir leid.
LENI Bitte.
FRAU SCHMITZ Und was soll ich jetzt anziehen.
LENI Mein Gott. Dein Schrank quillt über.
FRAU SCHMITZ Warum kann ich nicht das Seidenhemdchen. Die Farbe steht mir.
LENI Das Teil ist billig.
FRAU SCHMITZ Billig war das überhaupt nicht.
LENI Der Ausschnitt ist unpassend, da fehlt dir die Brust dazu. Warum gehst du auf einmal einkaufen. Lass mich

das machen. Da fehlt dir der Sinn dazu, der natürliche. Das wirkt aufgesetzt. Es muss trotz allem eine gewisse Natürlichkeit behalten.

FRAU SCHMITZ Aber irgendetwas anziehen muss ich ja wohl.

LENI Das Etuikleid hängt gewaschen und gebügelt da.

FRAU SCHMITZ Das Etuikleid. Ist das nicht ein wenig –

LENI Was.

FRAU SCHMITZ Ein bisschen grau in grau.

LENI Dann nimm das Karmesinrote.

FRAU SCHMITZ Das hat einen Flecken.

LENI Den habe ich dir entfernt.

FRAU SCHMITZ Du bist ein Herz.

LENI Und der Lackgürtel liegt auch dabei. Falls du unbedingt einen Auftritt haben willst.

FRAU SCHMITZ Einen Auftritt.

LENI Als Frau in Rot.

FRAU SCHMITZ Warum als Frau in Rot.

LENI Rot ist eine Signalfarbe, Liebling, das provoziert Reaktionen.

FRAU SCHMITZ Was für Reaktionen.

LENI Das wirst du dann schon sehen.

FRAU SCHMITZ Also –

LENI Wie gesagt, das Etuikleid hängt da. Falls dir das nicht zu unauffällig ist. Aber es ist natürlich deine Entscheidung.

FRAU SCHMITZ Und was mache ich damit.

LENI Womit.

FRAU SCHMITZ Mit dem Anzug.

LENI Das musst du mir sagen.

FRAU SCHMITZ Ich weiß jetzt gerade nicht.

LENI Gib her. Ich motte ihn ein. Den brauchst du nicht mehr.

15. ZIVILISATORISCHE BARRIEREN

In der Firma.
Sven, Frau Schmitz in Damengarderobe.

SVEN Ich will Ihnen nicht drohen, Frau Schmitz, aber warnen, ja warnen will ich Sie. Offenbar sind Sie der Meinung, dass ein Krieg herrsche im Kampf der Geschlechter. Gut. Ich werde es Ihnen nicht ausreden, da ich sehe, zu welchen Mitteln Sie greifen. Doch in jeder Auseinandersetzung braucht es gewisse Regeln, Grenzen, die nicht überschritten werden dürfen, zivilisatorische Barrieren, die eine Brutalisierung verhindern. Sie aber sind nicht bereit, diese über Jahrhunderte ausgebildeten Grenzen zu respektieren, mit Ihrer Guerillataktik, Ihrer Camouflage, Ihrer französischen Doktrin des schmutzigen Krieges. Ich habe diese Möglichkeit nicht, weil ich trotz allem meine Menschlichkeit behalten will, weil mir die Zwecke nicht über die Mittel gehen. Sie haben Ihre Jagdgründe auf die gesamte Menschheit ausgedehnt, wenigstens auf den erwachsenen Teil, und ich hoffe, Sie werden wenigstens diese Grenze anerkennen, obwohl ich ehrlich gesagt nicht sicher bin, wenn ich Ihre Maßlosigkeit betrachte. Sie hätten sich weiß Gott mit fünfzig Prozent der Menschheit zufrieden geben können, aber in Ihrer Gier, in Ihrem unstillbaren Verschlingungshunger respektieren Sie das nicht. Sie sind eine Allesfresserin, wie Bären, wie Schweine, Frau Schmitz, wie Schweine.

16. »VERSAUERN SIE!«

In der Firma.
Mara, Frau Schmitz in Damengarderobe

MARA Das ist Ihre Antwort, Frau Schmitz. Ihre Antwort auf mein Angebot. Gut. Vielen Dank. Ich verstehe. Sie hätten mich informieren können. Aber mich auf diese Weise vor den Kopf zu stoßen. An einem Dienstagmorgen. Ich habe mich eingesetzt für Sie, Frau Schmitz. Was aus Ihnen hätte werden können. Und jetzt schlagen Sie mir ins Gesicht. Gut. Dann gehen Sie wieder in Ihr Büro. Versauern Sie zwischen Ihren Topfpflanzen. Ich habe geglaubt, Sie seien ein Vorbild. Ihr Kleid ist lächerlich. Nur die Farbe steht Ihnen. Dieses schlammgelbgrau.

17. DAS NICHTS

In der Firma.
Sven, Mara.

SVEN Mara, Mara, Mara. Was soll denn diese Geheimniskrämerei.

MARA Bitte.

SVEN Nun spiele nicht die Unschuldige. Steh doch wenigstens dazu. Es ist ja nichts Schlimmes, grundsätzlich.

MARA Was ist nichts Schlimmes.

SVEN Ich weiß es, Mara, alles weiß ich. Ich weiß von Dir und Frau Schmitz, und ich will dir keinen Vorwurf machen. Die Liebe fällt, wie sie fällt undsoweiter. Was kann man dagegen tun. Es ist ein Geschenk, eine Gabe, sie kommt, wahrscheinlich kommt sie aus dem Himmel, und ich kann niemanden verurteilen, weil er liebt, egal wen oder was und auch nicht wie. Ein liebendes Herz kann niemals etwas Schlechtes sein, und wenn du glücklich bist, dann bin auch ich glücklich.

MARA Was redest du.

SVEN Ich möchte keine Erklärung. Ich will nicht, dass du dich vor mir rechtfertigst, das sollst du nicht, dafür habe ich zu viel Respekt vor dir. Werde glücklich, so glücklich, wie es eben geht. Wie glücklich das ist, das weiß ich nicht. Und ich weiß ja, wie du mich sehen musst, einen Kerl, der vor der Haustüre lauert und nach Einlass verlangt, der kratzt und bettelt, und wenn du die Achtung vor mir verloren hast, dann muss ich leider zugeben, ich weiß, woran es liegt. Es liegt an mir. Ich hätte deine Veranlagung erkennen müssen, aber ich habe es nicht gesehen. Ich hatte es vor Augen, hier, die Zeichen waren eindeutig, aber es war, als wäre ich blind, als hätte ich ein Brett vor dem Kopf. Das ist mir noch nie passiert, noch nie hatte ich ein Brett vor dem Kopf. Trotzdem hättest du mir ein Zeichen geben können, Mara, einfach aus Freundschaft, Menschenliebe. Nein, nein, verpflichtet warst du nicht, gewiss nicht, schließlich bist du mir nichts schuldig, aber gleichzeitig, und das soll kein Vorwurf sein, lebst du ja damit, ich meine, schließlich ist das angeboren, für dich eine Selbstverständlichkeit, ein Tägliches, wie sagt man, die Realität eben, du empfindest so. Aber vielleicht, jetzt für das nächste Mal, falls ein Mann sein Herz deinetwegen aus der Brust reißt, blutig, dann magst du vielleicht denken, dass dieser Mann im ersten Augenblick überhaupt nicht auf die Idee kommt, er könnte abgewiesen werden, nicht als Person, sondern als Mann, weil du für Männlichkeit ja kein Interesse hast, dass es gewissermaßen seine grundsätzliche Biologie ist und er nichts, aber auch nichts dafür kann, wenn er abgewiesen wird, abgeputzt, kaltgestellt, bloß weil seine Männlichkeit im Wege steht.

MARA Welche Männlichkeit.

SVEN Die Männlichkeit im Allgemeinen.

MARA Gerade die Männlichkeit, die fehlt ja eben.

SVEN Also von der Männlichkeit, liebe Mara, und das ist kein Vorwurf, davon hast du nun wirklich keine Ahnung.

MARA Da geht es uns ja beiden ähnlich.

SVEN Bleib du nur bei deiner Frau Schmitz, damit kann ich leben, aber beleidigen, verletzen, das brauchst du mich nicht.

MARA Frau Schmitz. Was interessiert mich die Frau Schmitz. Was interessiert mich dieses effeminierte Getue. Frau Schmitz versteckt ihren Mann, das ist wahr und es ist eine Schande, aber du, du bist unschuldig.

SVEN Findest du.

MARA Du hast ja nichts, was du verstecken könntest. Da ist ja nichts bei dir, so rein gar nichts.

18. TRICHTERAUGEN

In der Firma, im düsteren Büro.
Frau Schmitz in Damengarderobe, Julius.

JULIUS Nun weinen Sie nicht, Frau Schmitz. Das ist doch dummes Zeugs. Das Kleid steht Ihnen ausgezeichnet. Und ich bin froh, sind Sie wieder ganz die Alte. Die wollten Sie zu etwas formen, was Sie nicht sind, und es ist gut, wenn Sie das gerade noch rechtzeitig festgestellt haben und nicht weiter nach deren Pfeife tanzen. Die werden ein paar Tage schmollen und Sie schneiden. Bis sie ein neues Problem finden, an dem sie ihr Mütchen kühlen können. Ich glaube nicht, dass man Sie deswegen gleich entlässt, obwohl man da eine Weile warten muss. Aber ein bisschen böse bin auch ich auf Sie. Sie haben mich hinters Licht geführt. Sich wie eine Dame den Hof machen lassen.

FRAU SCHMITZ Seien Sie doch still.

JULIUS Die Schokolade haben Sie genommen, nicht wahr, und die kleinen Dienste, die man gern den Männern überlässt, frisches Papier aus dem Keller holen, die Glühbirne wechseln, den Käfer auf dem Teppich totschlagen. Das habe ich gerne gemacht für Sie, aber ein klein wenig ausgebeutet fühle ich mich deswegen trotzdem.

FRAU SCHMITZ Ich bitte, bitte Sie, seien Sie doch still.

JULIUS Aber da bin ich selber schuld. Ich hätte ja nicht Ihren Waden verfallen müssen, zur Vernunft hätte ich mich rufen und um eine Versetzung bitten können. Stattdessen habe ich den Hausmeister gemacht für Sie.

FRAU SCHMITZ Ich flehe Sie an.

JULIUS Und als Sie begriffen haben, dass ein Hausmeister weniger bringt als eine Verbündete von der Teppichetage, als man Sie mit einer Karriere lockte, mit Geld und Einfluss, da haben Sie einszwei das Gesicht gewechselt. Und eine Zweite mit Ihrem Gift verseucht. Ach, dass sie mich jetzt in der Firma verspotten, weil ich Ihnen auf den Leim gegangen bin, dass die Frauen kichern in den Gängen und die Männer Zeichen machen hinter meinem Rücken, das werde ich überleben. Ich habe ja auch Sie überlebt, Frau Schmitz. Wie heißen diese Viecher, mit diesen Trichteraugen, die in der dunkelsten Stelle des Waldes sitzen und mit langen Zungen nach den Fliegen schnappen und dabei, je nach Opportunität, die Farbe wechseln. Aber ich bin nicht Ihre Fliege, Frau Schmitz, und noch haben Sie mich nicht gefressen. Ich bin Ihr Freund. Und wenn ich es richtig sehe, haben Sie gerade nicht mehr viele Freunde. Aber Freunde muss man pflegen, sonst reden sie schlechte Dinge, nicht, weil sie böse sind, bloß weil man ihnen nicht hin und wieder zeigte, wie sehr man sie liebt.

FRAU SCHMITZ Gehen Sie weg von mir. Weg. Weg.

19. PHYSIOGNOMISCHE LANDMARKE

In einer Klinik für kosmetische Chirurgie.
Sven. Frau Dr. Gerber.

SVEN Keine Männlichkeit. Nichts.
Das hat sie gesagt.

DR. GERBER Das war unangenehm für Sie. Verletzend. Aber vielleicht können Sie das anders sehen. Nicht nur persönlich.

SVEN Wie.

DR. GERBER Und ihr dafür dankbar sein.

SVEN Bitte.

DR. GERBER Jetzt können Sie etwas ändern.

SVEN Was hat diese Schmitz, was ich nicht habe.

DR. GERBER Das ist der falsche Ansatz. Sie müssen Ihre eigene Männlichkeit entwickeln.

SVEN Und wenn nichts da ist, was ich entwickeln könnte.

DR. GERBER Ihre Anlagen sind intakt, die Basis ist vorhanden.

SVEN Wirklich.

DR. GERBER Ich finde Sie nicht unmännlich. Von einem professionellen Standpunkt aus gesehen. Der Gesamteindruck ist kernig, Ansätze einer virilen Spannung sind vorhanden und ausbaubar. Was Ihnen fehlt, ist eine eindeutige Markierung, eine physiognomische Landmarke, die Ihre Züge definiert. Und ich weiß auch, was wir da machen könnten.

SVEN Meine Nase möchte ich gerne behalten, wenn's geht.

DR. GERBER Die Nase lassen wir in Ruhe. Die liegt zu exponiert, jeder Eingriff wirkt da schnell aufgesetzt. Nein, wir brauchen eine subtilere Intervention. Vielleicht ein Paar Darwin-Höcker, das könnte Ihnen stehen.

Sven Darwin-Höcker.

Dr. Gerber Ein Atavismus. Ein Überbleibsel aus der Vorzeit, ein kleiner Knorpel am Außenrand der Ohrmuschel. Man nimmt ihn kaum wahr, aber das limbische System, vor allem das weibliche, reagiert darauf.

Sven Wie stark.

Dr. Gerber Mäßig.

Sven Vielleicht hat die Schmitz einen solchen –

Dr. Gerber Denkbar. Dieser Höcker verschafft einen Vorteil, da bleiben Sie immer auf der Strecke.

Sven Und wenn ich den Höcker hätte, dann wäre immerhin Gleichstand.

Dr. Gerber Vielleicht ist das in Ihrem Fall doch etwas zu subtil. Vielleicht brauchen wir etwas Stärkeres.

Sven Müssen es unbedingt die Ohren sein.

Dr. Gerber Eine Frage: Wie oft haben Sie Ihre Ohren schon gesehen. Ich meine, wirklich gesehen. Studiert. Würden Sie unter hundert Ohren Ihre eigenen erkennen.

Sven Nun –

Dr. Gerber Sie betrachten sich im Spiegel. Sie sehen Augen, Nase, Mund, Stirn, Wange. Aber Ihre Ohren, die sehen Sie nicht. Sie verstecken sich vor uns. Wir sehen sie erst, wenn wir den Hals verdrehen. Aber wer verdreht schon gerne den Hals. Das vermeidet man. Aber bei den anderen sehen wir als Erstes die Ohren. Wir sehen die Muschel, wir sehen sogar in den Gehörgang, in diese dunkle Höhle, an den Härchen und am Schmalz vorbei ins Innere des menschlichen Schädels. Für alle anderen gehören diese Ohren zu unserem Gesicht. Und genau aus diesem Grund sind sie ideal für eine Optimierung. Das Bild, das man von sich selbst hat, bleibt unangetastet, den anderen aber sendet man ein Zeichen.

Sven Ist das eine große Sache.

Dr. Gerber Sie müssen nicht einmal über Nacht bleiben. Sie kommen gegen Mittag, und abends sind Sie wieder zu Hause.

Sven Tut es weh.

Dr. Gerber Das ist nicht bei allen gleich. Manche schmerzt das linke Ohr, andere spüren das rechte mehr, und den Dritten schmerzen alle beide. Bereut hat es noch keiner. Sie werden erstaunt sein über die Wirkung.

20. REIZKLIMA

In der Firma.
Rolf. Mara.

ROLF Was war da genau los.
MARA Frau Schmitz. Sie hat Julius geschlagen.
ROLF Aha. Wohin.
MARA Mitten ins Gesicht.
ROLF Und jetzt.
MARA Jetzt hat er gekündigt.
ROLF Aha. Können wir das verschmerzen.
MARA Kein schlechter Mitarbeiter. Etwas verschroben, aber pünktlich und genau.
ROLF Und wie rechtfertigt sie sich.
MARA Er habe sie belästigt.
ROLF Aha. Wie hat er sie belästigt.
MARA Wie Männer eine Frau belästigen.
ROLF Aha. Mara.
MARA Bitte.
ROLF Das ist unmöglich.
MARA Wie.
ROLF Frau Schmitz. Sie ist ja schließlich keine Frau.
MARA Nun.
ROLF Mara.
MARA Sie zieht sich wieder an als Frau.
ROLF Aha. Seit wann.
MARA Seit ein paar Tagen.
ROLF Gründe.
MARA Privat.
ROLF Aha. Und warum weiß ich das nicht.
MARA Ich dachte –
ROLF Da hätte man reagieren müssen.

Mara Was soll ich denn –

Rolf Jetzt einmal der Reihe nach. Der Julius. Der wusste doch, dass Frau Schmitz keine Frau ist.

Mara Der war informiert, natürlich.

Rolf Wenn er also davon ausging, dass sie keine Frau ist, wie kann er sie dann belästigen. Als Frau.

Mara Er hat sie auf das Knie –

Rolf Auf das Knie. Das ist unter Männern eine vollkommen unverfängliche Geste.

Mara Wie.

Rolf Ein freundschaftlicher Klaps aufs Knie. Da ist doch nichts dabei. Das mache ich doch ständig.

Mara So.

Rolf Aber natürlich.

Mara Ich weiß nicht –

Rolf Der Julius hat Frau Schmitz nicht als Frau behandelt. Sie war beleidigt. Deshalb hat sie ihn geschlagen.

Mara Vielleicht –

Rolf Nur weil die Schmitz sich als Frau betrachtet, kann sie das ja nicht von jedem verlangen.

Mara Nur –

Rolf Die nimmt sich etwas viel heraus, diese Schmitz.

Mara Wie soll ich jetzt –

Rolf Ich habe einen guten Mann verloren. Der Julius, der war immer korrekt. Pünktlich, exakt. Und den habe ich jetzt verloren.

Mara Aber man muss doch auch –

Rolf Wir wollen hier keine Übergriffe. Das gilt für jeden, für Männer, Frauen und was es sonst noch gibt. Oder sind Sie da anderer Meinung.

Mara Gewiss nicht, nein.

Rolf Der ganze Betrieb steht auf dem Kopf. Reizklima, Mara, Sie mit Ihrem Reizklima.

Mara Wir hatten das doch –

Rolf Und was ist eigentlich mit Sven los.

Mara Was soll mit ihm los sein.

Rolf Haben Sie ihn nicht gesehen. Mit seinem Verband.
Mara Einem Verband.
Rolf Um den Kopf. Hat die Schmitz den vielleicht auch –
Mara Das kann ich mir nicht –
Rolf Das wird mir langsam unheimlich, Mara.
Mara Ich werde mit ihr reden und –
Rolf Bestimmt reden Sie nicht mit der Schmitz. Die ist gefährlich. Mit dieser Person lasse ich Sie nicht alleine.

21. PRODUKTIVE ZERSTÖRUNG

In der Firma.
Rolf. Frau Schmitz in Damengarderobe. Mara.

ROLF Ich bin enttäuscht, Frau Schmitz, persönlich enttäuscht. Wir haben Ihnen eine Chance gegeben. Nicht wahr, Mara, das haben wir doch.

MARA Allerdings.

ROLF Mehr als eine. Und jetzt sehen Sie sich diese Katastrophe an. Man ist sich seines Lebens nicht mehr sicher. In seiner eigenen Firma. Alles bringen Sie mir durcheinander. Und das sage ich als Unternehmer, der ein großes Verständnis hat fürs Durcheinander. Erst im Durcheinander ordnen sich die Dinge, und als Unternehmer bin ich verpflichtet, meine Mitarbeiter in dieses Durcheinander zu führen. Natürlich mute ich ihnen etwas zu, das ist mir vollkommen bewusst. Der Mensch, von seiner Natur her, will kein Durcheinander, keine Unruhe. Er will Sicherheit.

FRAU SCHMITZ Ja.

ROLF Bequemlichkeit.

FRAU SCHMITZ Ja.

ROLF Er will eine Höhle, in die er sich verkriechen kann.

FRAU SCHMITZ Ja.

ROLF Aber eine Unternehmung ist eben keine Höhle.

FRAU SCHMITZ Nein.

ROLF Eine Unternehmung ist ein Abenteuer, und deshalb muss ich den Mitarbeiter, oder die Mitarbeiterin, aus seiner oder ihrer bequemen Wohngrotte locken, und falls er, oder sie, nicht will, dann muss ich ihn oder sie nötigenfalls zerren. Macht mir das Spaß. Macht es mir Spaß, die Menschen an ihre Grenzen zu führen, bis hin zu den

Schmerzen, in die Angst hinein, wo es keine Sicherheit, keine Verlässlichkeit mehr gibt. Quäle ich sie aus Freude. Bin ich ein Sadist. Nein, ich mache es aus Notwendigkeit. Und warum ist es notwendig. Weil der Mensch erst an seiner Grenze schöpferisch wird, erst in der Not, wo er keinen Halt mehr findet, erst da findet er zu neuen Lösungen. Und in einer zunehmend dunkler werdenden Welt, die sich so rasend schnell verändert, brauchen wir dringend neue Lösungen. Wie nennt das die klassische Ökonomie. Die produktive Zerstörung. Sie ist das Wesen des Fortschritts.
Aber Gewalt hat darin keinen Platz.
Frau Schmitz. Was ich nicht verstehe. Das haben Sie doch alles begriffen. Sie haben es bewiesen. Sie waren in Karatschi, und das war im ersten Augenblick nicht angenehm. Fast musste ich Sie zwingen. Aber dann. Dann sind Sie richtig aufgeblüht. Sonst hätten Sie mir nicht diesen schönen Erfolg nach Hause gebracht. Und jetzt schlingern Sie zurück ins alte Fahrwasser. Sie hatten sich doch so vorteilhaft verändert. Bleiben Sie doch einmal dabei. Immer dieses Hin und Her. Verändern Sie sich, ich will sagen, machen Sie das rückgängig. So jedenfalls kann es nicht bleiben. So kann ich Sie nicht mehr beschäftigen.

22. BLUMENKOHLOHREN

In der Firma.
Mara, Sven mit einem Verband um den Kopf.

MARA Sven. Was ist mit dir.
SVEN Willst du sehen.
MARA Was ist das.
SVEN Eigentlich müsste der Verband noch bis Montag bleiben, aber einen kurzen Blick darfst du darauf werfen.
MARA Was hast du gemacht.
SVEN Nun schau dir einmal diese feine Arbeit an.
MARA Das blutet ja.
SVEN Das sind Blumenkohlohren.
MARA Um Gottes willen.
SVEN Ringer haben das, Kämpfer, Krieger, Boxer. Die entstehen durch Schläge auf die Muschel, durch Hämatome. Die hier sind nicht echt, aber Sie wirken trotzdem. Mara. Musst du dich setzen.

23. ELTERNABEND

Zu Hause.
Leni. Frau Schmitz in Männergarderobe.

LENI Achtzehn Jahre haben sie dich akzeptiert, und jetzt ist plötzlich Schluss. Plötzlich verlangen sie eine bestimmte Garderobe von dir. Mit welchem Recht. Wie stellst du dir das vor. Willst du tagsüber eine Lüge leben, und dann abends, zu Hause, wenn dich keiner sieht, zurückkehren in deine eigentliche Welt. Wo ist deine Selbstachtung. Wo ist dieser Mensch, mit dem ich durch alle Stürme gegangen bin. All die Kämpfe, die Ablehnung, die schiefen Blicke. Weißt du noch, die erste Zeit. Wie uns die Leute angeglotzt haben. Oder an dem Elternabend mit Valerie.

FRAU SCHMITZ Ja –

LENI Wie peinlich es ihnen war und keiner ein Wort mit uns gesprochen hat. Niemand hat an uns geglaubt.

FRAU SCHMITZ Nein –

LENI Nicht einen Monat haben sie uns gegeben, keine Woche. Und doch haben wir alles durchgestanden. Und es gab keinen Tag, an dem wir nicht mindestens einmal gelacht haben. Das sind wir. Das gehört uns. Nur uns. Und jetzt willst du es einfach wegwerfen. Einfach so. Und wofür. Du wolltest ihnen helfen. Du wolltest sie nicht im Stich lassen. Deshalb bist du nach Karatschi gefahren. Und das ehrt dich. Aber dieses Mal darfst du uns nicht im Stich lassen.

FRAU SCHMITZ Dann ist es jetzt wohl an der Zeit.

LENI Was meinst du.

FRAU SCHMITZ Wann, wenn nicht jetzt.

LENI Wir sollten nichts überstürzen.

FRAU SCHMITZ Das hört sonst niemals auf.

24. LIEBE

Im Park.
Valerie. Carl.

CARL Ich hab's ja gewusst.
VALERIE Du weißt immer alles.
CARL Ich hab's eben gewusst.
Dass das Probleme gibt.
Macht sie die Operation wirklich.
VALERIE Schon nächste Woche.
Sie hat alle Atteste.
Und die Hormone verträgt sie auch.
CARL Und die Stelle.
VALERIE Die werden mit sich reden lassen.
Und sonst finden sie was anderes.
CARL Und sie. Was sagt sie dazu.
VALERIE Wer.
CARL Deine Mutter.
Ist ihr das egal.
VALERIE Natürlich ist es ihr nicht egal.
CARL Ziemlich extrem für sie.
VALERIE Sie steht zu ihr.
CARL Vielleicht ist ihr das auch nicht so wichtig.
VALERIE Was soll ihr nicht wichtig sein.
CARL Wahrscheinlich ist sie nicht so wie du.
VALERIE Wie ich.
CARL Und kann leben ohne Mann.
VALERIE Es ist sinnlos, sinnlos.
CARL So.
VALERIE Du wirst das nie verstehen.
Du kannst es dir einfach nicht vorstellen.

CARL Klar kann ich mir das vorstellen.
Ist ja nicht so schwierig.
VALERIE Sie lieben sich.
CARL Klar. Keine Frage.
Ich frag mich nur, wie.
VALERIE Bitte.
CARL Wie die sich lieben.

25. INFORMATIONSBROSCHÜRE

In der Klinik.
Leni und die Dr. Gerber.

DR. GERBER Man stellt sich tausend Fragen, gerade als Ehefrau. Wie das weitergehen soll.

LENI Ist sie schon aus der Narkose erwacht.

DR. GERBER Zu reden fällt nicht leicht. Weil man die ganzen Jahre seine eigenen Gefühle, seine Bedürfnisse zurückgestellt hat.

LENI Aber es geht ihr doch gut. Ich meine, war die Operation –

DR. GERBER Sie haben sich längst an diesen Druck gewöhnt. Für Sie ist es Alltag. Über Jahre geht das gut, man macht hier ein paar Kompromisse, dort verleugnet man sich ein wenig, der Druck wächst und wächst, und es ist zwar unangenehm, aber es ist immerhin ein Inhalt. Und dann, nach der Operation, ist plötzlich nichts mehr da.

LENI Was soll das heißen –

DR. GERBER Nur noch eine Leerstelle. Und sie erlebt man als Verlust. Das ist ganz schwer. Weil gewisse Dinge fehlen und man sich neu kennenlernen muss. Eine gewisse Verbindung funktioniert nicht mehr.

LENI Kann ich jetzt zu ihr.

DR. GERBER Und weil der Druck weg ist, spürt man ganz plötzlich einen Hunger, gerade weil der Druck weg ist. Doch man weiß nicht, wie man diesen Hunger stillen kann, weil etwas fehlt.

LENI Ich hatte eigentlich nie –

DR. GERBER Und man wartet darauf, dass etwas kommt, etwas wächst, etwas größer wird und diese Leere füllt, dieses Loch, das man auf einmal in sich spürt.

Leni Ich möchte jetzt wirklich –

Dr. Gerber Aber da kommt eben nichts. Weil nichts mehr da ist. Nicht alle ertragen das. Da will ich ganz ehrlich sein. Die meisten werden frustriert und wütend. Andere bloß sehr, sehr traurig.

Leni Ich will sie sehen.

Dr. Gerber Nach meiner Erfahrung bleibt nur eine Möglichkeit. Man darf sich nicht verkrampfen. Man muss offen bleiben. Empfänglich bleiben. Für neue Formen. Auch wenn diese Formen ungewohnt, seltsam, unnatürlich. Doch wenn man etwas ausprobiert, kann man auch damit seine Erfüllung finden.

Leni Lassen Sie mich zu ihr.

Dr. Gerber Wir haben eine Informationsbroschüre. Beim Empfang. Und wenn danach noch Fragen bleiben, verweise ich Sie gerne an eine Beratungsstelle. Nur Mut. Das wird schon werden.

26. SAFARI

Zu Hause.
Leni. Frau Schmitz.

LENI Pass auf.
FRAU SCHMITZ Was ist denn.
LENI Du sollst nicht zu schnell aufstehen.
FRAU SCHMITZ Keine Sorge, es geht schon.
LENI Willst du nicht noch ein paar Tage zu Hause bleiben.
FRAU SCHMITZ Das haben wir doch besprochen.
LENI Trotzdem.
FRAU SCHMITZ Liebling, es geht mir gut.
LENI Versprich mir, dass du es ruhig angehst.
FRAU SCHMITZ Aber sicher.
LENI Lass dich nicht hetzen.
FRAU SCHMITZ Du kennst mich doch.
LENI Gerade deshalb. Und mach mal Pause zwischendurch.
FRAU SCHMITZ Jetzt hör auf, dir Sorgen zu machen. Ich fahre ja nicht auf Safari.
Ich fahre bloß zur Arbeit.

27. SATISFAKTIONSFÄHIGKEIT

In der Firma.
Frau Schmitz in Damengarderobe. Sven.

SVEN Frau Schmitz. Zurück aus dem Krankenhaus. Herzlich willkommen. Darf ich Ihnen die Tasche abnehmen. Die ist bestimmt zu schwer für Sie. Frau Schmitz. Das klingt jetzt vielleicht seltsam, aber ich habe Sie falsch eingeschätzt. Ich hielt Sie für einen Konkurrenten. Das war natürlich Blödsinn. Worum hätten Sie mit mir auch kämpfen sollen, ich meine, das war doch schon damals nicht Ihre Art. Sie waren kein Gegner, nicht für mich. Das sehe ich jetzt ein. Sie hatten genug mit sich selbst zu tun. Also, damit Sie es wissen, von meiner Seite: keine schlechten Gefühle. Also. Ich will Sie nicht aufhalten.

28. NEUGEBOREN

In der Firma.
Frau Schmitz in Damengarderobe. Rolf.

ROLF Frau Schmitz. Wie neugeboren, sagt man das nicht. Sie sehen blendend aus. Wirklich erstaunlich. Aber lassen wir die Plauderei. Die Sache mit dem Kerl da, der Sie belästigt hat, wie soll ich es ausdrücken, da habe ich einen Fehler gemacht. Ich habe es mir erklären lassen. Wenn einer seine Männlichkeit nicht im Griff hat, dann hat jede Frau das Recht, sich zu wehren. Bestrumpfte Beine hin oder her, ansehnliche Formen hin oder her, das muss man als Mann aushalten. Und die Männer haben es da ja heute einfacher als früher. Die meisten Frauen nehmen sich sehr zurück, nicht alle, es gibt noch ein paar Exemplare, die ihre weiblichen Reize nicht verstecken. Und ich bin der Letzte, der das verurteilen würde. Aber das verlangt natürlich Kontrolle, und wer die nicht hat, der hat in meiner Firma nichts verloren, gar nichts. So. Zur Sache, zum Geschäftlichen. Nach Karatschi werde ich Sie nicht mehr schicken. Obwohl das jetzt sogar möglich wäre, ich meine, leichter möglich wäre. Aber der Pakistani mag keine Frauen, da kann man nichts machen. Er mag sie vielleicht, das weiß ich nicht, ist mir einerlei, ich weiß nur, der zieht sie über den Tisch, geschäftlich, kurzum, der hat nicht diesen Respekt vor Frauen, wie er hier üblich ist. Gut. Was machen wir. Ich habe da eine Sache, die kompliziert ist, und diese Sache, das ist ein Spanier, in Jerez, ein ganz feuriger Typ. Aber er macht Sperenzchen. Reagiert nicht auf Druck, reagiert nicht auf Geld, reagiert auf gar nichts. Ich habe gebettelt, ich habe gedroht, aber nein, er ziert sich. Vielleicht können Sie ihn, ich meine, als Frau hat man doch ganz andere Mittel, kommunikative undsoweiter, was meinen Sie, gerade Sie, weil Sie doch die Gegenseite, wie soll ich sagen, besser verstehen als manche andere, jedenfalls besser als Mara, die ja, rein fachlich, durchaus kompetent, aber das weibliche Instrumentarium, das fehlt ihr doch, und genau damit könnte man diesen Spanier, und Jerez ist toll, ganz toll, da hätten Sie ein paar schöne Tage, oder was denken Sie, Frau Schmitz.

29. FLIEHENDE HIRSCHE, JAGENDE HUNDE

Frau Schmitz in Damengarderobe. Julius.

JULIUS Frau Schmitz. Dass ich Sie antreffe, damit hätte ich nicht gerechnet. Ich wollte Ihnen etwas bringen. Das steht bei mir zu Hause herum. Und wenn man den ganzen Tag zu Hause sitzt, weil man keine Arbeit findet, weil man traumatisiert ist und sich die ganze Zeit fragt, was man nur falsch gemacht hat, was macht man dann. Man räumt auf. Und schafft die Dinge weg, die böse Erinnerungen bringen. Aber Sie haben bestimmt Verwendung dafür. Es war ja für Sie bestimmt.
Was ist, gefällt es Ihnen nicht. Wie kann das sein. Es ist ein Flügelglas, aus Venedig. Eine Frau, in Ihrer Position, die müsste doch die Schönheit erkennen.
Sie sollten es aus der Nähe betrachten, Frau Schmitz. Dann sehen Sie die Hirsche besser. Haben Sie es bemerkt. Die armen Tiere fliehen vor dem Jäger. Aber das wird ihnen nichts nützen. Die Hunde sind immer schneller. Sie müssen näher ran gehen, Frau Schmitz. Jetzt haben Sie es zerbrochen. Alles machen Sie kaputt, kaputt.
Er zerschneidet ihr das Gesicht.

30. KEINE OFFENEN FRAGEN

Zu Hause.
Valerie. Leni. Nacht.

VALERIE Wie geht es ihr.
LENI Nicht so laut.
Sie schläft.
VALERIE Aber es geht ihr doch –
LENI Sie braucht Ruhe.
VALERIE Ich wäre früher –
LENI Jetzt bist du ja da.
VALERIE Ich habe den Anruf nicht gehört.
LENI Zieh doch mal die Schuhe aus.
Willst du etwas trinken.
VALERIE Bloß nicht.
Ich hatte schon genug.
LENI Warst du tanzen.
Mit Carl.
VALERIE Carl. Der tanzt nicht.
Der steht die ganze Zeit an der Bar und schaut zu.
LENI Kommt er noch.
VALERIE Das weiß ich nicht.
LENI Habt ihr euch getrennt.
VALERIE Ich kann mich nicht trennen.
LENI Wie.
VALERIE Wir waren gar nie zusammen.
Er ist so grob.
Ein bisschen grob ist gut.
Aber er ist falsch grob.
Und er weiß immer alles.
LENI Das ist doch gut.
VALERIE Er weiß immer alles vorher.

Und wenn er sich nicht sicher ist, dann hat er es irgendwie gewusst.
Das ist tödlich.
Wie macht man das nur.
Ich weiß nicht, wie das geht.

LENI Das kann ich dir nicht sagen.

VALERIE Aber ihr seid glücklich.

LENI Weiß ich doch nicht.

VALERIE Nicht.

LENI Ich mag's halt, wie sie lacht.
Und wie sie riecht.

VALERIE Wie hast du Papa gefunden.

LENI Gefunden. Ich habe sie nicht gefunden. Sie war plötzlich einfach da.

VALERIE Und wusstest du gleich, ob sie die Richtige –

LENI Wie meinst du das, die Richtige.

VALERIE Ob ihr zusammenpasst.

LENI Das habe ich mich nie gefragt.

VALERIE Nicht.

LENI Ich habe sie ja nicht geprüft.

VALERIE Aber was war es dann. An ihr, dass dich –

LENI Ich habe keine Ahnung.
Das war nie meine Frage.

VALERIE Nie.

LENI Das ist deine Frage. Du suchst eine Antwort. Ich habe meine längst gefunden.
Hör zu. Ihr Gesicht. Du musst dich darauf vorbereiten.

VALERIE Wie.

LENI Sie hat eine Narbe.

VALERIE Eine Narbe. Geht die wieder weg.

LENI Die geht nicht weg, nein. Die bleibt. Für dich wird sie jetzt anders aussehen.

VALERIE Für mich.

LENI Meine Augen sehen das nicht. Sie sehen etwas anderes.
Die Sterne sind schön heute Nacht.

VALERIE Lass mich doch mit den Sternen in Ruhe.

Leni Bald kommt der Morgen.
Valerie Denkst du, ich sollte es noch mal versuchen.
Mit Carl.
Leni Aber sicher.
Was hast du zu verlieren.

31. »SCHMECKT'S?«

Später, gegen Morgen.
Leni. Valerie. Carl.

VALERIE Carl.
CARL Ich habe Frühstück mitgebracht.
VALERIE Du hast was.
CARL Was Ordentliches.
Und Orangensaft.
VALERIE Ich bin hungrig. Danke.
CARL Schmeckt's.
VALERIE Lecker, ja.
CARL Der ist frisch gepresst.
Wie geht es ihr.
VALERIE Sie wird das schon schaffen.
CARL Und der hat sie einfach.
VALERIE Mit einem Glas, ja.
CARL Das tut mir leid.
Wirklich.
Das tut mir leid.
VALERIE Schon gut.
Ist ja nicht dein Fehler.
CARL Weißt du, was komisch ist.
VALERIE Was ist komisch.
CARL Ich hab das ja gewusst.
Das was passiert.
Irgendwie habe ich das gewusst.

32. SONNENBLUMEN

In der Firma.
Rolf. Mara.

MARA Frau Schmitz wäre jetzt da.
ROLF Aha. Was kommt da auf mich zu.
MARA Es geht ihr gut.
ROLF Sie hat eine Karte erhalten.
MARA Natürlich.
ROLF Was war da drauf.
MARA Eine Sonnenblume.
ROLF Aha. Warum eine Sonnenblume.
MARA Es ist ein Symbol.
ROLF Aha. Wofür.
MARA Fürs Willkommensein.
ROLF Welches Willkommensein.
MARA Nun hier. Bei uns. In der Firma.
ROLF Aha. Und wie sieht sie aus, die Frau Schmitz. Rein äußerlich.
MARA Fast wie immer.
ROLF Aha. Fast.
MARA Bloß eine Narbe hat sie im Gesicht.
ROLF Aha. Eine Narbe.
MARA Quer von der Schläfe über die rechte Wange, zur Nase bis hinunter zu den Lippen.
ROLF Aber sonst ist sie intakt. Psychisch, meine ich.
MARA Ich denke ja.
ROLF Aha. Da gibt es nichts zu beachten.
MARA Ich denke nicht, nein.
ROLF Gut. Dann lasse ich bitten.

33. KLITZEKLEIN

In der Firma.
Die Vorigen. Frau Schmitz in Damengarderobe.

ROLF Da ist sie ja, unsere gute Frau Schmitz. Was machen Sie auch für Sachen. Eine gehörige Angst haben Sie uns eingejagt, nicht wahr, Mara, wir hatten eine Angst.

MARA Das kann man wohl sagen.

ROLF Haben Sie die Karte erhalten.

FRAU SCHMITZ Vielen Dank.

ROLF Eine Sonnenblume. Als Symbol des Willkommenseins. Jetzt kommen Sie doch einmal näher. Nur nicht schüchtern. Lassen Sie sich ansehen. Aber Mara, was erzählen Sie denn für Schauergeschichten. Ich dachte schon, die Frau Schmitz sei ganz entstellt, ein Monster habe ich erwartet. Aber nein. Das fällt ja kaum auf. Schon erstaunlich, was die moderne Medizin zustande bringt. Noch vor einer Generation hätte das unweigerlich zum Tod geführt. Oder zu Schlimmerem. Da müssen wir alle dankbar sein. Und jetzt das. Ein klitzekleines Närbchen. Und das hat sogar etwas für sich, nicht wahr, Mara.

MARA Sicher, doch.

ROLF Ein kleiner Makel lässt die Schönheit umso heller erstrahlen. Bei mir sind die Makel leider nicht klein. Doch, doch, ich bin mir dessen bewusst. Eine Schönheit war ich nie, weiß Gott. Nun hören Sie. Ich habe etwas aus meinen Talenten gemacht. Darauf kommt es an. Jeder bekommt von der Natur seinen Rucksack, aber längst nicht jeder ist gewillt, diesen Rucksack auch zu tragen. Es kommt nämlich nicht darauf an, wer man ist, sondern wer man sein will. So. Was ist das nächste.

Mara Wir wollten sehen, was sich für Frau Schmitz finden lässt.

Rolf Aha. Dann finden wir der Frau Schmitz jetzt eine sinnvolle Arbeit, dabei erholt man sich immer noch am besten. Mara. Was steht an.

Mara Sie wollten Frau Schmitz zum Spanier schicken.

Rolf Zum Spanier. Zu welchem Spanier.

Mara Nach Jerez, ja.

Rolf Aha. Der Spanier. Das kann doch warten. Da müssen wir nicht die Frau Schmitz, nein, nein, wir brauchen etwas Leichtes, Internes. Der Spanier, das geht ja nicht, der ist ja, und Frau Schmitz, ich meine, das will sie doch nicht. Wo wollen Sie hin.

Mara Frau Schmitz. Bleiben Sie doch.

Rolf Was hat sie jetzt.

34. DIE HARMONIE

Erneut in der Klinik.
Frau Schmitz in Damengarderobe, Dr. Gerber, Leni, Valerie.

DR. GERBER Die Narbe, nein, die bekommen wir nicht weg.

FRAU SCHMITZ Nicht.

DR. GERBER Ganz unmöglich, tut mir leid. Da fehlen uns die Mittel. Narben bleiben. Und das ist auch gut. Narben sind Spuren der eigenen Geschichte. Und diese Geschichte darf man nicht auslöschen.

FRAU SCHMITZ So geht es nicht weiter.

DR. GERBER Die Narbe wird bleiben.

FRAU SCHMITZ Aber an dem, was drumherum ist, können wir vielleicht etwas anpassen.

DR. GERBER Anpassung ist immer möglich. Was wir beim Menschen wahrnehmen, ist zuerst der Gesamteindruck. Einzelne Schwächen können, wenn sie in eine harmonische Komposition gebracht werden, zu einem vorteilhaften Äußeren werden. Schönheit nehmen wir ganzheitlich wahr, und was bei der einen Person störend wirkt, empfinden wir bei einer anderen als Vorteil.

FRAU SCHMITZ Was können wir tun.

DR. GERBER Wir brauchen eine Korrektur, eine leichte Verschiebung zu mehr Virilität, das muss das Ziel sein.

FRAU SCHMITZ Das wäre vielleicht gar nicht schlecht.

DR. GERBER Wir werden improvisieren müssen, aber durch gezielte Umlagerungen und einige künstliche Polster werden wir das hinbekommen. Den Kopf werden wir allgemein etwas breiter machen, den Hals etwas verkürzen. Die Narbe dominiert horizontal, also werden wir sämtliche Vertikalen etwas stauchen, den Hals durch Absetzung verbreitern. Da finden wir eine Lösung. Nur etwas macht mir Sorgen.

Frau Schmitz Ja.

Dr. Gerber Die Schultern. Die Schultern müsste man runden. Das klingt so einfach, aber Schultern, die haben es in sich. Vielleicht machen wir das auch später, in einem zweiten Schritt. Wir wollen nichts erzwingen.

Frau Schmitz Nein, wir wollen nichts erzwingen.

35. DAHEIM

Sechs Monate später. Nach der letzten Operation wirkt Frau Schmitz wie verwandelt, fast eine andere Person. Man erkennt sie kaum mehr. Das Gesicht ist breiter, die Gestalt gedrungener, sie scheint älter, und man könnte meinen, Frau Schmitz sei ein Mann, wenn einen die Damengarderobe nicht eines Besseren belehren würde.
Leni. Frau Schmitz in Damengarderobe

LENI Wo bist du denn.
FRAU SCHMITZ Ich bin hier.
LENI Wo. Ich sehe dich nicht.
FRAU SCHMITZ Ich bin im Schrank.
LENI Im Schrank.
FRAU SCHMITZ Ich suche mein Kleid. Das Flaschengrüne mit dem griechischen Kragen.
LENI Das habe ich ewig nicht gesehen.
FRAU SCHMITZ Hast du es weggeworfen.
LENI Bestimmt nicht.
FRAU SCHMITZ Nicht aus Absicht.
LENI Ich habe es nicht weggeworfen.
FRAU SCHMITZ Aber dann müsste es doch da sein.
LENI Jetzt komm doch mal aus diesem Schrank heraus. Du machst ja alles durcheinander.
FRAU SCHMITZ Das war ein schönes Kleid. Die Farbe stand mir.
LENI Das wird sich schon finden.
FRAU SCHMITZ Ich habe nichts mehr anzuziehen.
LENI Dein Schrank ist voll.
FRAU SCHMITZ Trotzdem. Und das hier zwickt.
LENI Warum zwickt das. Ich habe es dir ändern lassen.
FRAU SCHMITZ Du bist ein Herz. Aber es zwickt trotzdem.

LENI Zeig. Diese Schneiderinnen heute. Die verstehen nichts mehr von ihrem Handwerk.
FRAU SCHMITZ Nun zupf doch nicht so an mir rum.
LENI Halt doch mal still.
FRAU SCHMITZ Sonst zupf ich auch ein bisschen an dir rum.
LENI Lass das.
FRAU SCHMITZ Hier zupf ich, und da zupf ich, und da und da.
LENI Du bist albern.
FRAU SCHMITZ Ha. Jetzt ist besser.
LENI Was.
FRAU SCHMITZ Es zupft nicht mehr.
LENI Siehst du. Musst mich nur machen lassen.
FRAU SCHMITZ Ich lern das halt nie.
LENI Das nächste Mal nähe ich das selbst um.
FRAU SCHMITZ Du hast doch schon so zu viel zu tun.
LENI Keine ordentliche Naht bringen sie zu Stande.
FRAU SCHMITZ Oder ich mach's.
LENI Du.
FRAU SCHMITZ Warum nicht.
LENI Da fehlen dir die Hände.
FRAU SCHMITZ Ich habe ziemlich feine Hände. Ich könnte mir die eigenen Kleider schneidern, was meinst du. Ich finde ja kaum etwas von der Stange.
LENI Natürlich. Wenn du willst.
FRAU SCHMITZ Aber die Nähmaschine fasse ich nicht an. Das musst du machen.
LENI Das ist nicht schwierig.
FRAU SCHMITZ Schwierig vielleicht nicht. Aber gefährlich.
LENI Musst bloß achtgeben.
FRAU SCHMITZ Genau das hat meine Tante damals auch gesagt. Ich zeig dir jetzt, wie man mit der Maschine näht. Ist gar nicht schwierig, schau, musst bloß aufpassen, wenn du das Nähgut unter den Schlitten, so, vorsichtig – und zack, hatte sie die Nadel mitten durch den Daumen.
LENI Hör doch auf.

Frau Schmitz Du findest das lustig. Unglaublich. Das war nicht lustig. Ich habe ein Trauma, ein Nähmaschinentrauma.

Leni Dann machst du halt vorher eine Therapie.

Frau Schmitz So weit kommt's noch. Eine Therapie. Ich bin ja nicht verrückt.
Weißt du, woran ich gerade gedacht habe.

Leni Wie soll ich das wissen.

Frau Schmitz Ich habe gerade an eines deiner Brathähnchen gedacht. Das mit der Knusperkruste. Und an Rosenkohl. Das hast du ewig nicht gekocht.

Leni Du sollst doch nicht zu schwer essen.

Frau Schmitz Ich hätte halt trotzdem gerade Lust darauf.

Leni Vielleicht am Wochenende.

Frau Schmitz Mordsmäßig Lust auf dein Brathähnchen. Und ein schönes Bier dazu.

Leni Ich hab's verstanden.

Frau Schmitz Kommt eigentlich, wie heißt der noch, kommt Valerie mit ihrem –

Leni Ich glaube, das ist aus.

Frau Schmitz Warum. Der war doch nett.

Leni Er war halt nicht der Richtige.

Frau Schmitz Kaum gibt's Probleme, suchen sie sich einen Neuen.

Leni Es bringt ja nichts, wenn sie sich quält.

Frau Schmitz Stimmt. Das bringt nichts. Dafür ist das Leben zu kurz. Ah. Jetzt weiß ich, wo das Kleid ist.

Leni So.

Frau Schmitz Bestimmt hat Valerie es genommen.

Leni Meinst du.

Frau Schmitz Sie soll vorher fragen.
In der Erziehung haben wir versagt.

Leni Das kannst du nicht sagen.

Frau Schmitz Versagt. Grundsätzlich versagt.
Aber ich liebe sie trotzdem. Nur Sorgen mache ich mir.

Leni Warum denn Sorgen.

Frau Schmitz Sorgen um die Arbeit. Ob mich noch jemand will.

Leni Dich will bestimmt noch jemand.

Frau Schmitz So einfach wird das nicht.

Leni Das eilt doch nicht. Wir haben noch Erspartes.

Frau Schmitz Das reicht nicht ewig.

Leni Sonst verkaufen wir die Wohnung.

Frau Schmitz Die Wohnung. Hängst du nicht daran.

Leni Etwas Kleineres zur Miete reicht auch.
Dann bleibt uns mehr Zeit für uns.
Wir könnten uns noch etwas kennenlernen.

Frau Schmitz Du kennst mich doch schon ein halbes Leben.

Leni Eben. Erst ein halbes Leben.

Frau Schmitz Ich könnte vielleicht wieder in den alten Betrieb.

Leni Meinst du.

Frau Schmitz Nicht auf die alte Stelle, aber vielleicht gibt es etwas anderes. Die kennen mich ja.

36. DER HECHT

Die Vorigen. Valerie.

FRAU SCHMITZ Sehr gut. Du kommst gerade recht.
VALERIE Lass mich in Ruhe.
FRAU SCHMITZ Ich weiß alles. Du bist überführt.
VALERIE Was soll das.
FRAU SCHMITZ Das grüne Kleid. Du hast es genommen.
VALERIE Was soll ich denn damit.
Ist doch überhaupt nicht mein Stil.
FRAU SCHMITZ Jetzt hör dir dieses Mädchen an. Gerade wie die reine Unschuld. Als ob sie nicht regelmäßig meine Foulards, Handtaschen, mein Schminkzeug.
VALERIE Accessoires vielleicht. Aber bestimmt kein Kleid.
FRAU SCHMITZ Im Ernst. Ich bin dir nicht böse. Aber ich brauche dieses Kleid.
VALERIE Ich habe es nicht genommen. Was kann ich dafür, dass du eine Chaotin bist.
FRAU SCHMITZ Eine Chaotin. Das ist ja unqualifiziert. Ich bin ja hier wohl die Ordentlichste. Stimmt das etwa nicht, Leni.
LENI Ich sag da jetzt überhaupt nichts.
FRAU SCHMITZ Aha. Eine kleine Intrige.
LENI Jetzt sei nicht eingeschnappt.
FRAU SCHMITZ Tut mir leid.
Aber ihr wisst doch, wie das ist, wenn man unbedingt etwas anziehen will. Und dann findet man es nicht. Schwamm drüber. Ich kauf mir ein Neues.
Jetzt hatte ich gerade eine Idee.
VALERIE Bitte nicht.
FRAU SCHMITZ Doch. Eine sehr gute Idee.
Wir gehen schwimmen.

Alle zusammen.
Jetzt gleich.
LENI Du willst ins Hallenbad.
FRAU SCHMITZ Nicht ins Hallenbad.
Wir gehen in den See.
VALERIE Bist du verrückt.
Das Wasser ist eisig kalt.
FRAU SCHMITZ Das belebt, erfrischt.
Wir springen rein.
Machen ein paar Züge.
Bis wir es nicht mehr aushalten.
Und dann wickeln wir uns in warme Decken, trinken heißen Tee und essen ein paar Kekse. Was meint ihr.
LENI Du brauchst zuerst ein Schwimmkleid.
FRAU SCHMITZ Was ist mit meinem Alten.
LENI Das ist im Keller.
Aber das kannst du nicht mehr tragen.
FRAU SCHMITZ Dann geh ich eben nackt. Für einmal. Sieht doch keiner.
VALERIE Mama.
FRAU SCHMITZ Hurra.
VALERIE Was ist.
FRAU SCHMITZ Hurra.
VALERIE Wo rennt sie jetzt hin.
LENI Sie holt bestimmt das Schwimmzeug.
VALERIE Muss das sein.
LENI Da hilft nichts, Valerie.
Du packst besser gleich deine Sachen.
Sie ist ein Dickkopf.
Wenn sie sich etwas in den Schädel gesetzt hat.
FRAU SCHMITZ Jetzt muss ich mich entschuldigen.
LENI Wo war es.
FRAU SCHMITZ Im Keller war es.
Mea culpa, mea maxima culpa.
VALERIE Und mich beschuldigen.

Frau Schmitz Ich mach das wieder gut.
Du darfst dir etwas wünschen.

Valerie Dann wünsche ich mir, dass wir nicht schwimmen gehen.

Frau Schmitz Das geht nicht. Das war mein Wunsch. Und einen Wunsch kann man nicht umwünschen. Stimmt's, Leni.

Valerie Du bist furchtbar.

Frau Schmitz Ein Angebot. Zur Güte.

Valerie Ach.

Frau Schmitz Wir gehen noch nicht gleich schwimmen.
Erst später.
Erst näht mir Leni dieses Kleid um.
Und danach gehen wir schwimmen.

Valerie Sie manipuliert uns, Mama, merkst du das.

Frau Schmitz Es ist auch zu Eurem Vorteil, wenn ich nett aussehe.

Leni Gib mir das Kleid.

Frau Schmitz Sehr gut. Ich mach derweil ein Nickerchen.
Und Valerie packt das Schwimmzeug.
Und vergiss die Taucherbrille nicht.
Je kälter das Wasser, umso klarer die Sicht.
Ich will's nicht beschreien, aber mit ein bisschen Glück könnten wir heute einen Hecht sehen. Valerie. Hast du schon einmal einen Hecht gesehen.

37. AUSFALL

In der Firma.
Rolf. Mara. Frau Schmitz in Damengarderobe. Sven.

ROLF Das war kein einfacher Lernprozess für Sie, Mara, aber den Kopf dürfen Sie deswegen nicht hängen lassen. Sie sehen natürlich die Niederlage, niemand in Jerez, und der Spanier ist abgesprungen. Ihr persönliches Scheitern, das will ich Ihnen auch gar nicht ausreden. Aber gerade in dramatischen Situationen ist der Unternehmergeist in jedem Mitarbeiter gefordert. Nur im Scheitern liegt der Erfolg verborgen. Sehen Sie sich die Welt an. Was hat sich nie verändert. Was ist seit den Anfängen immer gleich geblieben. Gar nichts. Nichts ist sich gleich geblieben. Das ist das Gesetz des Universums. Alles dreht sich, alles wendet sich. Nehmen Sie einen Samen. Der Samen wird zum Keimling. Der Keimling wird zum Baum. Der Baum wird gefällt. Zersägt zu Brettern. Die Bretter werden zum Schiff. Das Schiff fährt übers Meer. Geht schließlich unter. Wird zum Wrack. Aber auch das Wrack bleibt nicht Wrack. Auch das Wrack vermodert. Wird zum Meeresboden undsoweiter. So müssen wir denken, Mara, und macht uns das Spaß. Natürlich nicht. Aber es ist notwendig. Und warum ist es notwendig. Weil der Mensch erst an seiner Grenze schöpferisch wird, erst in der Not, wo er keinen Halt mehr findet, erst da findet er zu neuen Lösungen. Und in einer zunehmend dunkler werdenden Welt, die sich so rasend schnell verändert, brauchen wir dringend neue Lösungen. Wie nennt das die klassische Ökonomie. Die produktive Zerstörung. Sie ist das Wesen des Fortschritts.

FRAU SCHMITZ *kommt.*

MARA Frau Schmitz.

Rolf Diesen Namen, Mara, möchte ich lieber nicht mehr –
Mara Da.
Rolf Wer ist diese Person.
Mara Aber.
Rolf Sie meinen.
Natürlich.
Das ist.
Das ist Schmitz.
Und was führt Sie hierher.
Frau Schmitz Um ehrlich zu sein, ich suche eine Arbeit.
Rolf Eine Arbeit.
Frau Schmitz Falls gerade etwas frei ist.
Rolf Aha. Und woran haben Sie gedacht.
Frau Schmitz Muss gar nichts Großes sein.
Rolf Ich weiß jetzt nicht, wo –
Frau Schmitz Etwas in der Buchhaltung vielleicht oder am Empfang.
Rolf Am Empfang. Natürlich, warum auch nicht. Was meinst du, Mara, am Empfang.
Mara Da ist gerade nichts frei.
Rolf Aha. Das ist schade. Sehr schade.
Frau Schmitz Oder im Versand.
Rolf Aha. Im Versand. Bringen Sie da Erfahrung mit.
Frau Schmitz Also Erfahrungen –
Rolf Mara. Was denkst du.
Mara In der Gebäudetechnik wäre etwas frei.
Rolf Aha. Schmitz, was meinen Sie. Sie wären verantwortlich für die Heizung. Das Betriebsklima, das liegt Ihnen doch, nicht wahr, Mara.
Mara Da habe ich gar keine Zweifel. Bloß gibt es da ein Missverständnis.
Rolf Aha.
Mara Es wäre nicht die Leitung. Es wäre bloß die Hilfskraft.
Rolf Als Hilfskraft, Schmitz, im Heizungskeller, können Sie sich das vorstellen.

Sven Ich störe ja nicht gerne, aber es eilt.
Rolf Schmitz. Ich darf doch kurz.
Frau Schmitz Natürlich. Ich habe Zeit.
Sven Wir haben einen Ausfall.
Beim Pakistani.
Rolf Bei welchem Pakistani.
Sven In Karatschi.
Rolf Aha. In Karatschi.
Wo ist das.
Sven In Pakistan.
Rolf Aha. Und da ist jetzt ein Ausfall.
Sven Ein Halbausfall, ja.
Rolf Aha. Und jetzt.
Sven Wir müssten da jemanden hinschicken. Und zwar dringend.
Rolf Aha. Wer betreut das Projekt.
Sven Nun –
Rolf Ich höre.
Sven Also.
Rolf Mara.
Mara Das war doch dieser Pakistani da, diese Geschichte –
Rolf Aha. Natürlich. Nun also, Schmitz, der Heizungskeller kann vielleicht noch warten, Karatschi war doch ihr Projekt, vielleicht könnten Sie dort kurz nach dem Rechten sehen, achtundvierzig Stunden und die Sache ist geregelt.
Frau Schmitz Nach Karatschi.
Rolf Ganz genau. Interessante Stadt, da gäb es etwas zu sehen. Und Mara nehmen Sie mit. Als Unterstützung.
Sven Mara und Schmitz nach Pakistan.
Rolf Natürlich, das hat doch wunderbar funktioniert. Also Schmitz, was sagen Sie.
Frau Schmitz Sie wissen, wenn Not ist, helfe ich immer gerne.
Rolf Na also, das ist der rechte Geist.
Frau Schmitz Aber nach Karatschi kann ich unmöglich.

Rolf Aha. Und warum nicht.
Frau Schmitz Wie stellen Sie sich das denn vor.
Ich in Pakistan.
Als Frau.

Fin de la bobine.

Julien

nach Motiven aus dem Roman
»Rot und Schwarz«
von Stendhal

Personen:

Julien Sorel
Der Abbé
Der Bürgermeister de Rênal
Louise, seine Frau
Vater Sorel
Elisa, die Wäscherin
Madame Derville

Der Marquis
Mathilde, seine Tochter
Vicomte de Courtenois
Duc de Lardeur
Die Gräfin Ferravaque

Orte:

In der Provinz
im Haus des Bürgermeisters
dort im Garten
im Pfarrhaus
in einer Sägerei
in einem Kerker
In Paris
im Hôtel de la Mole

ERSTENS

In der Provinz. Im Frühjahr. Später Morgen. Im Pfarrhaus. In der Schreibstube des Abbé.
Julien am Boden, er wimmert, der Abbé verbindet seinen blutenden Kopf.

ABBÉ Was war es dieses Mal. Der Stock.
Pause.
Das Scheit.
Pause.
Die Hand.
JULIEN Das Buch.
ABBÉ Das Buch.
JULIEN Ich lese, Vater kommt, reißt mir das Buch aus den Händen und zieht es mir über den Kopf. Hochkant.
Pause.
Ich hasse diesen Menschen.
ABBÉ Vergeben Sie ihm.
JULIEN Wie er sich die Lippen leckt, und wie er in den Schuhen steht, und wie er sich die Haarsträhne hinter das rechte Ohr klemmt, und wie er die Borkenkäfer von den Brettern klaubt und zwischen Daumen und Zeigefinger zerquetscht, und den Geruch nach Kernseife und nach Rotwein, sein ganzes Mittelmaß, ich hasse es, ich hasse es.
ABBÉ Das Blut wird trocknen, aber der Hass wird sie vergiften, von innen auffressen, vernichten.
JULIEN Das Blut. Was kümmert mich das Blut. Aber mein Buch. Es ist verloren. Er hat es in den Bach geworfen.
ABBÉ Papier und etwas Leder. Was ist daran so wichtig.
JULIEN Es gehört mir. Es ist mein Buch. Meines. Und ich hatte es erst zur Hälfte gelesen. Wie soll ich jetzt erfahren, was da noch drinsteht.

Pause.

Ich soll dumm bleiben. Ich soll ein Brettersäger werden, so wie er. Aber das werde ich nicht. Ich bin kein Brettersäger. Das sieht man doch.

Pause.

Ich will mein Buch, es gehört mir, mir.

Abbé Befreien Sie sich davon.

Julien Ich gehöre meinem Vater, aber gehört ihm deshalb auch das Buch. Und alles andere auch. Ist das so, Abbé.

Pause.

Was gehört mir denn. Nur mein Hass. Und was da drin ist.

Er schlägt sich mit der Hand auf den verletzten Kopf.

Was da drin ist, das kann mir keiner nehmen. Keiner, keiner.

Er schlägt sich wieder auf den blutenden Kopf, der Abbé nimmt Juliens Hände, er will ihn daran hindern.

Abbé Es war das Buch von diesem Kerl, diesem Verbrecher. Deshalb hat er sie geschlagen. Deshalb hat er es in den Bach geworfen.

Julien Er hat keine Ahnung, was da drin steht. Kann ja seinen eigenen Namen nicht lesen.

Pause.

Verbrecher. Vor ein paar Jahren war er ein Held, durch die Straßen trug man ihn, und heute will sich niemand mehr an ihn erinnern. Und wer seinen Namen erwähnt, wird ins Gefängnis geworfen.

Abbé So geht es den Verlierern, Julien, von ihnen bleibt nichts.

Julien Er hat sich die Welt genommen. Paris zuerst, dann Preußen und die Ostsee, immer weiter, der ganze Kontinent von hier nach Moskau.

Abbé Und was blieb von diesem Moskau. Ein Haufen Asche. Von seinen Soldaten. Nichts als Berge von Leichen. Und zum Schluss, was blieb ihm da. Ein feuchtes Eiland am anderen Ende der Welt. Alles besessen, alles verloren.

Julien Und ich. Habe nichts zu verlieren. Gar nichts. Weil mir nichts gehört.

Er tippt sich an den Kopf.
Nur was da drin ist.
Pause.
Das könnt ihr mir nicht nehmen.
Pause.
Warum schlägt er mich nicht tot oder legt mich unter seine Säge. Dann wäre es vorbei.

ABBÉ Sie dürfen das nicht sagen, das dürfen Sie nicht einmal denken.
Er reicht ihm die Bibel.
Damit können Sie eine Karriere machen. Ich lehre Sie Latein, die Scholastik, dann wird aus Ihnen vielleicht noch ein Prälat.

JULIEN *nimmt das Buch nicht.*
Die Bibel brauche ich nicht.
Pause.
Die ist schon da drin.
Er tippt sich an die Schläfe.

ABBÉ Wohl nicht die ganze.

JULIEN Schlagen Sie auf. Irgendwo.

ABBÉ *Er schlägt die Bibel auf.*
Zweites Buch Samuel, Kapitel 6.

JULIEN David versammelte wiederum alle jungen Krieger aus Israel, dreißigtausend Mann, brach auf und zog mit seinem ganzen Heer nach Baala in Juda, um von dort die Lade Gottes heraufzuholen, über der der Name des Herrn der Heerscharen –

ABBÉ Allerhand. Was ist das für ein Trick.

JULIEN Andere Stelle. Los.

ABBÉ Zweites Buch der Könige, Kapitel 11, Vers 4.

JULIEN Im siebten Jahr bestellte der Priester Jojada die Hundertschaftsführer der Karer und Läufer zu sich. Er führte sie in das Haus des Herrn –

ABBÉ Das ist nicht, wie kann das, das ist nicht möglich.
Pause.
Dasselbe Buch, Kapitel 25, Vers 11.

JULIEN Den Rest der Bevölkerung, der noch in der Stadt geblieben war, sowie alle, die zum König von Babel übergelaufen waren, und den Rest der Menge schleppte Nebusaradan, der Befehlshaber der Leibwache, in die Verbannung.

Der Abbé wird nun ganz blass. Er schwankt und muss sich setzen.

JULIEN Abbé. Was ist mit Ihnen. Ist Ihnen nicht gut.

Pause.

Ich hatte Angst, dass er mir Gott auch nimmt. Aber das kann er nicht. Ist nämlich jetzt hier drin, der Gott. Und da kommt Vater nicht ran. Auch mit seiner Säge kommt er da nicht ran.

ABBÉ Mein guter Junge, mein guter Junge.

Julien verschwindet.

Der Abbé verdutzt, von irgendwo erklingt Klaviermusik, wohl eine Suite von Rameau.

An einem Tag darauf. Die Nachmittage werden nun wärmer. Immer noch in der Schreibstube des Abbé.

Der Bürgermeister de Rênal, stattlich, der Abbé, etwas eingeschüchtert, aber kampfbereit.

RÊNAL Jetzt raten Sie, wen ich heute früh nach dem Erwachen als Erstes antraf. Meine Frau. Nein. Die Kinder. Auch nicht. Nun.

Pause.

Der Hahn kräht, ich schlage die Augen auf, und wer steht da in seiner ganzen Pracht vor meinem inneren Auge.

ABBÉ Ich wüsste nicht –

RÊNAL Sie. Unser lieber, treuer Abbé mit seinem gutmütigen, freundlichen Gesicht. Steht da und sagt nichts.

ABBÉ Herr Bürgermeister, ich weiß nicht.

RÊNAL Und das ist noch nicht alles. Als ich mich nämlich gestern Abend ins Bett legte und darum betete, dass sich der Schlaf meiner armen Bürgermeisterseele erbarme, was glauben Sie, wer da als Letzter durch die Zimmer meiner Seele geisterte und einfach nicht nach Hause wollte. Und wissen Sie, was ich mich da fragte.

ABBÉ Wie könnte ich –

RÊNAL Was mein Abbé da wohl zu suchen hat, so ohne Einladung, in meinem Oberstübchen.

ABBÉ Herr Bürgermeister.

RÊNAL Und wissen Sie, was meine Antwort war. Er will mir etwas verraten, dieser Abbé, das war meine Antwort.

ABBÉ So.

RÊNAL Will mir etwas verraten, aber er traut sich nicht.

ABBÉ Ich wüsste nicht –

RÊNAL Ein Geheimnis.

ABBÉ Ein Geheimnis.

RÊNAL Kein schönes.

ABBÉ Nicht.

RÊNAL Warum er nämlich die Seite gewechselt hat.

ABBÉ Welche Seite.

RÊNAL Von meiner Seite auf die Seite der anderen.

ABBÉ Meine Seite ist die Seite Gottes.

RÊNAL Warum steht dieser Gott dann plötzlich auf der Seite der Liberalen. Auf der Seite der Liberalen, die dem Bürgermeister an den Kragen wollen, die Unruhe säen in dieser Stadt, die in den Hinterzimmern den nächsten Umsturz planen, das nächste Köpferollen, das nächste Blutbad und den nächsten Krieg.

ABBÉ Damit habe ich nichts zu tun.

RÊNAL Machen Sie die Augen auf, Sie Gottesmann, die Zeiten stehen auf Sturm, und niemand kann jetzt noch abseitsstehen. Also raus damit. Wer war es, der den Oberaufseher in die Stadt bestellt hat.

ABBÉ Die Zustände im Waisenhaus sind unerträglich.

RÊNAL Natürlich sind sie das.

ABBÉ Die Kinder hungern und sind krank.

RÊNAL Wir wissen es, lieber Abbé.

Abbé Und es müsste nicht sein, wenn das Geld der Regierung, dieses Geld, mit dem man ihnen Essen und Medizin kaufen sollte, kaufen müsste –

Rênal wenn dieses Geld –

Abbé wenn dieses Geld nicht unterschlagen –

Rênal unterschlagen –

Abbé und landen würde in der Tasche des Verwalters –

Rênal des Verwalters –

Abbé Valenod.

Rênal Valenod.

Pause.

Sie sind ganz rot, lieber Abbé.

Abbé Es ist ein Verbrechen. Ein Verbrechen an unschuldigen Kindern. Man muss es unterbinden.

Rênal Muss man das.

Abbé Wenn man ein Herz hat noch, das schlägt und empfindet.

Rênal Und der Bürgermeister, also ich, ich habe kein Herz und empfinde nichts.

Abbé Das habe ich nicht gesagt.

Rênal Valenod ist ein Scheusal. Ein Teufel. Ein Verbrecher.

Abbé Was beschweren Sie sich also, wenn es einem solchen Menschen an den Kragen geht.

Rênal Wenn es nur ihm an den Kragen ginge, dann würde ich mich nicht beschweren. Was wird sich dieser Oberaufseher sonst noch ansehen.

Abbé Er kontrolliert, was er für nötig hält.

Rênal Sie haben einen Oberaufseher in die Stadt gepfiffen, und jetzt steckt dieser Oberaufseher seine Oberaufsehernase, wohin es ihm beliebt. Vielleicht auch noch in mein Armenhaus.

Abbé Warum sollte er.

Rênal Aus Neugierde vielleicht.

Abbé Vom Armenhaus war nie die Rede.

Rênal Und da er schon einmal in der Gegend ist.

Abbé Wer seine Institution gerecht und ordentlich führt, hat nichts zu befürchten.

Rênal Gerecht und ordentlich. Im Himmel mag es dann gerecht und ordentlich sein, aber hier unten muss der Mensch improvisieren, das heißt, die Einnahmen mit den Ausgaben in Übereinstimmung bringen. Und was macht man, wenn die Ausgaben mit jedem Monat steigen, aber die Einnahmen bloß tröpfeln. Da muss man improvisieren. Ob Waisen- oder Armenhaus, ob man ein dreckiger Liberaler ist oder der Bürgermeister. Das macht keinen Unterschied. Das geht allen so.

Pause.

Fast allen. Nur unserem lieben Abbé, dem geht es nicht so. Der steht auf der Seite Gottes und muss niemals improvisieren in seiner Gemeinde.

Abbé Was soll das heißen.

Rênal Gar nichts soll das heißen. Sie führen Ihre Gemeinde gewiss ohne Fehl und Tadel. Gewiss stimmen Ihre Bücher, die Abrechnungen, jede Zahl und jede Ziffer ist am rechten Ort. Da geht nichts verloren und nichts vergessen, da können noch hundert oder tausend Oberaufsehernasen herumschnüffeln, sie würden doch nichts finden.

Abbé Der Oberaufseher hat keine Aufsicht über meine Gemeinde.

Rênal Jede Gemeinde hat einen Oberaufseher, auch Ihre, oder etwa nicht.

Abbé Selbstverständlich.

Rênal So. Wer hat sie denn, die Aufsicht über Ihre Gemeinde.

Abbê Die hat der Bischof.

Rênal Der Bischof. Unser verehrter Bischof. An ihn habe ich überhaupt nicht gedacht. Obwohl ich ihn Sonntag zum Schweinebraten habe.

Abbé Zum Schweinebraten.

Rênal Wenn ich dem Bischof einen Schweinebraten vorsetze, dann kann ich mit ihm über alles reden. Über die Ordnung im Himmel, meinetwegen, und über die Ordnung in den Gemeinden seines Bistums.

ABBÉ Herr Bürgermeister, ich wollte nicht –

RÊNAL Wo ist nur mein alter Abbé geblieben. Früher konnte sich die Stadt darauf verlassen, dass der Bürgermeister und der Abbé am gleichen Strick ziehen. Aber jetzt. Hat der Abbé plötzlich seinen eigenen Strick. Man fragt sich nur, was er will mit diesem Strick, ob er jemanden damit aufhängen will, oder ob er vielleicht bald selbst an diesem Strick baumeln wird, unser guter Abbé, weil er sich gegen seinen Bürgermeister stellt.

ABBÉ Aber gewiss nicht. Ich dachte nur –

RÊNAL Sie sollen nicht denken. Dafür braucht diese Stadt Sie nicht. Sie sollen glauben. Es gibt genau einen, der hier denkt, und das bin ich, der Bürgermeister.

ABBÉ Ich werde mit dem Oberaufseher reden.

RÊNAL Aber sicher werden Sie mit dem Oberaufseher reden. Und dann werden Sie ihn und seine Oberaufsehernase wieder in die Oberaufseherkutsche setzen und zurück in sein Oberaufseherland schicken. Und wenn Sie es noch einmal wagen sollten zu denken, ohne mich vorher um Erlaubnis zu fragen, dann gibt's am Sonntag darauf beim Bürgermeister einen Schweinebraten, und am Montag können Sie Ihre Sachen packen. Sie müssten sich entscheiden. Ihre frommen Sentimentalitäten oder Ihr Pfarrhaus.

Pause.

Nun schauen Sie doch nicht so verdattert. Das ist ja ganz normal, dass man zwischendurch sich in einer Sache nicht einig ist und gemeinsam einen Weg sucht. Und findet. Und wir haben ihn gefunden, oder etwa nicht.

ABBÉ Gewiss, Herr Bürgermeister, gewiss.

RÊNAL Erzählen Sie mir lieber, wie es um unsere Gemeinde bestellt ist. Welcher arme Sünder hat sein Vermögen in schlechte Anleihen investiert. Welches Beichtgeheimnis dürfen Sie unter keinen Umständen verraten. Wer ist so schwach, dass er sich in die starken Arme des Bürgermeisters flüchten muss. Also. Nichts.

ABBÉ Man trifft sich im alten Kornhaus immer dienstags und berät die nächsten Wahlen. Man denkt an einen neuen Bürgermeister, und Valenod hat die meisten Leute hinter sich und auch das meiste Geld.

RÊNAL Und sonst.

ABBÉ Alles wie seit Anbeginn. Der ewige Wahnsinn aus Schulden, Erbschaften, Trunksucht und Ehebruch. Und zwischendurch schlägt ein Vater wohl bald seinen Sohn zu Tode.

Pause.

Der alte Sorel.

RÊNAL Der Brettersäger. Was wäre das für ein Unglück. Er hat ja noch drei von dieser Sorte.

ABBÉ Aber keinen, der so klug ist.

RÊNAL Klug. Der Sohn eines Brettersägers.

ABBÉ Er weiß es selbst nicht, aber ich glaube, es gibt in unserer Stadt niemanden, der ein besseres Gedächtnis hat.

RÊNAL Und wie hilft das dem Bürgermeister.

ABBÉ Das hilft ihm nicht, gewiss nicht, aber Sie haben doch damals dem Brettersäger das Grundstück abgekauft. Vielleicht könnten Sie einmal mit ihm reden. Ich fürchte sonst das Schlimmste. Und vielleicht, wenn man es recht anpackt, gibt es ja noch einen Nutzen für einen solchen Jungen, für einen solchen Kopf.

Er nimmt eine Flasche und zwei Gläser aus dem Schrank.

Einen Armagnac.

Abends, im Garten der de Rênals. Ein tiefer Friede liegt in der blauen Stunde. Madame ist mit einer Stickerei beschäftigt, Monsieur kommt nach Hause, offensichtlich angetrunken, in der Hand ein Beil.
Von irgendwo erklingt Klaviermusik, wahrscheinlich eine Suite von Rameau.

LOUISE Was willst du mit dem Beil.
RÊNAL Beil. Welches Beil. Ach, das Beil. Was will ich damit. Nichts will ich damit. Gefunden habe ich es im Obstgarten. Rätselhaft. Ein solches Beil in unserem Obstgarten.
LOUISE Der Gärtner wird es vergessen haben.
RÊNAL Unser Gärtner geht mit einem Beil in den Obstgarten. Das ist ja beängstigend.
LOUISE Er braucht es manchmal, um Äste klein zu hacken.
RÊNAL Was, wenn er sich einen Moment vergisst.
LOUISE Warum sollte er sich vergessen.
RÊNAL Er hat das Beil vergessen, da kann er auch sich selbst vergessen.
Pause.
Meine Obstbäume. Meine lieben, armen Obstbäume. Grässlich.
Pause.
Ich werde es ihm verbieten.
LOUISE Du kannst doch einem Gärtner nicht das Beil verbieten.
RÊNAL Und ob ich das kann. Und ob ich das kann. Ich bin der Bürgermeister.
Pause.
Und warum bist du nicht im Bett.
LOUISE Warum sollte ich im Bett sein.
RÊNAL Weil du krank bist.
LOUISE Ich bin nicht krank.
RÊNAL Gestern warst du krank.
LOUISE Ich war nicht krank, ich fühlte mich bloß nicht besonders.

Rênal Und heute fühlst du dich besonders.

Pause.

Wie staubig die Luft ist. Und mit jedem Tag wird sie staubiger.

Louise Dann trink halt etwas.

Rênal Unsinn. Davon wird die Luft nicht weniger staubig.

Pause. Er schaut ihr beim Sticken zu.

Wenn ich so sticken könnte. Nur einen Tag lang. Und jemand anderes ginge für mich hinunter in die Stadt zu diesen Scheusalen.

Louise Ich kann es dir gerne zeigen.

Rênal Ich müsste aber auch deinen Kopf haben, denn sonst wäre ich ja doch in Gedanken bei diesen Scheusalen, und dann wäre die ganze Stickerei umsonst. Und deinen Kopf, den würdest du mir nicht geben wollen, oder etwa doch.

Louise Jetzt leg doch einmal dieses Beil weg.

Rênal Das würde ich ja gerne, nur wohin, wohin soll ich es legen, wohin.

Louise Leg es einfach irgendwo hin.

Rênal Irgendwo. Du und dein Irgendwo. Das gibt es nicht, das Irgendwo.

Pause.

Mir fehlt diese Sorglosigkeit, aber das ist gottgewollt, dass ihr Frauen euch keine Gedanken macht, sonst würde es auf der Welt bald keine Menschen mehr geben. Niemand von Verstand würde sich in diese Gefahr bringen und ein Kind auf die Welt stellen wollen, das einem mit großer Wahrscheinlichkeit den Leib zerreißt. Dich hat es auch beinahe umgebracht, das erste Mal, und trotzdem hast du mir noch zwei weitere geschenkt. Sorglos.

Pause. Er besieht sich den Schmetterlingskasten.

Madame war wieder auf der Jagd, wie ich sehe.

Louise Ein Nachtpfauenauge. Hübsch, nicht.

Rênal Hübsch und aufgespießt. Womit man sich die Zeit totschlagen kann.

Pause.

Und wer war heute da.

Louise Niemand. Nur der Metzger. Er hat das Fleisch gebracht.

Rênal Der Metzger und sein Fleisch und sonst niemand.

Pause.

Ich glaube ja, die Leute schneiden dich.

Louise Warum sollte mich jemand schneiden.

Rênal Warum wohl. Du bist unbeliebt. Darum wohl. Und wirst mit jedem Tag unbeliebter.

Louise Ich bin nicht unbeliebt, ich bin die Frau des Bürgermeisters.

Rênal Das ist es ja. Wir werden unbeliebter. Aber immerhin werden wir gemeinsam unbeliebter.

Pause.

Aber vielleicht gibt es bald Rettung.

Louise Was soll das heißen.

Rênal Wenn der Bürgermeister nicht mehr Bürgermeister ist, dann ist auch die Frau des Bürgermeisters nicht mehr die Frau des Bürgermeisters. Und nicht mehr unbeliebt.

Louise Du wirst dich durchsetzen. Wie immer.

Rênal Sehr beliebt warst du, damals, bevor du mich geheiratet hast. Sehr beliebt und sehr schön.

Louise Vielen Dank.

Rênal Schmerzhaft schön.

Louise Nun lass das doch.

Rênal Und ich habe es nicht gesehen. Das heißt, ich habe es wohl gesehen, aber ich konnte deine Schönheit nicht vergleichen, das heißt, ich konnte sie wohl vergleichen, mit der Schönheit der anderen Frauen, aber das meine ich ja nicht. Was meine ich. Ich meine, ich konnte deine Schönheit nicht mit ihr selbst vergleichen, und deshalb habe ich sie nicht gesehen, weil man das, was man nicht vergleichen kann, nicht sieht, gewissermaßen.

LOUISE Ich verstehe dich nicht.

RÊNAL Natürlich verstehst du mich nicht. Daran habe ich mich längst gewöhnt, dass mich niemand versteht. Das ist meine Strafe. Aber wofür, wofür. Mich versteht man nur, wenn ich von Zahlen rede, von Entsumpfungen, von Alleen, die man fällen oder anlegen soll, mich versteht man nur, wenn ich von Geld und von Häusern und von Oberaufsehernasen rede, aber das ist ja nicht alles von mir, längst nicht alles. Ich bin nämlich nicht nur Bürgermeister.

LOUISE Du hast doch nicht etwa getrunken.

RÊNAL Nein, ich habe nicht getrunken. Aber der Bürgermeister hat getrunken. Und zwar nicht freiwillig. Der Bürgermeister muss trinken, weil es zu seinem Geschäft gehört. Weil die Scheusale, wann immer sie mit dem Bürgermeister ein Geschäft abgeschlossen haben, das Gefühl haben, sie müssten nun sehen, wie sich dieser Bürgermeister mit einem Armagnac abquält. Und dabei hasse ich Armagnac. Jeder weiß das. Genau deshalb muss ich ihn immer trinken. Sie wollen ihren Bürgermeister quälen, um jeden Preis, und sei es nur, indem sie ihm Armagnac zu trinken geben.

Pause.

Du hast übrigens die Kinder nicht im Griff.

LOUISE So. Das ist mir überhaupt nicht aufgefallen.

RÊNAL Schon eine ganze Weile hast du die Kinder nicht im Griff. Sie tanzen dir auf deiner hübschen Nase herum. Sie ist schon ganz krumm davon.

LOUISE Nur weil der Älteste neulich auf die Mauer der Promenade geklettert ist.

RÊNAL Das war allerdings unentschuldbar.

LOUISE Das machen Kinder doch in diesem Alter, klettern auf allem Möglichen herum.

RÊNAL Das ist aber nicht alles Mögliche. Das ist eine Promenade, und zwar meine Promenade. Die Promenade des Bürgermeisters. Sein Geschenk an die Stadt. Und wenn das Kind da hinuntergestürzt wäre, was hätten dann die

Leute gesagt. Der Sohn des Bürgermeisters ist über die Mauer der Promenade des Bürgermeisters zu Tode gestürzt. Das hätten sie gesagt, aber was hätten sie sich wohl gedacht, was. Unglück, hätten sie gedacht, Unglück liegt über dieser Promenade und über der Promenadenmauer und ihrem Bürgermeister. So. Und darum nehmen wir uns einen Hauslehrer, der uns die Kinder erzieht.

LOUISE Ich will nicht, dass jemand unsere Kinder verdirbt. Ein Hauslehrer. Vielleicht ist er gottlos.

RÊNAL Sollen die Leute nur sehen, wie die Kinder des Bürgermeisters mit einem Hauslehrer spazieren gehen. Soll es dieser Valenod nur sehen, der hat eine neue Kutsche, er hat ein neues Gespann, aber er hat keinen Hauslehrer. Warum wirst du jetzt rot.

LOUISE Ich werde doch nicht rot.

RÊNAL Schau mich einmal an. Ich sage Valenod. Da ist es. Du wirst rot.

LOUISE Du bist ja ganz von Sinnen.

RÊNAL Ihr werdet ja alle rot, wenn ihr den Namen Valenod hört. Die ganze Stadt wird rot. Aber noch ist nicht alles verloren. Noch wird nämlich er rot, wenn er meinen Namen hört. Krebsrot. Purpurrot. Ja, ist er denn neidisch auf mich, dieser Valenod. Antwort: Er ist sogar sehr neidisch auf mich. Will er neidisch bleiben. Antwort: Nein, das will er nicht. Was wird er also machen, um nicht mehr neidisch sein zu müssen. Will er auf unsere Höhe kommen. Ganz und gar nicht. Valenod will uns übertrumpfen. Wie macht er das. Hat er sich einen Plan zurechtgelegt. Allerdings. Erstens. Er gibt sich als Weltmann, als nächsten Bürgermeister, als Autorität. Aber das ist er ja alles nicht. Weder das eine noch das andere. Seine Taktik. Er benimmt sich einfach, als wäre er ein Weltmann, als wäre er der nächste Bürger-undsoweiter. Er kauft sich also eine neue Kutsche. Erstens. Neue Pferde. Zweitens. Fährt damit durch die Stadt und lässt sich huldigen. Er kauft sich Spitzel in der Stadt, die ihm die letzten Neuigkeiten zutragen. Er intrigiert gegen mich. Hahaha. Nun. Wie pariert man die Angriffe einer Ratte. Erstens. Man behandelt sie wie eine Ratte. Was hat eine Ratte nicht. Eine Ratte hat keinen Hauslehrer.

In der Sägerei des alten Sorel. Lärm. Stampfen. Das Klatschen eines losen Transmissionsriemens. Es riecht nach frisch gesägten Bohlen. Die Stimmung ist nicht besonders gut.

VATER Du dreckiger, verlogener Scheißhaufen. Du stinkender Auswurf, du säuselnder, heuchlerischer Mistkerl.

JULIEN Bitte. Vater, ich bitte Sie.

VATER Wie hast du dich an die Madame de Rênal herangemacht, wie, antworte.

JULIEN Ich, wie, was sagen Sie, ich kenne sie doch überhaupt nicht.

VATER Ich werde dir gleich –

JULIEN Nur in der Kirche habe ich sie einmal gesehen, nur dort, ich schwöre es.

VATER Und hast das Stück angeglotzt, die Madame, und sie hat's gesehen.

JULIEN Ich habe doch nur Augen für Gott.

VATER Die Dame hast du eingeseift, den Abbé hast du eingeseift, aber mich seifst du nicht ein. Ich hab dich verkauft, jawohl, hörst du, abgestoßen hab ich dich, liquidiert, als Hauslehrer, jetzt bin ich dich los, wir sind dich los, die Sägerei ist dich los, jetzt kannst du an einem anderen Ort die Tage blöd träumen und anderen auf die Nerven gehen mit deiner Säuselfresse.

Er sieht nun den Bürgermeister, der gekommen ist, um Julien abzuholen.

Herr Bürgermeister. Sehr wohl. Gott sei Ihnen gnädig, Ihnen und Ihrer Gattin, verzeihen Sie, und auch Ihren Kindern, möge allzeit Wohlstand und Prosperität Ihre Wege pflastern. Hier nun überlasse ich Ihnen das Teuerste, das Kostbarste, mein Fleisch und Blut, nun nehmen Sie, nehmen Sie, und seien Sie gewahr, wie ich mir dieses Kind, diesen Sohn, diesen Statthalter aus dem Leib reiße, damit er Ihnen die Freude mache, die er mir bereitet, nun also, wohlan, und da sind nur zwei winzigste Angelegenheiten, die Ihnen zu Gehör zu bringen Sie mir gnädigst erlauben wollen, ich bitte Sie, Sie werden doch, da mein Sohn, mein Augenstern, kein Dienstbote ist, ihn nicht in der Küche essen lassen, und zweitens, die Gewänder, die Sie ihm vom Schneider Durant anfertigen lassen ganz zu übertreten, als auch, falls die Imponderabilität eintreten möge und Sie ihn aus dem Haus jagen wollen –

RÊNAL Meinetwegen. Sonstiges.

VATER Es wären dann nur noch die Dreihundert, die Dreihundert nur noch.

RÊNAL Dreihundert. Zweihundert haben wir gesagt.

VATER Mit allertiefster Respektbezeugung, zweihundert haben Sie gesagt, aber Sie werden mit mir einiggehen, dass der Preis vom Produzenten bestimmt wird und man einen solchen Schatz nicht für den Preis einer halben Ziege weggibt.

RÊNAL Dreihundert, unerhört.

VATER Und es gibt ja immer jemanden, die Märkte sind dynamisch, und die Ware ist knapp, gerade in unserer Stadt.

RÊNAL Was soll das heißen.

VATER Nun, man hat das Gerede, Sie wissen es, natürlich längst vernommen, Ihr Interesse an einem Hauslehrer, und wenn der Bürgermeister einen Hauslehrer will, dann will natürlich jeder, nicht wahr, der Bürgermeister werden will, auch gleich einen Hauslehrer und macht Druck auf einen armen Brettersäger, was soll ich nur machen, diese Hurensöhne, die ja alle nichts im Kopf haben, aber die Marktlage, sie verpflichtet uns doch, einem jeden höchsten Angebot gerecht zu werden.

Ein Sommertag. Mit Rosen und Glyzinien. Hummelflug. Klaviermusik.
Julien am Tor zum Anwesen des Bürgermeisters, in der Hand eine Bibel und sonst nichts.

LOUISE Ich sehe Ihr Gesicht, Ihre Augen, und ich weiß nicht, ob Sie ein guter Mensch sind. Ob Sie aufrichtig sind, ob Sie die Lüge hassen, ob Sie falsche Gedanken haben, ob Sie etwas im Schilde führen, einen Plan haben, eine Intrige aushecken. Diese Augen. Sie sind dunkel und tief, aber ich frage mich, was auf ihrem Grund liegt, und ob ich Ihnen meine Kinder überlassen darf, meine verletzlichen, unschuldigen, zarten Kinder.
JULIEN Ich habe noch keinem etwas Böses getan.
LOUISE Dann verspüren Sie vielleicht Lust, dies zu ändern.
JULIEN Ich will nicht, und ich werde nicht.
LOUISE Gerade das Böse beteuert stets seine guten Absichten.
JULIEN Der Abbé bürgt für mich, und er ist gewiss ein gerechter Mensch.
LOUISE Wie haben Sie es geschafft.
JULIEN Bitte.
LOUISE Dass der Abbé für Sie bürgt. Welchen Vorteil verspricht er sich davon.
JULIEN Er wird mich wohl lieben, und er glaubt an mich.
LOUISE Das wird ja kaum der Fall sein, diese Selbstlosigkeit, das ist doch ausgestorben.
Pause.
Ich möchte Sie etwas fragen, aber ich getraue mich nicht.
JULIEN Fragen Sie nur.
LOUISE Ich möchte Sie fragen, ob Sie an Gott glauben, an den lebendigen, von den Toten auferstandenen Gott, und nein, antworten Sie um Himmels willen nicht, denn einerlei, wie Sie antworten, ich würde nicht wissen, ob Sie lügen oder die Wahrheit sagen.
Pause.

Ich habe ja nichts anderes, nur meine Kinder, sonst bin ich ganz ohne Funktion und Nutzen.

JULIEN Ich werde mich um Ihre Kinder kümmern, als wären es meine eigenen.

LOUISE Als wären es Ihre eigenen. Was meinen Sie damit.

Pause.

JULIEN Der Abbé hat mich unterrichtet. Und ich habe schon neunundzwanzig Bücher gelesen. Und was fürs Leben wichtig ist, lernt man doch ohnehin zu Hause.

LOUISE Zu Hause. Was ist das, Ihr Zuhause.

JULIEN Ich bin der jüngste Sohn des Brettersägers.

LOUISE Ein Brettersäger.

JULIEN Es ist eine Kunst, denn stellen Sie sich einmal vor, wie unterschiedlich die Bäume des Waldes sind.

LOUISE So. Eine Tanne ist eine Tanne, und eine Buche ist eine Buche.

JULIEN So denken die Leute, aber wenn Sie sich die Mühe und die Zeit nehmen, dann werden Sie sehen, dass kein Baum dem anderen gleicht, nicht in der Größe, nicht im Umfang, und die Äste einmal hier und einmal dort aus dem Stamm wachsen. Die Kunst des Brettersägers besteht darin, aus diesen mannigfaltigen Formen lauter identische, ganz und gar gleichförmige Bretter zu sägen, denn obwohl sich das Herz am Unterschiedlichen erfreut und wir die Welt nur durch die Gegensätze erkennen, so wollen der Bauherr und der Kaufmann doch nur Bretter, die sich stapeln lassen, und stapeln lässt sich nur Eckiges, Gleichlanges, Gerades.

LOUISE Ich will meine Kinder nicht eckig und nicht gleich lang.

JULIEN Gewiss nicht, ich war ja noch nicht fertig. Denn trotz aller Anstrengungen gelingt es nie, lauter identische Bretter zu sägen, und von einem Baum bleibt stets ein großer Anteil übrig, der in keine Form zu bringen, krumm und voller Astlöcher ist. Da kann sich der Meister, und mein Vater ist ein Meister, noch so anstrengen und die

Säge schleifen und im Wald die Bäume fällen lassen, die schnurgerade wachsen, ein Teil wird sich niemals in die Beige fügen.

LOUISE Und was geschieht mit diesen unfügsamen Brettern.

JULIEN Gar nichts geschieht mit diesen Brettern. Das ist der Ausschuss, der Abfall, er wird verbrannt.

LOUISE Das ist ja furchtbar. Ihnen werde ich meine Kinder gewiss nicht überlassen.

JULIEN Nein, nein, es gibt immer wieder krumme Bretter, die mit einem Male, und noch bevor man sie ins Feuer wirft, gerade werden, man weiß nicht wie.

LOUISE Und wie geschieht das.

JULIEN Man weiß es nicht. Vielleicht weil die Krummen nur zu feucht sind, und wenn dann der Nebel aus dem Tal hinauf in den Himmel steigt und die Sonne durch die Wolken bricht, strecken sie sich in der Wärme, werden gerade und sind plötzlich schön.

Pause.

LOUISE Was schauen Sie mich so an die ganze Zeit.

JULIEN Sie sind eine Frau, nicht wahr.

LOUISE Ich bin verheiratet, seit ich sechzehn bin.

JULIEN Erst zwei Frauen habe ich in meinem Leben gesehen, nämlich meine Mutter, aber ich kann mich nicht daran erinnern, weil sie gleich danach, als ich auf der Welt war, begraben wurde. Und dann kenne ich noch die Köhlerin, die ihren Meiler mit unseren Spänen füttert, aber bei ihr sieht man nicht, dass sie eine Frau ist.

Pause.

LOUISE Werden Sie meine Kinder schlagen.

JULIEN Wenn Sie es wünschen.

LOUISE Meine Kinder bekommen niemals Prügel. Nur einmal hat mein Mann dem Ältesten eine Ohrfeige gegeben. Eine ganze Woche war er krank danach.

Der Bürgermeister ist plötzlich erschienen, dafür ist die Klaviermusik verschwunden.

RÊNAL Wer ist krank. Du. Schon wieder.

LOUISE Diesen Menschen da, den lasse ich bestimmt nicht an meine Kinder. Das ist kein Hauslehrer, das ist ein Brettersäger.

RÊNAL Kein Hauslehrer. So, so. Und woher weißt du, was das ist, ein Hauslehrer. Hattest du einen Hauslehrer.

LOUISE Das weißt du doch.

RÊNAL Du warst im Kloster bei den Betschwestern.

Er nimmt Julien die Bibel aus der Hand.

Aber er, er hat das hier im Kopf.

LOUISE Wie. Ich verstehe nicht.

RÊNAL Er kann die Bibel auswendig.

Pause. Zu Julien:

Jetzt sagt sie nichts mehr. Sie kann sich nämlich nichts merken, gar nichts, nicht einmal den Wochentag.

LOUISE Warum sagst du das. Warum sagst du, dass ich mir den Wochentag nicht merken kann.

RÊNAL Ich sage, dass du dir den Wochentag nicht merken kannst, weil du dir den Wochentag nicht merken kannst.

LOUISE Das kann ich wohl.

RÊNAL So. Was haben wir denn für einen Wochentag.

LOUISE *schweigt.*

RÊNAL *zu Julien:*

Sie weiß es nicht.

JULIEN *zu Louise:*

Es ist gar nicht so schwer. Ich kann es Ihnen beibringen, wenn Sie wollen.

RÊNAL Den Wochentag. Das glaube ich nicht. Das ist zu kompliziert für sie. Der ändert sich ja jeden Tag.

Er gibt ihr die Bibel.

Schlag auf. Los.

LOUISE Ich will nicht.

RÊNAL Schlag auf, sag ich.

LOUISE *gehorcht und schlägt die Bibel auf.*

RÊNAL Also. Welche Stelle.

LOUISE Buch Daniel, Kapitel 13, Vers 15.

RÊNAL Julien.

Julien Während sie auf einen günstigen Tag warteten, kam Susanna eines Tages wie gewöhnlich in den Garten, nur von zwei Mädchen begleitet, und wollte baden, denn es war heiß. Niemand war dort außer den beiden Ältesten, die sich versteckt hatten und ihr auflauerten. Sie sagte zu den Mädchen: Holt mir Öl und Salben und verriegelt das Gartentor, damit ich baden kann. Die Mädchen taten, wie ihnen –

Rênal Was sage ich, was sage ich.

Louise Das wird er nicht den Kindern –
Sie blättert.
Das Hohelied, Kapitel 4.

Julien Siehe, schön bist du, meine Freundin, siehe, du bist schön. Hinter dem Schleier deine Augen wie Tauben, dem Riss des Granatapfels gleicht deine Wange hinter deinem Schleier –

Louise Das reicht.

Rênal Sie kann es nicht glauben. Das ist zu viel für sie, dass ein Mensch so viel im Kopf haben kann.

Louise Viertes Buch Mose, Kapitel 31, Vers 17.

Julien So erwürget nun alles, was männlich ist unter den Kindern, und alle Weiber, die Männer erkannt und beigelegen haben.

Rênal Fehlerfrei, nicht wahr. Noch eine.

Louise Es reicht.

Rênal Noch eine. Nahum, Kapitel 3, Vers 5.

Julien Ich reiße dir den Rock hoch übers Gesicht, dass du vor den Völkern nackt dastehst und dich zu Tode schämen musst.

Rênal Fantastisch. Famos.

Louise *klappt laut die Bibel zu.*

Julien Mit stinkendem Dreck bewerfe ich dich, keine Schande bleibt dir erspart; ja, ich stelle dich öffentlich zur Schau.

Louise Schluss, Schluss sage ich.
Sie rennt weg und verschwindet.

RÊNAL Keine Sorge. Sie wird sich daran gewöhnen. Sie hat sich noch an alles gewöhnt. Und sie wird sich auch an einen Hauslehrer gewöhnen.

Julien bei Elisa, der Waschfrau. Sie steht im Dampf, sie wringt und knetet und sie weicht ein.

ELISA Die Madame ist gut. Und auch der Herr Bürgermeister ist gut. Und das Haus, das ist auch gut. Und der Gärtner, der ist auch gut. Und die Madame, die spricht so gut wie nie mit mir. Und der Bürgermeister spricht auch so gut wie nie mit mir. Eigentlich spricht er überhaupt nie mit mir. Der Gärtner, der spricht mit mir, aber das darf er ja. Das Gehalt ist gut. Und auch das Essen ist gut. Jedenfalls ist es reichlich. Das Essen. Sie haben es gut getroffen.
Sie scheucht ihn aus der Ecke, in der er steht.
Ich wasche dienstags, und ich wasche donnerstags. Wenn Sie mir die Wäsche am Montag bringen, dann haben Sie Ihr Zeug am Mittwoch wieder. Und die Wäsche, die Sie mir am Mittwoch bringen, die haben Sie am Freitag wieder. Das gilt für den Sommer. Im Winter haben Sie die Dienstagswäsche erst am Freitag und die Donnerstagswäsche am Montag. Aber jetzt ist ja Sommer und nicht Winter, und wenn der Winter kommt, dann werde ich Sie daran erinnern. Sie brauchen sich also nichts aufzuschreiben. Und falls Sie jetzt schon Wäsche haben, dann können Sie mir das Zeug meinetwegen jetzt schon geben. Und die Laken ziehe ich Ihnen am Montag nach dem Fünfzehnten ab, und das heißt, dass es in der Woche nach dem Fünfzehnten mittwochs keine Wäsche gibt, weil ich ja die Laken abziehe, und damit habe ich dann zu tun bis Freitag.
Sie drückt ihm ein nasses Laken in die Hand, sie wringen es gemeinsam aus.
Und falls Sie mal etwas von mir wollen, ich weiß nicht, was, aber nur damit Sie es wissen, falls Sie einmal etwas

wollen sollten, dann sollten Sie das nicht in der Woche nach dem Fünfzehnten wollen, weil ich dann eben bis zur Stirn in den Laken stecke und ich keine Zeit hab für das, was Sie wollen könnten.

Pause.

Ihr Gesicht ist hübsch, aber bilden Sie sich bloß nichts darauf ein.

Pause.

Ich bin fromm und geh jeden Sonntag in die Messe, da können Sie die Madame fragen, obwohl sie es wahrscheinlich nicht weiß, weil sie ja vorne im Chor sitzt und ich zuhinterst und sie mich nicht sieht, aber ich, ich seh sie. Ich weiß sogar, aber das nur unter uns, dass sie, wenn der Abbé kommt mit dem Leib Christi, sie jedes Mal ihr spitzes Zünglein nach der Hostie streckt, und einmal, da können Sie den Abbé fragen, das ist keine Lüge, da hat ihre Zunge den Daumen vom Abbé nass gemacht, was ich natürlich nicht sehen konnte, ich meine das Nassmachen, weil ich ja zuhinterst sitze und sie vorne im Chor, aber gesehen hab ich, wie die Hand des Abbés zurückgeschnellt ist und er sich dann, bevor er der Madame Derville, die ja den nächsten Leib gereicht bekommt, wie er sich den Daumen abgewischt hat an der Soutane, und als ich dann an die Reihe kam, da habe ich noch den kleinen Fleck gesehen, der war nur winzig klein, aber ich seh halt jeden Fleck, und den Rest hab ich mir eben kombiniert. Ich kann nicht lesen und nicht schreiben, aber kombinieren kann ich trotzdem, und das wollte ich Ihnen gar nicht erzählen, das geht Sie ja eigentlich überhaupt nichts an, ich wollt nur sagen, dass ich leider manchmal fluche, obwohl ich fromm bin, wirklich fromm, und ich hätt's mir schon längst abgewöhnt, aber wenn ich die Tischwäsche mache, und dann ist wieder alles voller Rotweinringe,

jetzt schlägt sie eine Serviette auf den Waschstein

weil der Herr Bürgermeister sein Glas nicht auf den Untersetzer stellen will, man weiß nicht, warum, einfach immer neben den Untersetzer, dann muss ich automatisch fluchen, und theoretisch könnt ich dann sogar jemanden umbringen, weil das so unnötig ist und ich mich frag, ob er das absichtlich macht, ob er etwas findet an seinen Rotweinringen. Ich seh ja immer, wo der Bürgermeister Platz genommen hat, denn wo die Madame sitzt, da ist kein Spritzer, kein Fleck, kein Nichts, so rein und unberührt das Tuch, als wär sie gar nicht zu Tisch gewesen. Ihr gegenüber allerdings die Soßenlandschaft, die Fettaugen und eben die Rotweinringe. Auch ich kann nicht durch die Wände sehen und auch nicht durch Türen, aber ich räum halt weg, was liegen und was hängen bleibt, und das gilt ja nicht nur für die Tischdecken, das gilt ja auch für die Laken und die Badetücher, der ganze Dreck bleibt hängen, und nicht nur Dreck, wenn Sie verstehen, was ich meine, aber ich sollt Ihnen das alles gar nicht erzählen, sonst denken Sie noch, mich interessiere der Dreck und der ganze Rest, aber er interessiert mich gar nicht, ich seh ihn bloß, was soll ich machen. Also, haben Sie jetzt etwas oder haben Sie nichts.

JULIEN *reicht ihr einen Beutel.*

ELISA *besieht sich den Inhalt.*

Das ist alles. Eine Unterhose.

JULIEN Ich habe nur die.

ELISA Und keine zweite.

JULIEN Doch, aber die ist im Dienst.

ELISA Herrjeh. So ein hübsches Gesicht, aber nur zwei Unterhosen. Keine Sorge. Sie ist in guten Händen. Aber ich übernehme keine Garantie. Schauen Sie sich diese Mengen an. Wenn sie verloren geht, dann müssen sie halt hier sitzen und warten, bis sie trocken ist, die im Dienst.

Abends im Garten. Julien und Louise, dazu die Madame Derville, eine Freundin der Madame. Man trinkt Bowle und spielt Karten. Der Hausherr ist nicht zu sehen, man erlaubt sich deshalb etwas freiere Späße.
Nun Rameaus Klaviermusik ganz nah, vielleicht spielt jemand im Salon, dessen Fenster offen steht.

DERVILLE Sie trinken also keine Bowle.
JULIEN Gewiss nicht, nein.
DERVILLE *äfft ihn nach:*
Gewiss nicht, nein. Und woran liegt es, dass Sie keine Bowle trinken.
JULIEN Sie schmeckt mir nicht.
DERVILLE Was trinken Brettersäger den lieben langen Tag.
JULIEN Ich bin kein Brettersäger.
DERVILLE *zu Louise:*
Du hast mir doch gesagt, er sei ein Brettersäger.
LOUISE Sein Vater ist ein Brettersäger.
DERVILLE Was sind Sie dann, wenn Sie kein Brettersäger sind.
LOUISE Nun lass ihn doch.
DERVILLE *äfft Louise nach:*
Nun lass ihn doch, nun lass ihn doch. Ich werde ihn doch wohl ein bisschen mit meinen Fragen löchern und piesacken dürfen, wenn ich diesen Abend in seiner Gegenwart verbringen muss, was will man denn sonst.
LOUISE Herrjeh, nun lass ihn doch in Ruhe, was soll das denn.
JULIEN Ein Hauslehrer bin ich.
DERVILLE Ein Hauslehrer, großartig, interessant, und was lehren Sie die armen Kinder. Die Grammatik der Brettersägerei, die Arithmetik anhand der Baumstämme, die Widerstandskraft gemäß der Astlöcher, was.
JULIEN Ich habe in meinem Leben schon vierundsechzig Bücher gelesen.
DERVILLE Nun sterbe ich. Ich sterbe an diesem Abend.

Gleich hier, in diesem Kies, vor Euren Füßen. Vierundsechzig Bücher. Kolossal. Ein Leser. Ein Bücherwürmchen. Man könnte es doch erraten an seiner Erscheinung. Sein Kopf ist hübsch, aber der Rest hat etwas von einem Buchstaben, von einem I, aber von einem kleinen, mit einem Pünktchen obendrauf, ein P ist er gewiss nicht, oder was findest du, Louise, da ist doch keine Brust, von einem Mannsbild ist da wenig bis rein gar nichts, keine Haare um das Kinn, und Waden sind es ganz bleiche, die könnten von einem Mädchen sein, ein Mädchen, mit seinen Haaren. Ich brauche noch mehr von dieser Bowle.

Sie geht ab.

LOUISE Was soll ich machen. Sie taucht hier auf seit einigen Jahren. Sonst gibt es ja niemanden, mit dem man diese Abende verbringen könnte. Und man soll sich seine Freundinnen nicht aussuchen. Und unterhaltsam ist sie ja.

DERVILLE *kommt zurück mit der ganzen Bowle.*

Louise. Die Welt geht unter. Erdbeeren in der Bowle, das ist natürlich ordinär, sie schmecken ganz faulig, aber immerhin passen sie farblich zum Sonnenuntergang.

Pause.

Und etwas ist mir noch eingefallen, bezüglich Brettersäger oder nicht Brettersäger, nehmen wir ein Schwein, zum Beispiel, und das wird nun besprungen von einem anderen Schwein, zum Beispiel, dann ist ja das, was rauskommt, ebenfalls ein Schwein, das ist doch evident, und es bleibt ein Schwein, was immer man mit dem Schwein anstellen mag, ob man es anstreicht, rot, zum Beispiel, oder ob man es in einen schwarzen Rock steckt vom Schneider Durant, es bleibt ein Schwein. In seiner Gegenwart wird man ganz geistreich, nicht wahr, mein Herz, wie macht er das bloß.

Sie verschluckt sich an einer Erdbeere.

JULIEN Ich würde mich nun gern zurückziehen.

DERVILLE Meiner Meinung nach gehören die Humorlosen erschossen. Allesamt. Peng.

Pause.

Aber ich versteh's ja.

LOUISE Was verstehst du.

DERVILLE Dass er dir gefällt.

LOUISE Was redest du.

DERVILLE Er hat ja was. So etwas Unbescholtenes, das man gerne korrumpieren möchte. Man möchte diesen unbehaarten Brettersäger in seinem Priestergewand gerne winseln hören, auf verschiedene Arten winseln, auch quietschen, denn was gibt es Reizenderes als die moralische Korruption. Ich versteh's ja, aber ich würde es mir trotzdem nicht anmerken lassen, meine Liebste, da hast du noch etwas zu lernen, die Lüsternheit tropft aus deinen Augen, pass auf, dass du darauf nicht ausrutschst.

Julien in seiner Kammer. Auf dem Bett liegen Kleider. Es ist seine neue Garderobe.

JULIEN Liebe Kinder, jetzt gebt acht. Ein trüber Novembertag, Regen und tiefe Wolken über der Ebene zwischen Verona und Vicenza. Der Boden ist aufgeweicht, matschig, die Pferde versinken bis zu den Sprunggelenken im Schlamm. Die Kanonen stecken fest. Die Lage ist verzweifelt. Der alte, erfahrene, verschlagene Alvinczy, dieser ruchlose österreichische General bedrängt uns, hat fünfundvierzigtausend Soldaten. Wir kaum die Hälfte. Masséna und Augereau stecken mit ihren Brigaden vor Caldiero fest, belagert von Davidowitsch, einem serbischen Söldner, Träger des Maria-Theresien-Ordens, in hundert Schlachten geprüft. Nur damit ihr seht, mit wem es unsere Männer zu tun haben. Unsere Soldaten sind müde, erschöpft, entmutigt, viele sind verletzt, noch mehr sind krank, die Österreicher hingegen in ihren schneeweißen Uniformen immer noch frisch, diszipliniert und zu allem entschlossen. Noch ein paar Tage, und sie werden uns endgültig aus Italien geworfen haben. Aber sie haben nicht mit unserem General gerechnet. Wird er sich zurückziehen. Niemals. Er kennt nur eines. Vorwärts, vorwärts zum Angriff. Hinter Arcole verläuft die Straße nach Verona. Um die österreichische Versorgung zu unterbrechen, müssen wir Arcole einnehmen. Und um Arcole einzunehmen, müssen wir die Brücke besetzen. Die Brücke.

Er springt auf das Bett.

Ein paar Pontons, kaum breit genug, damit zwei Fuhrwerke sich kreuzen. wackelig, aber von den Österreichern verteidigt bis aufs Blut. Die ersten Attacken sind vergeblich. Eine Reihe um die andere fällt. Der Fluss ist rot gefärbt vom Blut unserer tapferen Grenadiere. Sie stürmen weiter voran, aber mit jedem Gefallenen schwindet ihr Mut. Voran, voran rufen die Offiziere, aber die Soldaten verzagen. Da packt sich unser General eine Fahne, es ist die Fahne des 2. Bataillons der 51. Halbbrigade, und wirft sich, nur mäßig geschützt von seiner Garde, hinaus auf die Brücke. Das Kartätschenfeuer ist ohrenbetäubend. Kanonen, zwei Dutzend, säen Achtzehnpfünder. Wie Halme unter der Sense fallen unsere Soldaten rechts und links. Muiron, sein junger Adjutant, wirft sich tapfer in das Feuer, schirmt seinen General ab, wird im nächsten Augenblick von einer Kugel getroffen, mitten in das tapfere, treue Herz. Er ist sofort tot, gefallen für die Republik. Unsere Männer werden dezimiert, und auch unser General stürzt, kommt wieder auf die Beine, packt sich erneut die Fahne. Voran, voran. Aber es ist vergeblich. Unser General wird von der Brücke gestoßen, hinunter in den Schlamm, und nur seine Grenadiere, die jetzt mit aller Todesverachtung gegen die Österreicher anstürmen, und nur die kräftigen Arme eines Belliard, die ihn aus der verzweifelten Lage befreien. Die Brücke ist an diesem Tag nicht zu nehmen, aber die Soldaten haben wieder Mut geschöpft, wenn selbst der General sich ohne Furcht ins Getümmel stürzt, wer würde da zurückbleiben wollen. Nein, sie versuchen es wieder, am nächsten Tag und am übernächsten Tag. Und ihr wisst noch, was in Rivoli geschah, nicht wahr. Ihr wisst es nicht. Ach ja, das erzählt man euch ja nicht mehr. Ihr kennt ja nicht einmal seinen Namen. Den Namen des größten Generals, des ersten Konsuls, des ersten Kaisers. Soll ich ihn euch verraten. Aber ich muss ihn flüstern. Denn sein Ruhm und seine Taten sind zu einem Gerücht geworden, meine Kinder, zu einem verbotenen Gerücht, in diesen feigen Zeiten, da jeder nur für sich selbst schaut und alles klein und missgünstig und grau geworden ist, wird ein großes Leben, das Leben eines Helden, zur Peinlichkeit, zur Schande. Weil er sich selbstlos hingegeben hat für die anderen, für euch, für uns, und weil man ihn trotzdem verraten hat, schämt man sich seiner und fürchtet die Erinnerung an seinen Namen. Aber eines Tages, wenn die Menschen sich besinnen, was man ihnen alles genommen hat, dann wird das Geflüster zum Geschrei und das Geschrei zum Gebrüll, und die Menschen, erleuchtet von seinem Vorbild, von seiner unsterblichen Tat an jenem Novembertag in der paduanischen Ebene auf der Brücke bei Arcole, werden sich daran erinnern, und zurückholen, was man ihnen genommen hat.

Der Bürgermeister ist in das Zimmer getreten.

RÊNAL Julien.

JULIEN *ertappt.*

Herr Bürgermeister. Verzeihen Sie. Ich habe die Lektion vorbereitet für morgen.

RÊNAL Ich bin hungrig, und zwar jetzt. Ziehen Sie sich um. Und dann zu Tisch.

Bei Tisch. Silberbesteck. Dicke Teppiche. Kerzen. Von irgendwo erklingt Rameau, »Les soupirs«. Madame und Monsieur sich gegenüber, am unteren Tischende macht sich Julien über seinen Teller her und beachtet die beiden nicht.

RÊNAL Der Fasan ist zäh.
LOUISE Welcher Fasan.
RÊNAL Dieser Fasan.
LOUISE Das ist nicht Fasan. Das ist Perlhuhn.
RÊNAL Fasan oder Perlhuhn, es ist zäh.
LOUISE *mit einem Blick zum schmatzenden Julien.* Ihm scheint es zu schmecken.
RÊNAL Weil er nicht weiß, wie zart Fasan ist.
LOUISE Dann nimm halt von der Wachtel.
RÊNAL Ich will keine Wachtel, ich will Fasan.
LOUISE Es gibt aber keinen Fasan.
RÊNAL Natürlich gibt es Fasan. Meine Wälder sind voll mit Fasanen. Aber aus irgendeinem unerklärlichen Grund will man mich mit Perlhuhn ersticken.
LOUISE Oder mit Wachteln.
Pause. Der Bürgermeister kaut Brot.
Du solltest ihm Geld geben.
RÊNAL Warum sollte ich ihm Geld geben.
LOUISE Damit er sich Wäsche kauft.
RÊNAL Hält er sich nicht sauber.
LOUISE Ich will nicht, dass er ständig zu Elisa rennt. Das Mädchen tratscht.
RÊNAL Wir sind sie ohnehin bald los. Ihre Tante ist tot und hat ihr alles vermacht. Nun braucht sie bloß noch einen Mann. Einer, der ihr Geld sieht und den Rest ignoriert.
Pause.
Geld. Ich gebe ihm kein Geld. Ich gebe ihm schon genug Geld. Gib du ihm Geld, aber ich gebe ihm kein Geld.
LOUISE Ich hab's versucht, aber mein Geld nimmt er nicht.
RÊNAL Er nimmt dein Geld nicht.
LOUISE Er hat es zurückgewiesen.

Rênal Alles, was in diesem Haus Lohn bezieht und nicht von Adel ist, hat deinen Befehlen zu gehorchen. Wenn sich das herumspricht.

Louise Dann soll er aufstehen und in der Küche essen mit dem anderen Personal.

Rênal Er bleibt hier. Er ist der Hauslehrer.

Louise Und Hauslehrer essen mit der Herrschaft am Tisch.

Rênal Dieser schon.

Louise Er verdirbt mir den Appetit.

Rênal Dann iss doch du in der Küche mit dem Personal.

Louise *wirft das Besteck auf den Teller.*

Rênal Was soll ich denn machen. Es war seine Bedingung.

Louise Bedingung.

Rênal Bei uns am Tisch zu essen, war seine Bedingung, ja, weiß Gott, warum.

Louise Und du hast ihm das durchgehen lassen.

Rênal Mich stört er nicht. Er lässt mich in Ruhe essen. Auch wenn es nur Brot ist. Nur Brot.

Wirft die Krume hin und geht ab.

Julien *isst in aller Ruhe seinen Teller auf. Nachdem er sich den Mund abgeputzt hat.*

Warum haben Sie es ihm nicht gesagt. Warum ich Ihr Geld nicht genommen habe.

Louise Wer interessiert sich für Ihr lächerliches Ehrgefühl.

Julien Sie wollten, dass ich Ihr Geld nehme und ihm nichts davon erzähle.

Louise Und.

Julien Haben Sie noch andere Geheimnisse.

Louise Treiben Sie es nicht zu weit.

Pause.

Und weshalb haben Sie es ihm nicht gesagt. Sie hätten mich verraten können.

Julien Warum hätte ich Sie bloßstellen sollen.

Louise schaut ihn an, zum ersten Mal an diesem Abend, erstaunt.

Was hätte ich davon gehabt. Ich hätte meinen Trumpf verschwendet. Besser, ich behalte ihn noch in der Hand. Und wenn ich ihn ausspiele, werde ich einen Stich machen. Einen Stich.

Er steht auf und verschwindet. Louise vergräbt ihr Gesicht in den Händen.

Der Abbé zu Besuch im Haus des Bürgermeisters. Julien in seinem Anzug vom Schneider Durant. Er scheint jetzt älter.

ABBÉ Sie werden ein Mann. Das ist kein Lob. Es ist eine Warnung.

Pause.

JULIEN Sie war bei Ihnen, stimmt's, deshalb wollten Sie mit mir sprechen. Aber ich kann nicht, mein lieber Abbé, ich kann nicht.

ABBÉ Davon später. Lassen Sie sich zuerst ansehen. Das Essen scheint Ihnen zu bekommen. Gut. Ihr Zimmer.

JULIEN Hell und trocken. Und ich habe ein Bett.

ABBÉ Ausgezeichnet. Die Bezahlung.

JULIEN Pünktlich.

ABBÉ Die Madame.

JULIEN Sie verachtet mich. Alles an mir. Meine Herkunft, meine Armut.

ABBÉ Sie ist eine Mutter, und sie ist eifersüchtig wie eine Mutter. Sie fürchtet, die Kinder könnten ihren Lehrer mehr lieben als sie. Kümmern Sie sich um Ihre Arbeit, der Rest wird sich finden.

JULIEN Meine Arbeit. Was ist meine Arbeit. Jedenfalls bin ich nicht dort, um die Kinder zu unterrichten. Ich könnte sie die Kauderwelschgrammatik lehren, es wäre egal. Sie laden die halbe Stadt ein zu Abendgesellschaften, und dann muss ich antanzen wie ein Zirkuspferd und soll die Psalmen rauswürgen und die Apostelbriefe. Und alle machen ah und oh. Nicht einmal, was ich im Kopf habe, gehört mir. Als Trophäe haben sie mich in ihr Haus geholt. Und sie behalten mich, damit ich diesem Valenod nicht in die Hände falle.

Pause.

Sie wussten das, nicht wahr, Abbé.

Pause.

Sie haben die ganze Sache eingefädelt.

Abbé Wie machen es die Ameisen. Sie kitzeln die Blattläuse, bis sie Zuckersaft absondern. Ich habe die Eitelkeit und das Standesbewusstsein des Bürgermeisters gekitzelt, und er hat eine Hauslehrerstelle abgesondert. Ich wollte Sie weghaben von diesem Monster, und sehen Sie sich an, wir waren doch erfolgreich.

Pause.

Hat er über mich gesprochen.

Julien Er traut Ihnen nicht. Aber das will nichts heißen. Er traut niemandem.

Abbé Halten Sie die Ohren offen. Notieren Sie seine Besuche, seine Korrespondenz. Wir müssen wachsam sein. Aber geben Sie acht, dass er keinen Verdacht schöpft.

Julien Er merkt nichts. Er ist dumm wie ein Ochse. Er hat in seinem Leben kein Buch gelesen. Ein vollkommener Trottel. Und trotzdem sitzt er in einem Schloss und regiert die ganze Stadt.

Abbé Er hat reich geheiratet. Das ist sein einziges Geheimnis.

Er sieht Julien an. Pause.

Julien Ich kann nicht, Abbé, ich kann sie nicht heiraten.

Abbé Elisa hat ein Kartoffelgesicht, das ist wohl wahr, aber sie hat eine hübsche Summe geerbt, kein Vermögen, aber wenn ich Ihnen eine kleine Stelle verschaffe, als Schreiber in einem Kontor, dann würde es reichen für ein bescheidenes Leben ohne weitere Aufregung. Sie sollten zugreifen.

Julien Ein bescheidenes Leben. In einem Kontor. Mit einer Wäscherin als Gattin. Sie sahen mich schon als Dekan, als Prälat.

Abbé Ach, Julien, die Zeiten sind stürmisch, ein Orkan zieht auf, man wetzt allenthalben die Messer, und ich weiß nicht, ob die Kirche uns noch ein Schutz sein wird. Ich muss jeden Tag zehnmal heucheln und zehnmal lügen, damit ich meine kleine Gemeinde behalten kann.

Julien Das ist es ja, mein lieber Abbé. So kommt man nicht weiter. Sie fressen dem Bürgermeister aus der Hand, und Sie lecken dem Bischof den Speichel von den Lippen. Und wissen trotzdem nicht, ob Sie am nächsten Sonntag noch die Messe lesen dürfen. Verzeihen Sie.

Pause.

Man muss es anders angehen. Was man will, muss man sich nehmen. So wurde er Bürgermeister. Weil er nicht fragt. Und weil er nicht Danke sagt. Er ist zwar dumm, aber Sie und ich, wir können beide von ihm lernen.

Im Zimmer der Hausherrin.

Elisa, aufgelöst, sucht sich Trost bei ihrer Herrin, die einen geheimen Gefallen findet am Leid der Wäscherin.

Louise Nun haben Sie ausgesorgt und sind doch untröstlich.

Elisa Wenn er wüsste, welch wunderbares Wesen ich bin, wie treu und liebevoll und sparsam. Aber er weiß es halt nicht. Aber Sie wissen es, nicht wahr, Sie wissen es.

Louise Natürlich, Elisa, natürlich weiß ich das.

Elisa Dann könnten Sie ihm vielleicht erzählen, wie ich damals, nur als Beispiel, die Kätzchen aus dem Mühlenweiher gerettet und jedes einzeln mit der Flasche aufgezogen habe. Das macht kein böser Mensch. Sagen Sie ihm das.

Louise Ich werde mit ihm reden. Allerdings müsste ich natürlich schon noch ein wenig mehr darüber wissen, wie und auf welche Weise dieser Mensch Sie behandelt hat.

Elisa Er hat mich eben nicht behandelt. Er hat mich nicht einmal angesehen.

LOUISE Aber wie hat er Sie nicht angesehen.
ELISA Wie. Er stand einfach da –
LOUISE Wo stand er, hier.
ELISA Nein, hier stand er, so –
LOUISE So mit dem Rücken –
ELISA Mit dem Rücken, ja, aber, Madame, ich möchte, verstehen Sie, wenn ich das Ganze, jetzt noch einmal, und mir das vorstelle, dann überkommt mich wieder dieses Elend und ich möchte –
LOUISE Nun, nun, nur nicht mutlos, das werden wir schon, wir müssen doch wissen, ob es nicht eine kleine Hoffnung gibt, und sein Herz nicht verbarrikadiert –
ELISA Nicht –
LOUISE Möglicherweise nicht, nein, wir wissen es nicht, aber dazu müssen wir halt sämtliche Zeichen deuten, also jetzt zeigen Sie mir, also, hier, sagen Sie, mit dem Rücken, und hat er irgendwelche Zeichen gemacht –
ELISA Zeichen –
LOUISE Mit der Hand oder vielleicht auch nur mit dem Finger, eine Geste, die Ihnen gezeigt hat, dass er nicht das geringste, nicht das allergeringste Interesse an Ihnen hat –
ELISA Ich glaube nicht, nein –
LOUISE Und Sie unter keinen Umständen heiraten –
ELISA Aber nein –
LOUISE Mit dem Mund vielleicht, hat er vielleicht so –
Sie schürzt die Lippen.
ELISA Aber nein –
LOUISE Oder so –
Sie zieht eine Schnute.
ELISA Aber Madame, gewiss nicht.
LOUISE Kein untrügliches Zeichen der Abscheu, des Widerwillens.
ELISA *weint jetzt bitterlich.*
LOUISE Also, wenn ich Ihnen helfen soll, und ich soll Ihnen doch helfen –
ELISA Ja, bitte, nur –

Louise Nur –
Elisa Ich möchte nur nicht gedemütigt werden –
Louise Gedemütigt. Weil er Sie nicht will. Weil er nichts von Ihnen wissen will. Das ist allerdings demütigend.
Pause.
Welche Gründe hat er genannt. Hat er vielleicht, ich meine, ist da vielleicht jemand, von dem wir, von dem Sie nichts wissen –
Elisa Das weiß ich nicht.
Louise Nicht –
Elisa Nein, wie auch –
Louise Nichts gesagt, keine Andeutungen –
Elisa Nichts.
Louise Gut.
Elisa Niemand. Gut.
Louise Gut, ja, gut. Wenn es keine andere gibt, ist er frei.
Elisa Mich hat jemand angeschwärzt. Bloß weil mir einmal dieser Kerl, dieser Valenod, den Hof gemacht und ein paar Briefe geschrieben hat.
Louise Hat er das.
Elisa Da war ich doch noch keine fünfzehn.
Louise Wahrscheinlich ist er einfach dumm.
Elisa Herr Valenod.
Louise Unser Hauslehrer.
Elisa Dumm. Er ist doch nicht dumm.
Louise Dumm in einem anderen Sinne. Dumm, dass er nicht sieht, was er an Ihnen hätte. Sie sind eine Waschfrau, aber er ist ja auch nur ein Brettersäger, und immerhin sind Sie jetzt eine Waschfrau mit Geld. Er hat Sie nicht zu verschmähen. Ich werde mir das Bürschchen vorknöpfen.
Elisa Ich danke Ihnen, ich danke Ihnen.
Der Herr Bürgermeister ist erschienen, Elisa verschwindet rasch.
Rênal Dein Gesicht. Als wäre eine Sonne aufgegangen.
Louise Der Morgen ist frisch, warum stört es dich, wenn ich glücklich bin.

RÊNAL Welchen Grund hast du, glücklich zu sein.

LOUISE Bitte.

RÊNAL Ich frage, welchen Grund es gibt, dass du glücklich bist.

LOUISE Nun, es ist, ich weiß es nicht, was soll es, nicht wahr, ich kann darauf, du hast recht, es gibt keinen, im Gegenteil, es ist schrecklich, ganz grässlich, ich möchte in das Landhaus, jetzt gleich, auf der Stelle.

Im Garten. Abends. Mit Nachtigallen und Leuchtkäfer. Es wird jetzt schnell finster.

LOUISE Warum haben Sie das gemacht. Warum haben Sie meine Hand genommen.

JULIEN Ich habe kein Geld. Ich habe keine Herkunft. Ich habe keinen Namen. Ich habe nichts. Nichts. Und wenn ich diese Hand nicht nehme, dann wird mir niemand diese Hand geben. Weil ich auf diese Hand kein Recht habe. Weil ich der Sohn eines Brettersägers bin, und der Sohn eines Brettersägers hat kein Recht, so etwas Schönes, so etwas unendlich Zartes zu besitzen, und sei es auch nur für eine einzige Minute in seinem elenden Leben, und niemand wird kommen und mir diese Hand geben, niemand, und das Einzige, auf das ich mich verlassen kann, das auf meiner Seite steht, ist mein Wille, und weil ich ein Mensch bin, und auch ich will, dass mein Wille geschehe, deshalb muss ich, muss ich diese Hand nehmen. Nehmen.

Pause.

Und warum haben Sie mir die Hand gelassen.

LOUISE Ich war gezwungen. Mein Mann stand daneben. Keine drei Meter entfernt. Und Sie haben das ausgenutzt. Dass ich mich nicht rühren konnte.

JULIEN Vielleicht nicht rühren wollte.

LOUISE Was hätte ich tun sollen. Schreien. Einen Skandal.

In meinem Garten. Um diese Zeit. An einem Abend wie diesem. Er hätte Sie am Kragen gepackt und aus dem Haus geprügelt.

JULIEN Und wenn schon. Ich bedeute Ihnen doch nichts.

LOUISE Weniger als nichts. Aber Sie würden augenblicklich zu Valenod rennen und sich von ihm anstellen lassen. So verschlagen Sie sind. Aber Sie kommen hier nicht weg, nicht ohne meine Erlaubnis.

RÊNAL *ist gekommen.*
Was braucht deine Erlaubnis.

JULIEN Ihre Frau glaubt, ich wolle mich von Herrn Valenod anstellen lassen.

RÊNAL Und. Wollen Sie das.

JULIEN Wenn ich heute von hier weggehe, habe ich morgen eine andere Stelle.

LOUISE Sie nehmen sich zu viel heraus, Monsieur Julien.

RÊNAL Lass nur, Louise. Ich schätze seinen Ehrgeiz. Er macht ihn berechenbar.
Zu Julien:
Sehen Sie diese Platanen. Wohin ihr Schatten fällt, wächst kein Getreide. Alleine dieser Ernteausfall kostet mich das Zehnfache Ihres Gehaltes. Wie viel verlangen Sie, Monsieur Julien. Wohl nicht mehr als dieser Schatten.

JULIEN Es gibt Wichtigeres als Geld.

RÊNAL Für Sie vielleicht, und das will ich auch hoffen. Schließlich wollen Sie ein Pfaffe werden.

LOUISE Der Abend ist schön, wir sollten nicht –

RÊNAL Der Abend ist schön, und wir sind von Liberalen umzingelt.

LOUISE Mein Lieber –

RÊNAL Mach die Augen auf. Sie warten auf den kleinsten Fehler, um sich unser Haus zu holen. Sie beginnen mit dem Besitz, und am Ende holen sie sich den Kopf. Deinen auch, meine Schöne. Da wird dir dein zarter Hals nicht helfen. Im Gegenteil. Im Gegenteil.

LOUISE Du machst mir Angst.

RÊNAL Sie kennen nur die Revolution, das Fallbeil. Sie wollen ein Massaker. Ein Blutbad.

Zu Julien:

Was grinsen Sie.

JULIEN Ich grinse nicht.

RÊNAL Euch Pfaffen werden sie zuerst aufs Schafott bringen. Aber was wäre verloren mit diesem Kopf. Bloß eine Bibel. Aber die steht ja dreifach im Regal. Was Sie im Kopf haben, ist gewissermaßen überflüssig. Sind Sie überflüssig.

JULIEN Das mag sein, ja, wer weiß das schon, wer kennt schon seine Bedeutung.

RÊNAL Eine Abform der Natur. Ein weißer Elefant. Ein dreiköpfiges Kalb.

JULIEN Vielleicht gibt es eines Tages keine Bücher mehr. Dann wäre man froh um einen Kopf wie meinen.

RÊNAL Was wäre das wohl für ein Tag.

JULIEN Der Tag, an dem die Welt in Flammen steht.

RÊNAL Hörst du das. Will ein Pfaffe sein und spricht wie ein Liberaler. Wie einer, der sich die Revolution wünscht. So weit sind wir gekommen.

Pause.

Er wäre bei diesem Valenod ganz gut aufgehoben.

Pause. Zu Louise:

Warst du auf dem Friedhof. Du siehst aus wie eine Witwe.

Er sieht, wie jemand den Obstgarten betreten hat.

Was macht diese Person da. Was will das Stück in meinem Obstgarten. He. Weg da. Raus. Liederliches Pack.

Er wirft mit Steinen nach der Person.

LOUISE Pass auf. Du könntest jemanden treffen.

RÊNAL Das versuche ich doch.

Er wirft noch einen Stein.

JULIEN Er liebt Sie nicht.

LOUISE Seien Sie still.

JULIEN Er ist ein Holzklotz und hat Sie nie geliebt.

LOUISE Seien Sie still.

JULIEN Er liebt Sie nicht, und Sie wissen es. Jeden Morgen

und jeden Mittag und jeden Abend wissen Sie es. Und es nagt an Ihrem Herzen, mit jeder Minute, mit jeder Stunde nagt es an Ihrem blutenden Herz.

LOUISE Wenn Sie nicht still sein können, dann seien Sie wenigstens leise. Er kann uns hören.

RÊNAL Was hat das Luder in meinem Garten –

Er geht ab.

JULIEN Jetzt ist er weg. Und trotzdem lassen Sie mir Ihre Hand.

LOUISE *nimmt ihre Hand weg.*

Das nächste Mal werde ich Sie nicht gewähren lassen.

JULIEN Und was, wenn ich sie mir einfach wieder nehme. Und vielleicht noch einen Kuss dazu.

LOUISE Das werden Sie nicht wagen.

JULIEN Wagen. Was wissen Sie schon, was ich wagen werde. Noch ganz anderes werde ich wagen. Ich werde es beispielsweise wagen, heute Nacht gegen zwei Uhr, wenn der Mond ganz hell am Himmel steht, aus dem Bett zu steigen. Das werde ich wagen. Und ich werde es wagen, aus dem Schuppen die lange Leiter des Gärtners zu holen. Werde ich wagen. Und mit dieser langen Leiter bis hoch hinauf zu ihrem Zimmer zu steigen wagen und dort so lange an das Fenster zu klopfen wagen, bis Sie es wagen, mich hineinzulassen. Jetzt schauen Sie entsetzt. Weil Sie wissen, dass ich es wagen werde. Und wenn mich vorher der Mut verlässt, dann schieß ich mich tot noch vor dem Morgengrauen.

Im Pfarrhaus.

Der Abbé mit dem Bürgermeister. Die Hände auf dem Rücken, im Kreisgang, den Blick gegen den Boden.

ABBÉ Wie hält sich der Junge.

RÊNAL Wie er sich hält. Ganz ausgezeichnet hält er sich.

ABBÉ Das freut mich.

Rênal So. Das freut Sie. Was freut Sie.
Abbé Dass Sie mit Julien zufrieden sind.
Rênal Hab ich das gesagt. Zufrieden. Habe ich zufrieden gesagt.
Abbé Ist er kein guter Lehrer.
Rênal Die Kinder lieben ihn. Sie sind verrückt nach ihm.
Abbé Man sagt, die Kinder lernen am Besten, wenn sie ihren Lehrer verehren.
Rênal Darum sage ich doch, sie sind verrückt, denn objektiv gesehen gibt es da ja nichts zu verehren. Monsieur ist arrogant, eingebildet und wahrscheinlich sogar ein Liberaler.
Abbé Er ist noch jung. Er hat noch viel zu lernen.
Rênal Der Irrsinn der Kinder ist gleichzeitig, in allen Fällen, ohne Ausnahme, der Irrsinn der Mutter. Aber was erzähle ich Ihnen von den Frauen. Davon verstehen Sie ja nichts.
Abbé Wenn Sie nicht zufrieden sind, werde ich mit dem Alten reden, damit er ihn wieder zu sich nimmt.
Rênal Sie werden nicht mit dem Alten reden, und er wird ihn nicht wieder zu sich nehmen. Warum. Weil sich sonst Valenod das Bürschchen krallt. Ich muss ihn also behalten. Ich bin vom Sohn eines Brettersägers abhängig. So sieht es aus. So weit ist es gekommen. Und Schuld an dieser ganzen Sache haben natürlich Sie.
Abbé Ich.
Rênal Sie hätten ihn nach Übersee schicken können, damit er dort die Hottentotten bekehrt und durch das Fleckfieber sein verdientes Ende findet. Oder ins Kloster schicken für die nächsten drei oder dreißig Jahre. Dann wäre er weg gewesen, neutralisiert. Aber Sie mussten ihn ja auf den freien Markt lassen und jetzt habe ich keine andere Wahl und muss seine Visage ertragen und sein erbärmliches Latein. Warum eigentlich.
Abbé Ich wollte Ihnen einen Dienst erweisen.
Rênal Sie müssten mich entschädigen für diesen Dienst.

Abbé Womit, ich habe nichts.

Rênal Natürlich haben Sie nichts. Gar nichts. Deshalb stolzieren Sie auch so unantastbar durch die Landschaft. Weil man einem wie Ihnen nichts, aber auch gar nichts nehmen kann. Auf den ersten Blick. Auf den zweiten findet sich vielleicht doch etwas, das Ihnen lieb und teuer ist und Sie lieber nicht verlieren wollen.

Abbé Monsieur.

Rênal Und nennen Sie mich nicht Monsieur. Das kann ich nicht mehr hören. Monsieur. Monsieur. Ich kann die ganze verrückte Truppe nur ins Landhaus schicken, und dort können sie sich gegenseitig zu Tode verehren, und ich habe eine paar Tage Ruhe. Aber das bleibt nicht ohne Folgen, ich bin dann nämlich alleine in meinem Haus, und das geht ja nicht. Ich kann ja nicht alleine sein. Als Bürgermeister. Alleine. Wie stellen Sie sich das eigentlich vor. Aber das können Sie sich natürlich nicht vorstellen, das nicht.

Im Zimmer der Herrin.

Julien und Louise. Am Wäscheschrank. Nachmittags. Es ist still, träge, irgendwo, fern die Geräusche des tätigen Lebens. Und dazu in allem diese Klaviermusik von Rameau.

Louise Was machst du da.

Julien Ich wühle in deinen Sachen.

Louise Das sehe ich.

Julien *hat einen Strumpf gefunden, den er sich jetzt genau ansieht.*

Louise Pass auf. Das ist Seide. Nicht mit den Nägeln.

Julien *legt den Strumpf zurück und fischt ein weißes Nichts aus der Schublade.*

Louise Das legst du zurück. Auf der Stelle.

Julien Es ist hübsch. Ich werde es behalten. Für all die Nächte, in denen ich nicht zu dir ins Zimmer kann.

Louise Nimm, was du willst, aber dieses Teil bleibt hier.

Julien Was ist damit.

Louise Du quälst mich.

Julien Antworte. Was ist damit.

Louise Ich trug's zur Hochzeit. Ich soll. Ich muss. Ich schäme mich. Er will mich als Braut. Nur als Braut. Immer als Braut. Seine ewige Braut von sechzehn Jahren.

Julien *schluckt das Teil.*

Louise Was tust du. Du bist wahnsinnig, eindeutig wahnsinnig.

Julien Ich befreie dich.

Louise Und wenn er. Wenn es. Was soll ich dann.

Julien Du sollst nicht. Du wirst nicht. Ich dulde es nicht. Du bist nicht mehr seine Braut. Du gehörst jetzt mir. Nur mir.

Louise Er hat doch jedes Recht. Und Kraft.

Julien Und ich. Was ist mein Recht.

Louise Es hilft nicht. Wir können nicht. Ich bin seine Ehefrau.

Julien Und ich. Wer bin ich. Ach, ich hätte Elisa nehmen sollen.

Louise Sie passt zu dir. Mit ihren Waschfrauenhänden.

Julien Die hat sie von deinem Zeug. Von deinem Brautzeug. Sie ruiniert sich ihre Hände für eure Dreckswäsche. Und bekommt dafür nur Verachtung.

Louise Wir bezahlen sie. Und dich bezahlen wir auch. Unsummen. Bestechungsgeld. Damit ihr uns nicht die Köpfe abschneidet bei der nächsten Gelegenheit.

Julien Du spuckst auf jene, die sich ihre Hände ruinieren, damit deine Haut so zart bleibt.

Louise Von dieser zarten Haut konntest du gerade eben nicht genug bekommen.

Julien Mit deinem Einverständnis könnte ich weiter –

Louise Sei still.

Julien Was schreckt dich. Dich schreckt der Ehebruch. Jetzt plötzlich.

Louise Ich glaube. Ich fürchte. Ich liebe dich.

Julien Er hat dich gekauft. Wie er mich gekauft hat. Alles kauft er, alles.

Louise Liebe kann man nicht kaufen. Man kann sie nur verschenken.

Julien Lass uns weggehen. Jetzt auf der Stelle.

Louise Und meine Kinder.

Julien Ich mache dir ein Neues. So viele, wie du willst. Wir gehen weg. Noch heute Nacht.

Louise Ich weiß, Sie glauben es mir nicht, weil es das ja eigentlich nicht gibt oder nur in Romanen oder vielleicht früher, aber ich liebe Sie. Das heißt, ich würde – auf der Stelle – sterben für Sie. Ich liebe nicht Ihren Körper, obwohl ich auch ihn liebe, das haben Sie ja bemerkt, das habe ich Ihnen ja gezeigt, und ich liebe auch nicht Ihre Seele, denn um sie zu lieben, müsste ich sie erkennen, aber da ist es viel zu dunkel, ich erahne sie höchstens, manchmal, wenn ich in Ihre Augen blicke, Ihr Geist ist mir ganz einerlei, jetzt von der Liebe her betrachtet, was ich an Ihnen liebe, ist das, was Sie noch nicht sind, was Sie sein könnten, ich glaube ja, Sie könnten diese Welt in einem Wisch zur Seite schaffen, diese Häuser, diese Betten, diese öden Visagen, die Rechnungsbücher und die Nachmittage, ich glaube nämlich, dass Sie, und ich meine es nicht blasphemisch, auf eine gewisse Weise der Messias sind, aber ein zerstörerischer Messias, ein Donnergott, Sie haben eine zärtliche Wut in sich, sie würde mehr als reichen, um aus den Bergen Staub zu machen, und Ihre Schöpfung wird beginnen mit der Ausradierung, mit der Planierung, voller Hingabe und Rücksichtslosigkeit, und ich bin Ihre erste Gabe, Ihr erstes Opfer, Ihre erste Schöpfung.

Im Garten. Die Derville und Louise.

DERVILLE Ich gratuliere.
LOUISE Bitte.
DERVILLE Ich kannte viele deiner Tugenden, aber Effizienz zählte ich bisher nicht dazu.
LOUISE Ich weiß nicht, wovon du sprichst.
DERVILLE Dieser weiche Gang, die glückselige Müdigkeit, wie du jeden Schluck genießt, die Hirnentspannung. Zieh den Hintern ein, du bist nicht mehr im Bett.
LOUISE Sei doch still.
DERVILLE Nun los.
LOUISE Also, es war so, wie soll ich es, er ist eigentlich, aber ich muss vorher, da hat er, das heißt, er wollte zuerst, verstehst du, am helllichten Tag, und ich sag, also, nein, aber du kennst mich ja, es war ihm, und mir auch, und als er sich, da war er plötzlich, fürchterlich, und ich hab trotzdem, obwohl, aber das kann ich nicht, sogar ziemlich lange, hast du das gewusst, ich nicht, aber egal, gründlich, sehr gründlich, mein Leben, ich glaub, ich könnte jetzt gleich, Julien, Julien, wo ist er denn, er kann sich ja manchmal, wie in Luft, ich muss kurz, du bleibst doch noch, ich komme, ich komme, ich komme.

Im Garten. Der Wind hat aufgefrischt. Man möchte in die Wärme.

JULIEN Man hat uns angeschwärzt.
LOUISE Unmöglich.
JULIEN Der Bürgermeister steht im Garten und liest einen Brief. Mit rotem Kopf.
LOUISE Küss mich. Jetzt gleich.
JULIEN Bestimmt nicht.
LOUISE Hast du mich satt. Meine Verrücktheiten, meine Reue, du gottloses Monster.

JULIEN Wir sind entdeckt, verstehst du nicht.

LOUISE Soll er doch alles über uns erfahren, wie wir uns küssen, wie wir uns lieben, soll er es doch sehen und mich in ein Loch vergraben, mir die Kinder nehmen.
Sie will ihn küssen, aber er weist sie ab.

JULIEN Wir stehen vor dem Nichts, und du denkst nur ans Küssen.

LOUISE Wir werden auch einen Brief schreiben. Adressiert an mich. Er muss glauben, dass Valenod hinter dieser Sache steckt und es nur eine Intrige ist. Du wirst eine Weile beim Abbé unterkommen und dich mit Valenod gut stellen. Er wird es nicht hinnehmen, dass du für ihn arbeitest und dich hierbehalten. Und falls er dich trotzdem verstößt, dann gehst du eben zu Valenod. Und wir können uns trotzdem sehen. Und ich werde mit einem verstörten Gesicht und mit unserem anonymen Brief aus der Stadt zurückkommen. Und ich bin verstört. Was ich alles riskiere für dich. Aber es ist nur eine Kleinigkeit, wenn ich mein Leben verliere. Nimm ein Buch, schneide die Buchstaben heraus und klebe sie auf dieses Papier. Ihre Machenschaften sind bekannt. Sie und Ihr Bauernbengel.

JULIEN Bauernbengel.

LOUISE Ihr schmutziger, verdorbener Bauernbengel.

Im Garten. Der Bürgermeister liest. Louise, ganz ruhig, steht daneben.

RÊNAL Ihr schmutziger, verdorbener Bauernbengel, und bald, nur bald, wird es die ganze Stadt wissen.

LOUISE Er muss verschwinden, hörst du, auf der Stelle verschwinden.

RÊNAL Unvorstellbar.

LOUISE Er wird bald eine neue Stelle finden. Soll er eben zu Valenod. Was kümmert mich das. Jedenfalls muss er weg.

RÊNAL Unvorstellbar, wie blöd du bist, wie namenlos

dumm. Was hast du da unter dieser Schädeldecke. Einen Sumpf, der alles vergiftet.

LOUISE Ich wurde in meiner Ehre beleidigt.

RÊNAL Wenn ich ihn jetzt wegschicke. Was denken dann die Leute. Dass es wahr ist. Ist es wahr.

LOUISE Wie kannst du so etwas von mir denken.

Pause.

Du wirst ihn also behalten.

RÊNAL Willst du einen Skandal. Sie warten doch nur darauf. Er bleibt.

Später. Im Kinderzimmer. Bei Kerzenlicht mit dem ewigen, gleichgültigen Rameau.

LOUISE Und er fiebert, sagen Sie.

ELISA Seit heute früh bereits.

LOUISE Und Sie haben ihm Wickel gemacht.

ELISA Mit Essig und mit Kampfer, ja.

LOUISE Das ist sehr liebenswürdig von Ihnen, Elisa, liebenswürdig und ganz zwecklos.

ELISA Wie.

LOUISE Aber fahren Sie nur fort, ich will Sie nicht hindern, es wird alles ins Buch kommen und Ihnen zugerechnet werden am Tage des Gerichts. Aber zwecklos ist es trotzdem. Das Kind muss nämlich sterben, das ist ausgemacht.

ELISA Aber was reden Sie denn da.

LOUISE Dem unschuldigen Geschöpf ist ein jämmerlicher Tod bestimmt, es wird noch viele Sekunden zu leben haben, und jede Sekunde wird ein Leiden sein, ein Purgatorium, und das hat seine Billigkeit so, denn seine Mutter hat sich einer grässlichen Sünde schuldig gemacht, der schlimmsten, der süßesten Sünde, und Er hat sich nun gedacht, Er könne die Mutter am schlimmsten bestrafen, wenn er das Kindchen quält, nur was unser großer Gott nicht bedacht hat, dass es dieser Mutter ganz und gar einerlei ist, was er noch alles mit diesem Bübchen anstellen wird, mit welchen feurigen Eisen er diese zarte Haut versengen will, mit welchen Widerhaken er auch das Fleisch zerreißen mag, es ist ihr ganz einerlei, ganz einerlei, sie bereut nämlich nichts, rein gar nichts.

RÊNAL Wo ist Julien. Er soll in die Stadt reiten und den Arzt rufen.

LOUISE Mein lieber, guter, treuer Gatte, wie fürsorglich und allzeit umsichtig du bist in deiner namenlosen Blindheit. Ich bin es doch, die hier gequält werden soll, das Kind ist nur ein Spielzeug Seiner Rache, mich will er vernichten, nur mich.

JULIEN *kommt.*

RÊNAL Wir brauchen einen Arzt.

LOUISE Das Kind. Es stirbt.

RÊNAL Unsinn. So weit ist es nicht. Na los. Worauf warten Sie.

LOUISE Er braucht nicht zu gehen. Der Arzt wird nicht helfen. Er wird mir das Kind nehmen. Er bestraft mich. Für meine Sünde.

RÊNAL Weiber. Seien Sie gewarnt, Julien. Ihre Eitelkeit kennt keine Grenzen. Sie beziehen alles auf sich. Das ganze Universum. Das Morgenrot will ihnen etwas sagen, der Staub auf der Kommode ist eine Nachricht, und das Fieber ihres Kindes halten sie für eine Strafe Gottes. Wie soll ein Mann mit solchen Kreaturen ein Leben führen. Wie.
Geht ab.

JULIEN Du hättest uns beinahe verraten. Nur seine Dummheit hat uns gerettet.

LOUISE Weg. Du Teufel. Ach, wie ich dich liebe. Küss mich. Geh weg. Verschwinde. Deine Gegenwart tötet meinen Sohn.

JULIEN Ich kann nicht weg. Du wirst ihm alles verraten.

LOUISE Natürlich und sogar in allen verdorbenen Einzelheiten. Wie ich vor dir knie. Wie ich deinen Kopf zwischen meine Beine nehme. Wie ich dich würge. Wie du mich beißt. Du beißt mich doch, nicht wahr, beiß mich, beiß mich, jetzt gleich.

JULIEN Ich gehe. Das Kind soll leben.

LOUISE Du liebst ihn. Ach, du liebst mein Kind. Wenn es doch nur deines wäre.

Im Pfarrhaus.
Mit gepackten Koffern. Der Abbé sucht die letzten Dokumente. Julien sitzt daneben und sagt nichts. Der Abbé schaut ihn nicht an.

JULIEN Es tut mir leid, Abbé.
Der Abbé reagiert nicht und packt weiter.
Ich wollte das nicht, das wissen Sie doch, nicht wahr, das wissen Sie.
Der Abbé wirft ihm einen Blick zu und packt dann weiter.
Es ist ungerecht, Sie dafür zu bestrafen. Sie haben ja nichts getan. Man kann Ihnen doch nicht die Gemeinde wegnehmen, nach all den Jahren, einfach so.
Immer noch keine Reaktion des Abbés. Er packt einfach weiter.
Sie hat mich verführt, Abbé. Sie hat gesagt, Sie liebe mich, verstehen Sie, und ich war zu schwach und konnte nicht widerstehen.
Der Abbé packt einfach weiter.
Warum sagen Sie nichts, Abbé. Sagen Sie doch etwas.
Aber der Abbé sagt nichts.
Ich kann nicht zurück. Ich kann nicht zu meinem Vater. Lieber bringe ich mich um.
Der Abbé schaut ihn lange an. Julien stürzt auf ihn zu, sinkt vor ihm auf die Knie.
Nehmen Sie mich mit. Ich kann Ihnen zu Diensten sein. Ich werde nichts verlangen, ich werde Ihr Diener sein, ich werde mich um alles kümmern, ich werde die niedersten Arbeiten machen, Ihre Schuhe putzen, Ihr Essen bereiten,

Sie können über mich verfügen, ich gehöre Ihnen. Wo soll ich denn sonst hin. Ich habe doch nur Sie.

Beim Bürgermeister.
Julien bei Louise. Und wieder diese Klaviermusik von Rameau, sie geht langsam auf die Nerven.

JULIEN Dein Mann hat mit dem Bischof geredet. Sie haben dem Abbé die Gemeinde genommen. Er geht nach Paris, zum Marquis de la Mole. Er wird sein Beichtvater.
LOUISE Das ist kein großer Verlust. Ich habe ihn nie gemocht. Und was sagt Valenod.
JULIEN Was hat Valenod damit zu tun.
LOUISE Seid ihr euch einig.
JULIEN Einig worüber.
LOUISE Du wolltest dich bei ihm anstellen lassen.
JULIEN Dein Mann wäre diskreditiert.
LOUISE Wir können uns weiterhin sehen. Das ist das Wichtigste.
JULIEN Für dich vielleicht.
LOUISE Was sagst du da.
JULIEN Valenod ist ein Trottel. Ein Trottel wie dein Mann. Er wird es nie zu etwas bringen. Ich will hier nicht versauern. Ich gehe mit dem Abbé. Nach Paris.
LOUISE Und ich. Was ist mit mir.
JULIEN Komm mit.
LOUISE Nach Paris. Und meine Kinder.
JULIEN Man kann im Leben nicht alles haben.
LOUISE Ich kann doch meine Kinder nicht –
JULIEN Dann bleib halt hier.
LOUISE Hier. Mein Mann hasst mich. Die Stadt spuckt auf mich. Ich brauche dich.
JULIEN Ich bin jung. Ich setze mich in kein sinkendes Schiff.
LOUISE Wie kannst du das nur sagen. Und meine Liebe.
JULIEN Liebe. Du willst die Lösung, die für dich den größ-

ten Vorteil bringt. Du bei deinen Kindern, ich bei Valenod als dein Spielzeug. Damit du gelegentlich von deinem Trottel wegkommst.

LOUISE Hör auf. Ich bitte dich. Hör auf.

Sie weint und wirft sich ihm zu Füßen.

JULIEN Lass das doch. Das funktioniert nicht. Deinen Trottel kannst du einseifen. Aber gewiss nicht mich.

LOUISE Das ist nicht wahr. Das denkst du nicht. Das sagst du nur, damit du weggehen kannst. Du liebst mich, ich sehe es dir an, und du musst dir diese Liebe aus dem Herz reißen, damit es mit deiner Karriere weitergeht.

JULIEN Vielleicht. Vielleicht liebe ich dich. Deine Küsse liebe ich, und wie du dich hingibst, und dass dir nichts zu schmutzig ist, kein Wort und keine Tat. Ich habe viel von dir gelernt. Die falschen Tränen. Die Lügen, die Intrigen. Die Eigensucht. Es wird mir helfen. Und dafür danke ich Ihnen, Madame de Rênal.

ZWEITENS

In der Bibliothek einer Pariser Stadtvilla. Drei Menschen sind auszumachen. Der Duc de Lardeur, ein Mann von kleinem Wuchs, liegt ausgestreckt auf einem Teppich aus Isfahan, der Vicomte de Courtenois, hochgeschossen, in einem Sessel, erschlafft und ohne Spannung. Auf der Chaiselongue allerdings, da liegt Mathilde de la Mole, eher ohnmächtig als schlafend, man sieht von der jungen Frau nur ein Gebirge aus Stoff, aus dem ein weißer Arm ragt.

LARDEUR Wenn man nur wüsste, wie spät es ist, das würde helfen, aber sagen Sie bloß nicht, Courtenois, es sei Viertel nach, denn Viertel nach ist schließlich immer, nicht wahr, Viertel nach zwanzig vor, Viertel nach zehn nach, Viertel nach Viertel nach, also.

COURTENOIS Es ist Viertel nach.

Pause.

LARDEUR Wir könnten uns erschießen. Gleichzeitig und gegenseitig.

COURTENOIS Sehr gerne, aber meine Pistolen sind in der Garnison geblieben, und erschießen lasse ich mich nur von meinen eigenen Pistolen.

LARDEUR Ihre Prinzipien bringen uns um das größte Vergnügen. Dann muss ich anderweitig Zerstreuung suchen.

COURTENOIS Bei Ihrer Ehre, Lardeur, bleiben Sie. Weiß Gott, wie lange das Mädchen schläft, wie lange ich warten muss, bis sie sich endlich zu einer Antwort bequemt, und wie soll ich das überleben, wenn ich keinen habe, der mit mir die Zeit totschlägt.

LARDEUR Totschlagen. Warum nicht. Zum Beispiel die Fliegen in den Vorhängen.

Courtenois Das geht nicht. Dazu müssten wir aufstehen.

Lardeur Ich könnte den Viechern befehlen, sich zu uns zu bequemen.

Courtenois Das Befehlen müsste ich übernehmen. Ich bin Vicomte und Sie nur Duc.

Pause.

Lardeur Ich packe meinen Koffer und nehme mit.

Courtenois Ich bitte Sie, mein lieber Lardeur, so tief werden wir nicht sinken.

Lardeur Henker.

Courtenois Sie wissen, wie das endet.

Lardeur Henker.

Courtenois Nach drei Runden sind wir in der Spirale.

Lardeur Henker.

Courtenois Henkersfrau.

Lardeur Henkersfrauhut.

Courtenois Henkersfrauhutmacher.

Lardeur Henkersfrauhutmacherhut.

Courtenois Henkersfrauhutmacherhutmacher.

Lardeur Henkersfrauhutmacherhutmacherhut.

Courtenois Ich sag's doch. Schon wieder in der Spirale.

Lardeur Ein rätselhafter Reiz liegt in der Selbstabbildlichkeit.

Courtenois Schläft sie noch.

Lardeur Sie sollten sich eine andere nehmen.

Courtenois Sie ist die erste Braut des Königreiches. Es ist meine Pflicht und Ehre, um diesen Preis zu buhlen.

Pause.

Lardeur.

Lardeur Bitte.

Courtenois Nun Sie. Eine kleine Legende aus Ihrem Alltag, etwas Geistreiches, ich darf doch bitten.

Lardeur In Geistesreichtum kann ich mit Ihnen nicht konkurrieren –

Courtenois Sie Schmeichler, Sie Heuchler –

Lardeur Meine Vorzüge, mein Lieber, liegen im Tiefsinn.

Courtenois Nun lassen Sie doch die Präliminarien.

Lardeur Heute morgen, als die Sonne aufging, sinnierte ich darüber, wie blödsinnig kalt es werden müsste, würde diese goldene Scheibe eines Tages nicht am Himmel erscheinen.

Courtenois Ein unangenehm tiefer Gedanke an einem tief angenehmen Morgen.

Lardeur Nun warten Sie. Denn ohne weitere Umschweife fand sich mein Verstand bei einer Sache wieder, auf die ein gewöhnlicher Mensch unmöglich kommt, bei der Mode nämlich.

Courtenois Bei der Mode.

Lardeur Ich fragte mich, was ich dann wohl trüge, falls diese Eiszeit über die Welt käme, einen Mantel aus Rentier oder einen Hermelin, was ich gewiss vorziehen würde, falls Hermelin nicht dem Eiszeitkönig vorbehalten wäre –

Von irgendwo nun ein Schrei, ein Mann leidet.

Können Sie mir folgen, Courtenois.

Courtenois Nur knapp und nur mit der höchsten Anstrengung.

Lardeur Dann antworten Sie mir auf diese Frage. Glauben Sie, mit all Ihrem Wissen, dass in einem ewigen Winter Hermeline noch etwas zu fressen fänden. Also.

Pause.

Also.

Courtenois Ich denke nach, nur etwas Geduld.

Pause.

Nein.

Lardeur Nein.

Courtenois Das ist höchst unwahrscheinlich, außer natürlich die Vorräte, die sie in wärmeren Zeiten noch angelegt hätten. Allerdings –

Pause.

Lardeur Ja –

Courtenois Allerdings entzieht es sich meiner Kenntnis, ob Hermeline überhaupt Vorratshaltung betreiben. Man müsste das nachschlagen, aber ich kann nicht aufstehen. All der Winter und all die hungernden Hermeline machen mich ganz melancholisch.

Julien und der Abbé im Kabinett derselben Pariser Stadtvilla. Sie warten auf das Erscheinen des Marquis de la Mole, nach dem König der zweite Mann im Staate. Julien steht mit offenem Mund und staunt angesichts der Pracht, die sich vor seinen Augen ausbreitet.

ABBÉ Was glotzen Sie so dumm. Reißen Sie sich zusammen. Muss jeder sehen, dass Sie ein Provinzler sind.

JULIEN Verzeihung.

ABBÉ Und falls es nicht anders geht, dann machen Sie wenigstens den Mund zu.

Pause.

Sie haben noch viel zu lernen.

JULIEN Das werde ich, versprochen.

ABBÉ Als Ölgötze braucht Sie hier niemand, Trophäen hat der Marquis weiß Gott genug. Hier haben Sie sich nützlich zu machen.

JULIEN Natürlich.

ABBÉ Zwei Währungen sind hier im Umlauf. Stammbäume und Informationen. Stammbaum. Haben Sie nicht. Informationen. Können Sie beschaffen. Also machen Sie Augen und Ohren auf. Aber Vorsicht. Irgendeine gepuderte Dame oder ein freundlicher Herr wird Ihnen Vorteile in Aussicht stellen oder ganz plump Geld oder Gold anbieten, wenn Sie die Briefe des Marquis kopieren.

JULIEN Abbé. Wie können Sie –

ABBÉ Machen Sie sich unsichtbar. Und machen Sie sich unentbehrlich. Schweigen Sie, wenn möglich, ihr Akzent verrät Ihre Herkunft, beobachten Sie, und spitzen Sie vor allem die Ohren –

Nun dieser schreckliche Schrei, Julien zuckt zusammen.

Auch in der Bibliothek hat man den Schrei gehört.

COURTENOIS Der Gute schreit nun irgendwie anders, finden Sie nicht.

LARDEUR Vor allem in kürzeren Intervallen.

COURTENOIS Zwischen zwei Momenten liegt jedes Mal dieselbe Ewigkeit.

LARDEUR Er schreit wieder, bevor Sie auf dreißig gezählt haben, wetten.

COURTENOIS Wie viel.

LARDEUR Eine Kutsche.

COURTENOIS Eine Kutsche.

LARDEUR Eine Kutsche mit vier Pferden.

COURTENOIS Was sind Sie geizig heute, Lardeur. Aber von mir aus. Eins, zwei, drei, vier, fünf, sechs –

LARDEUR Sie zählen schnell.

COURTENOIS Acht –

LARDEUR Und Sie haben sieben ausgelassen.

COURTENOIS Ich beginne von vorne. Mein Geschenk an Sie. Eins, zwei, drei, vier, fünf, sechs, sieben, acht, neun, zehn, elf – zwölf, dreizehn, vierzehn, fünfzehn, sechzehn, siebzehn, achtzehn, neunzehn, zwanzig, einundzwanzig, zweiundzwanzig, dreiundzwanzig –
Der Schrei.
Gott verdamme mich.

Wieder im Kabinett. Voller Bewunderung betrachtet Julien den Säbel an der Wand. Nun erscheint der Marquis de la Mole, er geht krumm, der Gichtanfall, der ihn seit drei Monaten heimsucht, bereitet ihm Schmerzen.

MARQUIS Gefällt er Ihnen. Mit diesem Säbel hat Godefroy de Bouillon in Jerusalem ans Davidstor geschlagen, an jenem berühmten Julitag des Jahres 1099, und der Bischof von Aquitanien hat mir versichert, dass es sich dabei um eine Semireliquie handle, ein Objekt, das augenblicklich in den Stand einer Vollreliquie erhoben würde, falls sämtliche bisherigen Vollreliquien aus irgendeinem Grunde auf einen Schlag vernichtet würden.

ABBÉ Verehrter Marquis, das ist Julien Sorel.

MARQUIS Wer.

ABBÉ Julien Sorel.

MARQUIS Das sagt mir nichts.

ABBÉ Ihr neuer Privatsekretär.

MARQUIS Mein Privatsekretär. Seit wann.

ABBÉ Er will sich vorstellen.

MARQUIS Was will er sich vorstellen.

ABBÉ Sich selbst, Marquis.

MARQUIS Ich sehe ihn, er braucht sich nicht vorzustellen.

JULIEN Ich bin Julien Sorel.

MARQUIS Wie.

JULIEN Mein Name ist Julien Sorel.

MARQUIS Und weiter.

JULIEN Nur Julien Sorel.

MARQUIS Ein verdächtig kurzer Name. Und er ist nicht von hier. Das hört man.

ABBÉ Er ist gestern angekommen und wartet auf Ihre Instruktionen.

MARQUIS Bitte nicht.

ABBÉ Marquis.

MARQUIS Die ganze Welt wartet auf meine Instruktionen.

JULIEN Ich bin sehr selbstständig.

MARQUIS Was hat er gesagt.

JULIEN Selbstständig, ich bin sehr selbstständig.

MARQUIS Selbstständig. Er ist selbstständig. Ich mag den Jungen. Er hat Humor. Selbstständig. Unübertrefflich. Ich nehme ihn.

Pause.

Er soll mir die Schatulle bringen. Selbstständig. Herrlich.

JULIEN *gehorcht.*

MARQUIS *entnimmt der Schatulle einen Orden.*
Hiermit ernenne ich Sie, wie heißt er –

ABBÉ Julien Sorel.

MARQUIS – Julien Sorel zum Ritter, zum selbstständigen Ritter des Elisabethen-Ordens. Ihr Haupt.

JULIEN Bitte.

ABBÉ Den Kopf. Senken Sie den Kopf.

JULIEN *tut's, und der Marquis legt den Orden um seinen Hals.*

MARQUIS Er riecht. Wie die Provinz. Nach Heu und nach Kornblumen.

Nebenan in der Bibliothek.

LARDEUR Die Kutsche will ich in Gold. Und mit vier Rappen.

COURTENOIS Vor dem Weltgericht wird dieser Fall glasklar zu meinen Gunsten ausfallen. Ich würde noch nicht einmal einen Anwalt brauchen, nur jemanden, der zählen kann.

LARDEUR Nur leider gibt es kein Weltgericht.

COURTENOIS So wie ich Sie kenne, wollen Sie die Rappen mit Blässe.

LARDEUR Und die Kutsche in Weißgold. Das heißt, Räder aus Weißgold, Aufbau aus Rotgold, Kutschbock aus Weißgold.

MATHILDE *schreckt plötzlich hoch.*
Ich bin bis in alle Ewigkeit in ein Zimmer gesperrt, gemeinsam mit Stimmen, die in einem fort das Leben aus allen Dingen hauchen, nicht nur aus mir, auch aus meinen wunderbaren Kleidern, und aus den Vorhängen, sonore Stimmen, ohne Atem, ohne Brennen, derselbe Ton, als Strafe, aber ich weiß nicht, für welches Vergehen, und alles ist Staub, auf meiner Zunge, in meiner Nase, Staub, Staub, ich brauche Wasser, Luft, Licht.
Sie stürmt ans Fenster, reißt es auf, atmet tief.
Würden Sie mit mir weggehen, jetzt gleich.

Courtenois Wohin.

Mathilde Fort, hinweg, einfach verschwinden.

Courtenois Das heißt, Sie sagen ja.

Mathilde Unreif und wankelmütig bin ich und sollte endlich erwachsen werden. Meine Launen in den Griff bekommen. Und heiraten, heiraten, heiraten.

Courtenois Es muss nicht heute sein.

Mathilde Wissen Sie eigentlich, wie unfassbar gewöhnlich Sie sind. Wie voraussehbar, wie vollkommen unüberraschend.

Courtenois Ein Fels in der Brandung Ihrer Liebe.

Mathilde Achtung. Neuigkeit. Ich werde nicht heiraten, niemals und niemanden.

Courtenois Nicht.

Mathilde Niemals. Niemanden.

Courtenois Ich war im Krieg, Mathilde, ich habe für das Vaterland gekämpft.

Mathilde Sie haben kein Schicksal, Sie Ärmster.

Courtenois Und mein Vermögen.

Mathilde Geld, das habe ich selbst.

Courtenois Und meinen Stammbaum.

Mathilde Sie verwechseln da etwas. Stammbäume beeindrucken meine Mama.

Julien *erscheint, unter dem Arm ein paar Papiere, steht da, sagt nichts, schaut zu.*

Mathilde Also gut. Das war Spaß. Natürlich werde ich heiraten.

Lardeur Wer ist der Glückliche.

Mathilde Vielleicht Sie.

Lardeur Ich.

Mathilde Oder der Graf Altamira.

Lardeur Er ist über siebzig. Und ein Flüchtling. Er hat alles verloren bei seiner Flucht aus Spanien.

Mathilde Von Ihnen beiden könnte man zehn aufeinanderstapeln, und Altamira würde Sie noch immer überragen.

Courtenois Lardeur. Ich hab's mir überlegt. Ich pfeife auf meine Prinzipien. Holen Sie Ihre Pistolen.

Mathilde *zu Julien:*
Was stehen Sie eigentlich da und sagen nichts, Sie Unflat. Das ist der Vicomte de Courtenois, Sie Flegel, und das hier der Duc de Lardeur, wo bleibt Ihr Knicks.

Julien *macht einen Knicks.*

Courtenois *lacht, und auch*

Lardeur *lacht, und auch*

Mathilde *lacht, und nur*

Julien *lacht nicht.*

Mathilde Lassen Sie uns in den Garten gehen. Ich will Ihnen ein Geheimnis verraten.

Courtenois Ein Geheimnis.

Mathilde Sie wollen mich doch heiraten.

Courtenois Mein Herz brennt nur für Sie.

Mathilde Dann sollten Sie meine Geheimnisse kennen.

Lardeur Und ich.

Mathilde Ihnen verrate ich kein Geheimnis, mein lieber Lardeur, Ihnen zeige ich ein Versteck.
Sie gehen lachend ab.

Julien im Kabinett. Der Marquis erscheint.

Marquis Privatsekretär. Feder und Papier. Diktat. Bereit. Eure Eminenz, hochfrommer Kardinal. In untertänigster Dankbarkeit für die Gewährung meiner unanständigen Bitte, den durch zahllose Frevlereien, Frevlereien und Ruchlosigkeiten, Frevlereien und Ruchlosigkeiten und Schandtaten, Frevlereien und Ruchlosigkeiten und allersündigsten Schandtaten an der Heiligen Kirche und wider seiner Majestät, dem König, sich verschuldigenden Bischof von Blonier unverzüglich abzuberufen und die Geschicke seiner Diözese in die gesegneten Hände des Prälaten Graf von Graf von, Graf von –

Julien Graf von –
Marquis Graf von –
Pause.
Sich verschuldigende Bischof von Blonier unverzüglich abzuberufen und die Geschicke seiner Diözese in die gesegneten und barmherzigen Hände meines Cousins –
Julien – meines Cousins –
Marquis – meines Cousins und gemeinsamen Freundes zu legen, übersende ich Ihnen hier ein kleines Bündel Staatsanleihen auf Zuckerrüben, die Sie, wenn es Ihnen beliebt, bis zum Dreißigsten des folgenden Monats an einem sicheren Ort deponieren wollen, um danach pünktlich und unfehlbar, wie mir der zuständige Minister versichert, ihre Kongregation von der neu erhobenen Steuer und den damit verbundenen Preiskorrekturen in der heiligen Dreifaltigkeit Namen durch Veräußerung der selbigen Anleihen in jenen Wohlstand und Wohlergehen zu befördern, die Ihrer und meiner und so weiter und so fort.
Julien Und so weiter und so fort.
Marquis Allerdings, allerdings.
Pause.
Die Staatsanleihen liegen da drüben. Nehmen Sie sich drei, oder nehmen Sie sich vier davon. Wie Sie wollen. Der Rest geht an den Kardinal.
Julien Ich bräuchte eine Quittung.
Marquis Eine Quittung.
Julien Man könnte denken, ich hätte die Papiere unterschlagen.
Marquis Wie viele Hemden haben Sie bestellt.
Julien Zwei.
Marquis Gut. Bestellen Sie noch zwanzig mehr. Und besorgen Sie sich einen Anzug. Einen Anzug aus nachtblauem Samt. Wann immer Sie ihn tragen, will ich Sie, Julien Sorel, für den illegitimen Sohn des Prinzen von –
Julien Des Prinzen von.

Marquis Eines Prinzen halten.
Mathilde *kommt zurück aus dem Garten.*
Marquis Mathilde. Wie schön du bist. Aber wann wirst du dich entscheiden.
Mathilde Ach, Papa. Sie sind alle so nett und so entzückend und so geistreich. Und sie übertreffen sich mit Reitkunststücken. Und einer ist langweiliger als der andere und öder.
Marquis Mein Vogel braucht einen Helden. Einen, der im Krieg war, der gekämpft hat und sein Leben riskiert, zuvorderst in der Schlacht.
Mathilde Militärischer Mut, das ist nichts Besonderes. Die werden an die Front geschickt. Ob sie nun wollen oder nicht. Ich will den Grafen Altamira heiraten.
Marquis Er ist zu alt für dich.
Mathilde Er hat das einzige erreicht, worauf niemand aspirieren kann. Zum Tode wurde er verurteilt. Das ist die größte, es ist die einzige Noblesse, ein Todesurteil. Wer hat das zu bieten.
Marquis Dein Geplauder macht unseren Julien verrückt.
Julien Ich höre gar nicht zu.
Mathilde Da er nicht zuhört, kann ich dich ja fragen, was du an ihm siehst.
Marquis Er ist klug. Er ist treu. Und sein Gedächtnis ist einzigartig.
Mathilde Und er verbreitet eine Stimmung, die ganz unerträglich ist.
Marquis Unter uns ist er ganz witzig. Er mag wohl keine Damen.
Mathilde Was haben Sie eigentlich gegen mich, Monsieur Sorel.
Pause.
Ich habe Ihnen eine Frage gestellt.
Julien Nichts, ich habe nichts gegen Sie.
Mathilde Und warum beachten Sie mich nicht.
Julien Warum sollte ich Sie beachten.

Marquis *geht ab mit Julien. Nur Mathilde bleibt zurück.*
Mathilde Er ist frech, Papa, Du solltest ihn entlassen.
Ferravaque *kommt und tröstet Mathilde.*
Bleiben Sie ledig. Sie ersparen sich eine Menge Scherereien. Sie schauen mich an, weil Sie nicht wissen, wie Sie die Leidenschaft in sich abtöten können. Nun, da gibt es einen einfachen Weg. Sie müssen einfach warten. Die ersten zehn Jahre sind kein Zuckerschlecken, das will ich gerne zugeben. Dafür können Sie reisen. Ich war in Rom, ich war in Florenz, ich war in Genua, ich war in Nizza, danach war ich in Perpignan, dann war ich in Madrid, das ist ganz grässlich, dann war ich in Bordeaux, dann war ich in Mainz, dann war ich in der Schweiz, dann war ich in Colmar, dann war ich in Berlin, dann waren die ersten zehn Jahre um.
Mathilde Und die nächsten zehn Jahre.
Ferravaque Hunde. Zuerst habe ich Pinscher gezüchtet, dann habe ich Spitze gezüchtet, danach Pudel, dann habe ich wieder Pinscher gezüchtet, dann habe ich Pinscher mit Spitzen gekreuzt, funktioniert nicht, danach Pudel mit Pinscher, danach die Pudelpinscher mit Pinscher, funktioniert nicht, dann habe ich Spitze mit Pudelpinscherpinscher gekreuzt, und das hat auch nicht funktioniert. Aber das ist ja einerlei, ob es funktioniert oder nicht, solange es die Zeit tötet.
Die beiden gehen ab.

Marquis kommt, mit Julien im Gefolge.

Marquis Sie haben meine Tochter gekränkt.
Julien Ich bin hier, um zu arbeiten, das wollte ich sagen.
Marquis Arbeiten. Sie wollte doch nur plaudern. Alle wollen plaudern.
Julien Ich weiß nicht, wie das geht, plaudern.
Marquis Stellen Sie sich vor, sie sitzen an einem Teich. Sei-

ne Oberfläche ist ganz glatt. Auf der anderen Seite sitzt ein Mädchen. Und nun schicken Sie ihr eine Welle ans andere Ufer. Aber sachte. Sie wollen sie nicht nass machen. Aber auch nicht zu sachte, sie soll die Welle schließlich bemerken. Sie reagieren entweder zu schwach oder zu stark. Und ich fürchte, das liegt an Ihrer Herkunft. Ihr Vater hat Sie geschlagen, nicht wahr.

JULIEN Das hat er, ja.

MARQUIS Und er hat sie wohl auch eingesperrt.

JULIEN Auch, ja.

MARQUIS Und kein Essen gegeben.

JULIEN Manchmal.

MARQUIS Sie haben, mein lieber Julien, zu viele Steine im Bauch. Sie sind zu beschwert. Ihnen fehlt die Leichtigkeit. Für die Plauderei sind Sie verloren. So machen Sie keine Karriere.

JULIEN Vielleicht werde ich kein Meister, aber die Grundlagen.

MARQUIS Zuerst müssen Sie wissen, worüber Sie nicht reden dürfen. Nicht reden dürfen Sie über Frauen, über Geld, über Politik, über Religion, über das Wetter, nicht über die kleinen Plagen.

JULIEN Die kleinen Plagen.

MARQUIS Hühneraugen, Ausschläge, Warzen undsoweiter, nicht über das Militär, nicht über Geschichte.

JULIEN Was bleibt dann noch.

MARQUIS Nichts.

JULIEN Nichts.

MARQUIS Plaudern heißt reden über nichts. Das heißt, über eine Sache dürfen Sie immer reden.

JULIEN Nämlich.

MARQUIS Über das Theater. Über das Theater kann man vortrefflich nichts sagen. Hier. Zwei Karten. Ich überlasse Ihnen meine Loge. Suchen Sie sich eine Begleitung aus. Und üben Sie stets an einer Person, die Ihnen nicht das Geringste bedeutet. Das ist das Wichtigste. Man steigt ja

schließlich nicht am ersten Tag auf ein kostbares Vollblut. Zum Üben nimmt man sich eine Mähre, die man zu Schanden reiten kann.
Er geht ab.

In der Bibliothek: Courtenois und Lardeur.

LARDEUR Hat Sie endlich Ja gesagt.

COURTENOIS Woher. Ihr Zögern ist das Pfund, mit dem sie wuchert, und sie wuchert ganz ausgezeichnet.

LARDEUR Das scheint Sie nicht zu kümmern.

COURTENOIS Was ist die Tugend der Jäger, wie fängt die Katze ihre Mäuse. Alleine mit Geduld. Die Zeit ist auf meiner Seite. Mit jeder Stunde wird sie älter, mit jeder Minute nimmt ihr Reichtum ab, der Zahn der Zeit nagt ohne Unterlass, und der Tag ist nicht mehr weit, da wird sie ihre Schönheit vergehen sehen, und das wird der Tag sein, an dem ihr Kapital zur Neige geht.

LARDEUR Wenn Sie nur nicht ewig wartet, wie die Ferravaque, die hat den Tag verpasst und lebt nur noch mit Schulden.

MATHILDE *kommt aus dem Garten.*
Mein Herr. Ich habe mit Ihnen zu reden. Nun also. Sie dürfen sich freuen. Ich werde Sie heiraten.

COURTENOIS Marquise. Mathilde. Verehrteste. Wie kann, woher, nun dies.

MATHILDE Ich habe resigniert. Es liegt ja, verstehen Sie, in der Natur der Dinge. Wir haben keine Wahl. Wir müssen.

COURTENOIS Wie reif von Ihnen. Ich verspreche Ihnen, als Gatte, als Mann, nur die höchste –

MATHILDE Das weiß ich doch, das weiß ich doch.

COURTENOIS Sie werden mich also gewiss –

MATHILDE Gewiss, ich werde, ich werde, ich werde. Das ist das Futur.

COURTENOIS Das Futur.

MATHILDE Und zwar das Unbestimmte.

JULIEN *platzt herein.*

JULIEN Verzeihung.

MATHILDE Verzeihung.

JULIEN Ich dachte –

MATHILDE Können Sie nicht einfach gehen.

JULIEN Natürlich.

Er will gehen.

MATHILDE Ich meine, können Sie nicht endgültig verschwinden. Sich verflüchtigen. Haben Sie ein Empfinden dafür, wie sehr Sie stören. Wir hatten unseren Frieden, bevor Sie gekommen sind, mit Ihrem Gesicht, aus dem nichts, aber auch rein gar nichts zu lesen ist.

COURTENOIS Mathilde. Lass ihn doch. Es ist nur ein Lakai.

MATHILDE Meinen Sie das eigentlich ernst.

JULIEN Bitte.

MATHILDE Diesen Blick. Diese Herablassung.

JULIEN Ich mache nur meine Arbeit.

MATHILDE Es gibt hier keine Arbeit. Wir hassen die Arbeit. Wir hassen Ihre Werktagsmentalität, Ihre Strebsamkeit, wir hassen es, dass Sie immer etwas zu tun finden. Wir möchten dösen, wir möchten plaudern, und wir möchten von Ihrer Emsigkeit verschont bleiben.

JULIEN Es war gewiss nicht meine Absicht –

MATHILDE Ha. Nicht Ihre Absicht. Natürlich ist es nicht Ihre Absicht. Sie stehen morgens auf und gehen an Ihr Tagewerk, Sie streichen Ihre Listen ab, und wenn Sie abends alle Punkte erledigt haben, dann sind Sie immer noch nicht zufrieden mit sich, weil Sie sich gleich den nächsten Tag vornehmen. Aber ich stehe nicht auf Ihrer Liste. Mich können Sie nicht abstreichen, Privatsekretär, und mich können Sie auch nicht auswendig lernen, an mir werden Sie scheitern, und Ihr Anzug, Monsieur Sorel, macht vielleicht auf meinen Vater Eindruck, aber für mich bleiben Sie eine Distel in einem Kornfeld, ein Leberegel, ein Parasit.

Sie geht ab.

Courtenois Sie meint es nicht so.

Julien So. Wie meint sie es denn.

Courtenois Es gibt Unterschiede zwischen den Menschen, Monsieur Julien.

Julien Ganz offensichtlich.

Courtenois Und Unterschiede, Sie werden mit mir einiggehen, verlangen Abstand, Distanz und Diskretion. Da hat Mathilde recht. Sie versteht nur nicht, dass Ihnen der Instinkt fehlt, die Erziehung, die Familie, sie glaubt, Ihre Taktlosigkeit würde einem Prinzip folgen. Wo wir alle Ungeschicklichkeit sehen, da sieht sie Berechnung.

Julien Vielleicht hat Mathilde tatsächlich recht.

Courtenois Bitte.

Julien Vielleicht verfolge ich eine Taktik, vielleicht habe ich Sie durch die Tür gehört, Ihr Gekicher, Ihr Geplauder, und vielleicht bin ich absichtlich hineingeplatzt, um Sie zu unterbrechen. Vielleicht bin ich ein Feind des Überflüssigen, des Zwecklosen, des Nutzlosen, und vielleicht habe ich es mir zur Aufgabe gemacht, jeder sinnlosen Verschwendung ein Ende zu bereiten, und sei es auch nur der Verbrauch der Luft, die Sie mit Ihren Plaudereien vergeuden.

Der Marquis erscheint.

Marquis Ich liebe Sie, mein lieber Julien, aber Sie machen zu viele Fehler. Dir schreibt man nicht mit ie.

Julien Wo. Ach. Natürlich. Verzeihen Sie.

Marquis Sie müssen an sich arbeiten. Sich veredeln durch die Arbeit. Dann kann etwas aus Ihnen werden.

Julien Mit Verlaub, Marquis, wenn Sie etwas mit aller Kraft vermeiden, dann die Arbeit.

Marquis Das ist wohl richtig. Aber Sie und ich, wir sind nicht aus demselben Holz. Ich kann nichts werden. Ich bin edel, an mir gibt es also nichts zu veredeln. Meine Vorfahren waren Kreuzritter. Und Ihre waren was. Man weiß es nicht. Das ist nicht Ihr Fehler. So ist die Welt eingerichtet. Aber wenn Sie es richtig betrachten, dann bin ich von uns Zweien ärmer dran.

JULIEN Sie. Ärmer. Marquis, Sie sind der reichste Mann des Landes. Reicher als der König.

MARQUIS Das ist es ja. Ich bin der Endpunkt der Entwicklung. Ich kann nichts mehr erreichen. Ich kann nur bewahren, beschützen. Ich kann für Mathilde einen Gatten finden. Und ich kann dem König helfen, sein Reich zu bewahren. Aber wir wissen alle: Bewahren ist gegen die Natur. In ihr verändert sich alles. Und jetzt kommen Menschen wie Sie, hungrig und ehrgeizig. Jene, die sich entwickeln wollen. Herren wie Sie, Julien, Maschinenmenschen. Die Fabriken bauen, und die an der Börse spekulieren. Und die ganz und gar mittelmäßig sind. Das Edle ist heute ein Hindernis. Die Mediokren werden regieren. Weil sie ihre Unzulänglichkeit empfinden, lassen sie die Zeit für sich arbeiten. Sie glauben an die Zukunft. Ich aber glaube an die Vergangenheit, an meinen Stammbaum. Sie sind mein Feind.

JULIEN Wie kann ich Ihr Feind sein. Ich bin loyal, was immer auch kommt.

MARQUIS Sie werden mich verraten. Sie müssen. Es gehört sich so. Im Grunde hassen Sie mich. Noch wissen Sie es nicht. Es ist nicht Ihre Schuld. Es ist die Zeit. Ich mag Sie. Aber es ist meine Pflicht, Sie kleinzuhalten.

Der Marquis geht ab.

Julien und Ferravaque.

JULIEN Marquise. Erlauben Sie mir eine Frage.

FERRAVAQUE Eine.

JULIEN Wo haben Sie es gelernt.

FERRAVAQUE Wo habe ich was gelernt.

Julien Ihre Vollendung. Wie lebt es sich damit, stets die Frau mit der größten Klasse zu sein.

Ferravaque Mein lieber Abbé, das ist ganz einfach. Die Ferravaques, von alters her, sind von Geburt gegen zweierlei immun. Gegen die Häresie der gottlosen Protestanten und gegen die Komplimente ehrloser Lüstlinge.

Julien Genau deswegen, verehrte Marquise, müssen Sie mir Auskunft geben, es gibt niemanden, der bessere Gewähr böte für die Kenntnis meiner Erörterungen.

Ferravaque Erörterungen.

Julien Im dritten Kapitel.

Ferravaque Welchen Buches.

Julien Dessen, das zu schreiben ich beabsichtige. Das finale Buch über die Tugendhaftigkeit.

Ferravaque Und das dritte Kapitel.

Julien Wider die Anfechtungen des Fleisches.

Ferravaque Was soll ich da.

Julien Wie putzen Sie die speichelnassen Komplimente ab, die Ihnen gewiss doch täglich das Gesicht verspritzen.

Ferravaque Ich wüsste nicht.

Julien Komplimente für Ihre Lippen, beispielsweise.

Ferravaque Beispielsweise.

Julien Ihre Eleganz, Ihren Stil, Ihre Beine, was antworten Sie einem geilen Freier –

Ferravaque Einem geilen Freier –

Julien Verzeihen Sie die Sprache, sie ist nur Schutz, der Zauber der Verführung verfliegt, wenn man den Schleier von den Ekelhaftigkeiten reißt und sie bei ihrem nackten, wahren Namen nennt. Also, Marquise, wie begegnen Sie einem brünstigen Hengst, der Ihnen ein schweißnasses Angebot macht.

Ferravaque Dazu müsste ich zuerst wissen, in welcher Hinsicht das Angebot zu verstehen wäre.

Julien Wenn die Angaben in den von mir konsultierten Büchern richtig sind, vollzieht es sich gewöhnlich in vier Schritten. Als erstes der Spaziergang, zweitens die

Theatervorstellung, und drittens der Likör beim Hausbesuch.

FERRAVAQUE Und weiter.

JULIEN Bitte.

FERRAVAQUE Das waren erst drei Schritte.

JULIEN Der vierte braucht wohl keine Erwähnung.

FERRAVAQUE Sie wollten doch die Ekelhaftigkeit beim Namen nennen.

JULIEN Das würde ich, aber nur flüsternd, und damit die Porträts der Ahnen nicht erröten, nur direkt in dieses, in Ihr Ohr.

FERRAVAQUE *streift sich eine Haarsträhne aus dem Gesicht und klemmt sie sich hinter das nun nackte Ohr, über das sich Julien auch gleich beugt. Nach einigen geflüsterten Worten.*

JULIEN Marquise. Was ist. Sie werden ja ganz rot.

FERRAVAQUE Ich werde ein bisschen im Garten.

JULIEN Im Garten. Zum Spaziergang. Nehmen Sie mich mit. Und Marquise. Ich habe Karten, fürs Theater. Karten fürs Theater, zwei.

Die Marquise schnell ab.

MATHILDE *kommt.*

Julien. Ich erwarte Sie auf meinem Zimmer.

JULIEN Auf Ihrem Zimmer. Wann.

MATHILDE Heute Nacht. Um zwei Uhr.

JULIEN Was soll ich da.

MATHILDE Ich muss mit Ihnen reden.

JULIEN Dann reden wir doch gleich. Hier.

MATHILDE Hier. Das geht nicht. Nur auf meinem Zimmer. Sie müssen bloß die Leiter nehmen, sie liegt zwischen Mutters Rosen.

JULIEN Ich werde nicht bei Mondschein in Ihr Zimmer klettern, ich werde keine solche Blödheit begehen.

MATHILDE Werden Sie nicht.

JULIEN Gewiss nicht, nein.

MATHILDE Nun, dann hat der Vicomte de Courtenois doch recht, und ich habe mich in Ihnen getäuscht.

Julien Was meint er denn, der Vicomte de Courtenois.

Mathilde Er ist der Ansicht, dass Sie an Ihrem erbärmlichen Leben hängen und dass ebendies der Unterschied sei zwischen Menschen Ihres Standes und uns. Sie reden zwar von Ehre, aber Ihnen ist nichts so wichtig wie Ihre Existenz. Sie haben nichts anderes. Sie können auf keinen Nachruhm zählen, von Ihnen wird kein Stammbaum geführt und Ihr Name wird niemals in einer Chronik erscheinen. Sie haben nur Ihr einziges, kümmerliches Leben, und das verteidigen Sie bis aufs Blut.

Julien Aber Sie sind anderer Meinung.

Mathilde Ich war anderer Meinung. Ich glaubte, auch in Ihnen gäbe es vielleicht einen Rest der Ahnung an heilige Werte, und Sie etwas unterscheidet von einem, sagen wir, Gartenwurm, und Sie an das Opfer glauben, aber Sie sind gottlos, das ist es, der Heiland ist für unsere Sünden am Kreuz gestorben, und Sie fürchten sich vor einer Leiter und dem Mondlicht. Papa sagt, es würden jetzt bald alle Menschen so sein wie sie, Maschinen, kalte, ohne Blut, tüchtig, mittelmäßig.

Jetzt ist es nach dem ganzen Lärm plötzlich still geworden.

Nur Courtenois und Lardeur sind alleine in der Bibliothek.

Courtenois Wir sollten uns mehr bewegen.

Lardeur Sehr gerne, aber ich bin leider hüftkrank.

Courtenois Hüftkrank, Sie, Lardeur. Seit wann.

Lardeur Ich bin hüftkrank seit meiner Geburt, das heißt, eigentlich war ich schon hüftkrank, bevor ich überhaupt geboren wurde. Es gibt nämlich keinen Lardeur, der nicht hüftkrank ist, es gehört zu unserem Stammbaum, man erkennt uns daran, wir empfinden das überhaupt nicht mehr, es stört uns nicht, weil wir uns durch die Jahrhunderte daran gewöhnt haben, hüftkrank zu sein, es würde uns etwas fehlen, wenn wir nicht hüftkrank wären, und wir äußern uns niemals dazu, außer, wenn wir aufgefordert werden, ein Buch aus dem Regal zu holen, dann machen wir die Hüftkrankheit publik.

COURTENOIS Und wie äußert sich diese Hüftkrankheit.

LARDEUR Das geht Sie überhaupt nichts an.

Pause.

Aber unter uns kann ich Ihnen verraten, dass gerade die weiblichen Lardeurs aus der Not eine Tugend und also Beischlafpositionen entwickelt haben, ganz besonders effektive Beischlafpositionen, die auch Nichthüftkranke durchaus reizen können, aber es ist natürlich etwas ganz anderes, wenn zwei Lardeurs miteinander diese Beischlafpositionen vollziehen, eine familiäre Tradition, die wir pflegen, schließlich will das Erbe zusammengehalten werden. Courtenois. Er schläft.

So vergeht die Nacht.

Bibliothek. Man hört von ferne irgendwo erneut diese Musik, die von diesem Rameau sein könnte – ist das nicht ein Spinett oder sogar ein Cembalo, das in den ersten Sonnenstrahlen klingt.

JULIEN *erscheint, er ist offensichtlich hinter Mathilde her.* Mathilde. Nun bleiben Sie doch stehen.

MATHILDE Ich weiß, dass Sie mit mir reden wollen, aber ich will nicht mit Ihnen reden.

JULIEN Nach allem, was vorige Nacht geschehen ist.

MATHILDE Nur weil Sie in mein Zimmer gestiegen sind, glauben Sie, es würde Ihnen das Recht geben, mich mir nichts, dir nichts anzusprechen.

JULIEN Sie wollen nicht mit mir reden.

MATHILDE Niemals, nein. Ich bereue vorige Nacht. Ich bereue, mich dem Erstbesten hingegeben zu haben.

JULIEN Dem Erstbesten.

Mathilde Einem Brettersäger.

Er nimmt den Säbel des Godefroy von Bouillon von der Wand, stürzt sich auf sie, sie flieht, er hinterher.

In der Bibliothek. Courtenois erwacht. Allein – aber er spricht zu der abwesenden Mathilde wie im Traum.

Courtenois Mathilde, mir träumte, ich würde mir die Zehennägel schneiden lassen von einer ungewöhnlich anmutigen Zehennägelschneiderin, üppig und mandeläugig, vermutlich eine Zigeunerin und furchtbar arm, aber geschickt im Umgang mit Feile und Schere. Und dazu, man glaubt es kaum, sang sie bezaubernde Weisen von Zypressen und Lavendel. Alleine die Koordination zwischen Händen und Stimmritze gab mir zu Träumereien Anlass, jedoch ich blickte, während sie mir die Nägel feilte und polierte, in den tiefen Abgrund zwischen ihren Brüsten und dachte mir, welche Erlösung es sein müsste, in diesen Abgrund sich stürzen zu dürfen durch alle Standesgrenzen hinweg. Aber man wird ja, schreckte ich hoch, nur bis zum Bauchnabel fallen, und weiß Gott, das ist nicht tief genug, um diesem Universum zu entkommen. Von der kleinen rechten Zehe bis zur kleinen linken, zehnmal, und dann war Schluss, sie beendete ihr Gewerbe, nahm ihre Münzen ganz schamhaft, als wüsste sie, in welche metaphysischen Wirbel sie mich geführt hatte, und weil Zigeuner ja reisen von hier nach dort, würde das die einzige Begegnung in unserem Leben gewesen sein, ich, ein Vicomte, sie, die Zigeunerzehennägelschneiderin mit Abgrund.

Pause.

Ich kann mich noch nicht einmal mit ihm duellieren. Ein Brettersäger und ein Vicomte im Morgengrauen. Wie sähe das denn aus.

Mathilde *erscheint mit Julien, ganz aufgelöst.*
Sie wollten mich töten.

Julien Es tut mir leid.

Mathilde Wahrhaftig umbringen.

Julien Ich meinte es nicht so.

Mathilde Das hat noch keiner versucht. Nie. Es ist keine Frage der Liebe mehr. Ich bin nun Ihr Besitz. Auf ewig. Sie sind mein Gebieter, und ich bin Ihre Sklavin. Bestrafen Sie mich für meinen Ungehorsam.

Sie nimmt eine Schere, schneidet sich die Haare.

Hier. Nehmen Sie dies als Pfand, als Zeichen. Und wenn ich jemals wieder aufbegehren sollte, dann zeigen Sie mir diese Haare und sprechen Sie die Worte: Du hast einen Eid geschworen, Sklavin, und ich befehle dir, ihn zu erfüllen.

Der Marquis erscheint.

Marquis Julien. Was wollen Sie damit.

Julien Damit.

Marquis Mit dem Säbel des Godefroy.

Pause.

Ich habe einen Auftrag für Sie. Sie werden an einer geheimen Versammlung teilnehmen. Wir erwarten acht Persönlichkeiten, Bischöfe, Generäle, Minister. Wir brauchen Soldaten, wir brauchen Waffen, wir brauchen England oder Preußen. Sie werden Ihre Ohren spitzen. Und alles fein säuberlich aufschreiben, ein Protokoll, das Sie auswendig lernen und danach vernichten. Wenn Sie Ihr Ziel erreichen und bis heute Abend heil zurück sind, dann erhalten Sie dreihundert Staatsanleihen, und ich mache Sie zum Bischof.

Julien Zum Bischof.

Marquis Zum Bischof, ja. Und später vielleicht zum Kardinal. Falls Sie überleben.

Julien Sie sind sehr gut zu mir, Marquis. Sie haben mich nach London geschickt und lassen mich ihre Länder verwalten. Sie haben mich vermögend gemacht und betrauen mich mit delikaten und geheimen Geschäften. Warum tun sie das alles.

Marquis Ich will Sie nicht enttäuschen, aber Sie missverstehen das. Meine Kaste hat die Tüchtigsten zu Günstlingen gemacht. Denn die Tüchtigsten sind die Gefährlichsten. Ich bin mir nicht sicher, ob mir das mit Ihnen gelingt. Es könnte sein, dass Sie eines morgens erwachen und meine Taktik erkennen. Nicht mit dem Kopf, mit Ihrem Herzen erkennen, und dann Ihre Wut die Macht übernimmt.

Er geht mit seinen Papieren ab.

In der Bibliothek.

Courtenois Ach, wenn es nur wieder Krieg gäbe. Dann wären wir kuriert von dieser zivilen Krankheit.

Lardeur Ich weiß nicht, was Sie daran finden, aber der Krieg ist doch eine trübe Sache. Besonders wenn es regnet. Und es regnet häufig im Krieg. Eine Schlacht bei Sonnenschein, das habe ich noch nie erlebt.

Courtenois Wahrscheinlich liegt das am Pulverdampf. An den chemischen Verbindungen. Das müsste man einmal untersuchen. Sie kennen nicht zufällig einen talentierten Chemiker.

Lardeur Talentierte Chemiker kenne ich ein gutes Dutzend. Daran soll es bestimmt nicht liegen.

Courtenois Es ist reizvoll, mit dem versammelten Generalstab auf einer Anhöhe zu stehen und in keinem Moment zu wissen, ob man schon nach der nächsten Attacke zu den Verlierern der Geschichte zählen wird.

Lardeur Aber der Fraß und die schmutzigen Huren, das ist doch kein Leben.

In der Bibliothek. Julien. Mathilde.

JULIEN *erscheint.*
Ich bin zurück.

MATHILDE Sie waren weg.

JULIEN Man wollte mich töten, aber ich habe überlebt.

MATHILDE Na und.

JULIEN Ich wäre tot gewesen.

MATHILDE Ich liebe Sie nicht mehr, Julien. Ich bin von meinem Wahnsinn kuriert. Was haben Sie geglaubt. Wo wollen Sie hin.

JULIEN Ich verreise.

MATHILDE Wohin.

JULIEN In die Ländereien des Marquis.

MATHILDE Warum.

JULIEN Warum.

MATHILDE Warum, ja.

JULIEN Ich reise ab, das muss genügen.

MATHILDE Gehen Sie nicht, Monsieur Julien, ich bitte Sie.

JULIEN Mathilde.

MATHILDE Mit wem soll ich mich unterhalten. Mit Lardeur. Mit Courtenois. Wollen Sie mich im Flachland dieser Geister vergehen lassen. Denken Sie denn nur an sich. Sind Sie tatsächlich alleine von Ihrer Eigensucht getrieben. Kennen Sie Mitleid, Monsieur. Haben Sie auch an mich gedacht. Einmal.

JULIEN Es ist entschieden.

MATHILDE Entschieden. Nichts ist entschieden. Was erlauben Sie sich eigentlich. Sie haben hier gar nichts zu entscheiden. Ich verbiete es Ihnen. Sie bleiben hier.

JULIEN Mathilde.

MATHILDE Mathilde, Mathilde, Mathilde. Auf die Ländereien. Das würde Ihnen so passen. Sie werden Papiere ordnen, das Gehalt wird Ihnen gekürzt, Mathilde, Mathilde, Mathilde. Sie bleiben hier. Ich bin schwanger.

JULIEN Mathilde.

MATHILDE Ich erwarte ein Kind von dir.
JULIEN Mathilde.
MATHILDE Wir werden heiraten.
JULIEN Mathilde.
MATHILDE Ich habe schon mit meinem Vater gesprochen.
JULIEN Mathilde.
MATHILDE Er erhebt dich in den Adelsstand. Und macht dich zum Leutnant der Dragoner. Wir bekommen eine jährliche Rente. Und ein Anwesen.
JULIEN Mathilde.
MATHILDE Ich bin nicht mehr seine Tochter. Ich habe keinen Vater mehr. Ich habe nur noch dich.

Im Kabinett. Der Marquis in einem Lehnstuhl. Der Abbé ist erschienen.

MARQUIS Meine Glückwünsche, verehrter Herr Abbé. Ich muss zugeben, ich habe Sie unterschätzt. Sie verstehen die Politik wie meine Vorväter, dynastisch, per Heirat. Meine Tochter hat sich bespringen lassen wie eine Dorfkuh, mein Fehler, ich habe sie zu lange unbegattet gelassen, aber das passiert. Der Mensch hat sie geschwängert, so geschieht das eben, wir kennen das seit wie lange. Ich könnte sie die nächsten Monate zu den Ursulinerinnen schicken, bis der Bastard geboren ist, danach bringen wir ihn nach England, es wäre nicht das erste Mal, die Familie weiß, wie sie in solchen Situationen verfahren muss.
ABBÉ Ich hätte niemals, Marquis, und für die Unkosten –
MARQUIS Sie will ihn heiraten.
ABBÉ Heiraten.
MARQUIS Sie liebt ihn. Jede Generation erfindet sich ihre Sache, einst hieß die Erfindung Revolution, jetzt heißt sie Liebe. Ich weiß nicht, was das ist, aber jeder will Bürger werden. Und wenn wir Glück haben, kommt bald die Revolution und schlägt uns allen und ihm auch den Kopf ab.

Was soll's. Ich werde sie verstoßen, was soll's, es ist ja nur eine Tochter.

ABBÉ Marquis.

MARQUIS Ich habe die Gicht, Abbé, was ist eine verlorene Tochter gegen diese verdammte Gicht.

ABBÉ Der Brief.

MARQUIS *liest:*

Sie haben eine Natter in ihr Haus gelassen, Marquis, einen Menschen, der nichts anderes im Sinne führt, als einem Blutegel gleich den guten Familien das Blut zu trinken, bis sie ganz ermattet sind. Er hat es schon einmal getan, ich bin das Opfer seiner Heimtücke, eine fromme Christin, wie Sie, Marquis, adlig, wie Sie, eine Freundin.

In der Bibliothek. Ferravaque erscheint mit einer Flasche und zwei Gläsern.

COURTENOIS Marquise de Ferravaque. Was kann ich für Sie tun.

FERRAVAQUE Ich wollte zum kleinen Abbé. Wir sind verabredet.

COURTENOIS Der kleine Abbé. Haben Sie es denn nicht gehört. Er hat auf eine Frau geschossen. Er sitzt im Kerker. Und wartet auf den Henker.

FERRAVAQUE So. Dann wären Sie vielleicht so nett, mein Herr, und würden mit mir, ein Gläschen von diesem Likör.

DRITTENS

In einem Kerker. Der Abbé und Julien.

Julien Da tropft's von diesen Wänden. Ich muss hinaus, wo ist die Sonne, ich kann nicht. Wie ist das Wetter.

Abbé Trüb. Es regnet.

Julien Die Menschen haben sich verzogen.

Abbé Schon längst.

Julien Das waren, was, hunderttausend.

Abbé Die ganze Gegend, ja.

Julien Und nun sind sie alle weg, zurück in ihren Stuben, und ich, mir fehlen die Pantoffeln, hier.

Abbé Da ist Brot, ein Stück Schinken.

Julien Nur eine steht irgendwo und ruft meinen Namen. Hören Sie. Julien. Julien. Wir lieben dich. Man bringe mir die Frau.

Abbé Es geht nicht.

Julien Das war eine große Rede.

Abbé Das war sie allerdings. Sie wird Ihnen den Kopf kosten.

Julien Das Urteil war gesprochen vor meinem Schlusswort, vor der Verhandlung. Meine Rede. Ganz einerlei.

Abbé Ein Knabe von den Obrigkeiten missbraucht und verraten, die Rolle steht Ihnen nicht.

Julien Abbé.

Abbé Ja.

Julien Nichts.

Abbé Wie.

Julien Das Geklirr, das Metall, hören Sie nur, ist das schon die Revolution.

Abbé Das sind die Ketten, Julien.

Julien Man wird sich meiner erinnern.

Abbé Die Frau, Julien, die arme Frau, entsetzlich, und jetzt Sie.

Julien Frau. Verbrecherin. Durchtrieben, korrupt und hinterhältig. Leutnant der Husaren hätte ich werden können. Ein Soldat, dazu war ich bestimmt. Heißa. Steht Sie am Altar, das Luder, das dreckige –

Abbé Julien, im Affekt, sie waren außer sich, von Sinnen.

Julien Zweimal musste ich schießen, stellen Sie sich vor, Abbé, ich steh da in der Kirche, die Gemeinde, nach dem ersten Schuss, entsetzt, schockstarr, und muss nachladen, alle ganz geduldig und dann peng, da fällt sie. Ist das Affekt.

Abbé Grässlich.

Julien Und jetzt habe ich ein Rendezvous mit einem Fallbeil.

Abbé Seien Sie nur stark und aufrecht.

Julien Ich fürchte mich nicht vor dem Tod.

Abbé Und vertrauen Sie ganz auf –

Julien Es gibt keinen Gott. Hören Sie. Es gibt keinen. Gar nichts. Leer ist es da, in dieser Brust, im Himmel, leer ist alles. Warum sind Sie gekommen.

Abbé Wir wollen Ihre Berufung aufsetzen. Es bleiben nur achtundvierzig Stunden.

Julien Das hilft doch nichts.

Abbé Nur Mut, nicht alles ist verloren.

Julien Was ist das, mein lieber Abbé, dass Sie mich retten wollen vor allem Unglück. Eitelkeit, eine Seuche, Geschäftssinn, was versprechen Sie sich davon.

Abbé Es ist –

Julien Ja.

Abbé Ihre Seele –

Julien Die Seele. Das kann nicht sein. Ich bitte Sie, Abbé.

Abbé Sie ist reuevoll. Ich sehe das. Das muss in die Berufung.

Julien Verdorbener alter Pfaffe, der seine Investition sich ruinieren sieht. Reue. Ich bereue nichts.

ABBÉ Der Herr ist mein Hirte –
JULIEN Lassen Sie das –
ABBÉ Mir wird nichts mangeln –
JULIEN Sie sollen still sein.
ABBÉ Er lässt mich weiden –
JULIEN Ach.
Er legt sich hin.
ABBÉ Ich komme morgen wieder, morgen.

Mathilde kommt.

MATHILDE Mein Süßer, wach auf, ich habe dir Rosen gebracht und Seife.
JULIEN Was willst du. Du kannst hier nicht bleiben.
MATHILDE Wo soll ich hin. Nirgends kann ich hin.
JULIEN Geh. Sprich mit deinem Vater.
MATHILDE Er will mich nicht sehen.
JULIEN Sag ihm, dass es dir leid tut.
MATHILDE Nichts tut mir leid.
JULIEN Du musst dich mit ihm versöhnen. Denk an dein Kind.
MATHILDE Unser, es ist unser Kind.
JULIEN Vergessen sollst du mich.
MATHILDE Vergessen. Wie soll das gehen. Die ganze Welt spricht von dir.
Gibt ihm eine Zeitung.
Drei Tote gab es, im Gedränge, drei Tote, deinetwegen. Da steht alles, die ganze Zeitung nur über dich. Wie sie die Türen freiprügeln mussten, und eine halbe Seite nur über die Damen auf der Zuschauertribüne. Alle geputzt und geschminkt und feurig rot im Gesicht und Dekolleté. Er ist so jung, so schön. Und er ist meiner, nur meiner.
JULIEN Und sitzt mit den Ratten und den Wanzen in einem feuchten Keller und wartet aufs Schafott.
MATHILDE Ein Todesurteil. Uns ängstigt das nicht. Das

nehmen wir hin wie einen Sommerschnupfen, ein Staubkorn im Aug, so. Ein Leuchtturm bist du, Julien, ein Führer, ein Licht.

JULIEN Du redest.

MATHILDE Die Liberalen verehren dich, weil dein Schuss eine Adlige traf, auch wenn, das stimmt, sie bloß eine Provinzadlige ohne Stammbaum war. Die Antiklerikalen lieben dich, weil du sie in einer Kirche niederstrecktest und ihr verdorbenes Blut den Altar verschmutzte, die Männer lieben dich, weil sie ein Flittchen ist, und warum dich die Frauen lieben, das ist ja augenscheinlich. Jetzt gehen wir in Berufung. Das wird ein Triumph.

JULIEN Der Abbé sagt, ich hätt's im Affekt getan.

MATHILDE Im Affekt. Drei Tage reiten und dann paff, paff. Kann man so lange reiten im Affekt. Da kenn ich dich anders, wenn du im Affekt bist, dann reitest du keine drei Tage.

JULIEN Ein Mörder bin ich, Mathilde, ein Mörder, ich werde es immer bleiben.

MATHILDE Ein Mörder. Schön wär's.

JULIEN Wie.

MATHILDE Das Zeug vom Land ist zäh. Sie lebt. Liegt im Hospital.

JULIEN Nein.

MATHILDE Blöd hast du sie geschossen, das halbe Hirn ist weg, sie soll, wie man hört, kaum mehr ihren eignen Namen kennen.

JULIEN Sie lebt.

MATHILDE Das freut dich doch nicht etwa.

JULIEN Ich bin kein Mörder.

MATHILDE In der Sache ist es dumm, für die Berufung aber nützlich. Wir werden's verschweigen.

JULIEN Ich bin dir eine Attraktion, ein Abenteuer, der Sohn eines Zimmermanns, welche Delikatesse, welche ausgefallene Leckerei. Du wirst bei deinem Vater um Verzeihung bitten.

Mathilde Gewiss nicht.

Julien Entweder du bittest deinen Vater um Verzeihung, oder ich lass das mit der Berufung.

Mathilde Du kannst dir doch nicht einfach den Kopf abschlagen lassen. Er ist zu schön, zu klug, zu wunderbar, das wäre doch eine Verschwendung.

Pause.

Verlange das nicht von mir. Ich kann nicht zurück. Er wird mich zwingen, Courtenois zu heiraten.

Julien Gut.

Mathilde Nein.

Julien Er wird das Kind adoptieren. Mein Sohn soll eine Zukunft haben. Verschweigt ihm, wer sein Vater war. Und jetzt geh.

Mathilde Sie sollten dich nicht köpfen, es liegt nicht an deinem Kopf, das Herz sollten sie dir aus dem Leib reißen, da bist du verfault und krank und verdorben, und deine geheuchelte Fürsorge widert mich an, und deine Feigheit widert mich an, alles an dir widert mich an.

Sie geht ab.

Vater *kommt.*

Das ist ein famoser Kerl, dieser Wärter, da kann man sich ein Beispiel nehmen, kein Licht, kein Sonnenstrahl, den ganzen Tag in diesem Loch und als Gäste eine Reihe Sogutwietoter, aber gleichwohl ein frohes Gemüt, und was der wohl verdient, nichts und noch mal nichts, macht Späßchen, hat ein Lied gepfiffen, das habe ich lange nicht gehört, zuletzt vor, was sind das, dreißig Jahren, es geht so.

Er versucht, zu pfeifen.

Es geht nicht, das muss die Luft sein, so feucht. Stehen Sie auf. Antworten Sie. Ich such den Sorel.

Julien Vater.

Vater Wie.

Julien Ich bin es doch.

Vater Ein Gespenst. Weg von mir. Ich schlag dich tot. Das

kann nicht sein, wie, die Stimme, komm her, du bist es, die Nase, der Blick, du Hund, wie kommt das, diese Zugluft.

JULIEN Vater, was wollen Sie hier.

VATER Was wollen Sie hier, was wollen Sie hier. Dich sehen, Bub, noch einmal, bevor's ans Sterben geht, jetzt macht er ein Gesicht, hat nicht damit gerechnet. Die Brüder bestellen Grüße, es geht nicht, schlimm ist es, der Henri hat den Daumen verloren vor zwei Wochen in der Bandsäge, der fällt aus, und der Bertrand fällt auch aus, hat eine Braut gefunden auf dem Markt im letzten Herbst, sie ist schon schwanger, der Schweinehund konnte nicht warten, jetzt sind wir nur noch zu zweit, zu zweit mit drei Daumen, dafür habe ich einen neuen Ochsen gekauft, jetzt hätt ich dich brauchen können, weiß Gott, hätt ich dich jetzt brauchen können. So fehlst du halt, bald wirst du immer fehlen. Heult er, halt, Bub, ein Sorel heult nicht.

JULIEN Dass Sie mich noch einmal sehen wollten.

VATER Bin immerhin der Vater –

JULIEN Verzeihen Sie mir.

VATER Verzeihen, was soll ich denn verzeihen, bin ich ein Pfarrer, jeder lebt sein Leben und dreht seine Steine um, und mancher dreht den rechten, und der andere wird erschlagen, du warst ja zumindest in Paris.

JULIEN Und auch in London, Vater, und in Hamburg.

VATER Dem einen geht die Uhr halt schneller als dem anderen.

JULIEN Es gibt noch Hoffnung, Vater, mit der Berufung, es ist noch nicht alles ganz verloren.

VATER Das würde ja zu dir passen.

JULIEN Ja.

VATER Ein Trotzkopf, diese Zwängerei, und wenn man denkt, dann könnte man es Feigheit nennen. Geh aufrecht, du bist ein Sorel. Und wirst doch hoffentlich, wie's recht ist, etwas zurückgelegt haben.

JULIEN Ein wenig, ja.

VATER Dann mach Ordnung noch, und denk an meinen

Schaden, ich habe dich ja durchgebracht, das war nicht billig, investiert hab ich, ich hab's überschlagen, hier –

Er packt ein Papier aus.

Ein Überschlag, nichts weiter, man kann ja mit mir reden, aber das hier werd ich schon verlangen müssen, und der größte Ausfall ist ja die Arbeitskraft, also all die Tage, die du nicht für die Sägemühle arbeiten konntest und jetzt nicht wirst arbeiten können, das ist ja, wie wenn einer dem anderen mit dem Fuhrwerk das Rind überfährt und dann auch all die Kälber entschädigen muss, die dieses Rind noch hätte, und die Milch, die dieses Rind noch hätte geben können, darum ist die Summe auf den ersten Blick –

JULIEN Machen wir doch das Doppelte.

VATER Das Doppelte wovon.

JULIEN Das Doppelte Ihrer Summe.

VATER So. Was. Nun also. Nun lass dich. Also. Hast eben doch ein Herz. Du Hund. Bist nach der Mutter, ein großes Herz, aber kein Gramm Vernunft.

JULIEN Nur eine Bitte habe ich, Vater, ins Hospital mögen Sie mir gehen und diesen Brief abgeben.

VATER Ins Hospital. Was soll das. Einerlei. Dann froh ans Werk. Die Zeit ist um. Wie ging das Lied.

Jetzt pfeift er.

So. Hörst du. Hübsch nicht. Es ist ein Lied aus Deutschland.

Er geht ab.

ABBÉ *kommt.*

JULIEN Was wollen Sie.

ABBÉ Die Berufung. Jetzt. Die Frist läuft aus noch heute.

JULIEN Ich weiß nicht, was ich schreiben soll.

ABBÉ Dass Sie das nicht wollten und Sie umnachtet waren. Kein Vorsatz. Im Affekt.

JULIEN Es war Vorsatz, kein Affekt

ABBÉ Julien.

JULIEN Non loqueris contra proximum tuum falsum testimonium. Du sollst nicht falsch gegen deinen Nächsten aussagen.

ABBÉ Sie müssen appellieren. Sie müssen. Ein paar Jahre in einem Kloster, und man hat die Sache vergessen. Ein ruhiger Posten wird sich finden. Irgendwann vielleicht sogar eine kleine Pfarre.

JULIEN Eine kleine Pfarre. Wahrscheinlich im Norden.

ABBÉ Ihr Hochmut, Julien.

JULIEN Ich wäge bloß die Möglichkeiten ab.

ABBÉ Als ob Sie noch eine Wahl hätten.

JULIEN Habe ich sie nicht.

ABBÉ Wollen Sie nicht leben.

JULIEN Die Menschen sind verdorben, haben Sie gesagt. Sie denken nur an das eigene Fortkommen, haben Sie gesagt. Sie kennen kein Mitleid, haben Sie gesagt. Sie sehen das alles und tun nichts dagegen. Sie beten und sind still.

ABBÉ Ich hoffe auf das Himmelreich.

JULIEN Wenn ich an Gott denke, dann ekelt es mich. Ich habe geliebt. Das ist mein Unglück. Wir brauchten drei Stunden. Das ganze Land war gekommen, um mich zu sehen. Nicht einmal in London habe ich so viele Menschen gesehen. Kennen Sie London, mein lieber Abbé. Sie sollten da hinfahren. Da können sie wirklich verdorbene Menschen sehen. Nicht so Provinzgauner wie hier. Böse, durch und durch verdorbene Charaktere. Aber da war Liebe in den Blicken, in diesen roten Köpfen, den geschwollenen Hälsen. Ich dachte zuerst, die Meute wolle mich umbringen. Vierteilen, und wahrscheinlich wollte sie das auch. Aber nicht aus Hass, aus Liebe. Sie wollte mich fressen. Sie wollte, dass ich ein Teil von ihr werde. Mich einverleiben. Sie wollte mich zurückholen. Ihren Körper. Dein Körper gehört uns. Das hat sie geschrien. Uns, dem Volk. Gebt ihn uns. Abbé. Würden Sie mir die Beichte abnehmen.

ABBÉ Die Beichte, Julien, zuerst, dann die Berufung.

JULIEN *Er sinkt auf die Knie.*

Ach, Abbé.

Er vergräbt seinen Kopf in der Soutane des Priesters, nimmt seine Hand, und küsst sie.

ABBÉ Ah.

Er zieht die Hand weg. Sie blutet.

Sie haben mich gebissen. Sie Teufel. Was tun Sie. Sie sind ja außer sich.

JULIEN Ich will nicht, ich glaube nicht, ich will, alleine will ich sein, gehen Sie, gehen Sie.

ABBÉ *geht ab.*

JULIEN Aber lassen Sie mir das Licht da. Abbé. Die Kerze.

Es wird dunkel. Ein Licht kommt.

JULIEN Stellt doch das Licht da auf den Schemel. Und dann lasst mich.

Er erkennt Louise.

Ich bitte dich. Das kannst du nicht. Du. Warum machst du mich so traurig. Ich seh dich an. Und ich werd traurig.

LOUISE Ju-ien.

JULIEN Du hättest nicht kommen dürfen.

LOUISE Ich -iebe dich.

JULIEN Das kann nicht sein.

LOUISE Ich -iebe dich.

JULIEN Ach. Wir müssen. Der Abbé, hörst du, die Berufung, die Zeit läuft aus, hörst du, Abbé, Abbé –

ABBÉ Nur ruhig, Julien, was ist, Sie sind ja ganz außer sich.

JULIEN Sie liebt mich, verstehen Sie, Louise liebt mich. Wenn ich das doch nur, sie wollte das nicht, sie musste, sie wurde gezwungen, der Brief.

RÊNAL Er ist ein guter Junge.

ABBÉ Das ist er.

RÊNAL Aber er redet Unsinn. Ein nervöses Gemüt, aber das ist die Jugend. Bringen Sie mir den Wermut, Elisa. Wir wollen anstoßen. Wo ist meine Frau.

Elisa Sie jagt Schmetterlinge. Mit dem Monsieur.
Derville Dann stoßen wir an.
Rênal Der Morgen ist frisch.
Louise Was willst du mit dem Beil.
Rênal Ich leg's gleich weg.
Julien Jetzt küss mich doch.
Louise Vor allen Leuten.
Julien Das ist doch einerlei.
Rênal Ich find's auch.
Derville Nun küss ihn endlich.
Louise Aber ihr macht die Augen zu.
Rênal Versprochen.
Derville Schade.
Rênal Jetzt küsst sie ihn.
Derville Jetzt küsst er sie.
Mathilde Julien, was machst du da.
Louise Er -iebt mich.
Abbé Julien.
Julien Lassen Sie mich.
Abbé Julien.
Julien Was ist denn.
Abbé Es ist Zeit.

Fin de la bobine

INHALT

Luther

Uraufführung am 16. Juli 2021
Nibelungenfestspiele Worms
Regie: Ildikó Gáspár

Frau Schmitz

Uraufführung am 22. Oktober 2016
Schauspielhaus Zürich
Regie: Barbara Frey

Deutsche Erstaufführung am 23. September 2017
Schauspiel Köln
Regie Rafael Sanchez

Julien

Uraufführung am 16. Januar 2020
Theater Basel
Regie: Nora Schlocker

Auslandslizenzen/Übersetzungen
von Lukas Bärfuss' Stücken:
Argentinien, Bulgarien, Dänemark, England, Ecuador, Finnland, Frankreich, Griechenland, Island, Israel, Italien, Kanada, Litauen, Luxemburg, Mazedonien, Mexiko, Niederlande, Norwegen, Peru, Polen, Rumänien, Russland, Ungarn, Uruguay, Schweden, Slowenien, Spanien, Tschechien, Ukraine, Usbekistan

Buchausgaben in Bulgarien, England, Frankreich

Sämtliche Aufführungs- und Medienrechte liegen bei der
HARTMANN & STAUFFACHER GmbH.

Bibliografische Information der Deutschen Nationalbibliothek
Die Deutsche Nationalbibliothek verzeichnet diese Publikation in der Deutschen Nationalbibliografie; detaillierte bibliografische Daten sind im Internet über http://dnb.d-nb.de abrufbar.

© Wallstein Verlag, Göttingen 2021
www.wallstein-verlag.de
Alle Aufführungs- und medialen Rechte liegen bei der
HARTMANN & STAUFFACHER GmbH
Vom Wallstein Verlag gesetzt aus der Stempel Garamond
Umschlaggestaltung: Susanne Gerhards, Düsseldorf,
unter Verwendung einer Zeichnung von Michael Günzburger
Druck und Verarbeitung: Pustet, Regensburg
ISBN 978-3-8353-5007-6